公元787年,唐封疆大吏马总集诸子精华,编著成《意林》一书6卷,流传至今
意林:始于公元787年,距今1200余年

给未来一个仪式感

安洁西公主

I 宿敌殿下

小九 / 著

吉林摄影出版社
·长春·

图书在版编目（CIP）数据

安洁西公主. Ⅰ, 宿敌殿下 / 小九著. -- 长春：吉林摄影出版社，2018.10
（青春成人礼）
ISBN 978-7-5498-3858-5

Ⅰ. ①安… Ⅱ. ①小… Ⅲ. ①长篇小说-中国-当代 Ⅳ. ①I247.5

中国版本图书馆 CIP 数据核字 (2018) 第 241731 号

安洁西公主Ⅰ宿敌殿下
ANJIEXI GONGZHU I SUDI DIANXIA

项目出品	意林松果阅读
出 版 人	孙洪军
主 编	顾 平 杜普洲
责任编辑	施 岚 胡晓路
总 监 制	关少曾
总 策 划	蔡 燕 蔡俊杰
统筹策划	康 宁 陈思维
设计总监	资 源
执行编辑	孙 静
封面设计	杨 倩
美术编辑	孔凡雷
发行总监	王俊杰
开 本	700mm×1000mm 1/16
字 数	200千字
印 张	15
版 次	2018年10月第1版
印 次	2018年10月第1次印刷

出 版	吉林摄影出版社
发 行	吉林摄影出版社
地 址	长春市泰来街1825号
	邮 编：130062
电 话	总编办 0431-86012616
	发行科 0431-86012602
网 址	www.jlsycbs.net
经 销	全国各地新华书店
印 刷	河南文华印务有限公司

书 号	ISBN 978-7-5498-3858-5	定 价：32.80 元

版权所有 翻印必究
（如发现印装质量问题，请与承印厂联系退换）

安洁西公主 I
宿敌殿下
目录

001 第1章 黑白市的人族女孩
021 第2章 逃离孤光城，前往日暮古域
040 第3章 劫持青蛙，误会那么大
059 第4章 唯一的证人雷狼
079 第5章 敌人的敌人就是朋友
099 第6章 阴鱼的下落，前往圣族

目录

120 第7章 圣族幽居，冯斯伦的身份

142 第8章 关入大牢

162 第9章 鹰眼将军的威力

183 第10章 劫牢，全员归来

202 第11章 全城通缉叛军

219 第12章 觉醒吧，公主殿下

第1章　黑白市的人族女孩

在溪西大陆上，活跃着八个种族。

天族、人族、精灵族、洛克人族、矮人族、虫族、兽族以及圣族。

其中，以天族的力量最为强大，各族都曾将天族视为这片大陆的信仰，相传天族更是拯救溪西大陆的拯救者。然而在千年的时光里，天族逐渐没落，最终神秘消失，取而代之的则是圣族的兴起。

战火也随之而起，以圣族为中心，兽族和虫族与之建立了一方阵营，妄图统治整个溪西大陆，而人族与崇尚自由的精灵族则拼死抵御圣族的扩张。

矮人族和洛克人族则选择了中立，在战火中长久沉默着。

如果说，这片大陆上真的存在不会因为种族问题兴起战火的地方，那就是人族孤光城里的黑白市了。

拥挤的街道两侧排列着各色商铺。

在这里，人们可以找到溪西大陆上所有种族的身影：精明的人族商人、高大魁梧的兽人战士、美貌高冷的精灵族、脾气固执的矮人、神秘少言的洛克人，甚至你还能看到外形怪异的虫族和伪装成人族的圣族人。

这里是溪西大陆上最有名的黑白市，是唯一不受战争影响的、溪西大陆上的最后一片净土。

不管你出身于哪个种族，在这里都可以自由贸易，买到你需要的东西，或者卖出你的宝贝。

店铺的橱窗里摆满各色武器，还有精灵族酿的酒、矮人制造的器具，或

是洛克人的魔法小道具都能在这里找到。

孤光城往南是有名的荒城日暮古域,各族走私的货物都源源不断地从那里流入孤光城,如果越过日暮古域再往南,就会来到兽族边境,所以日暮古域的奴隶走私特别猖獗,有时就连城里的居民稍不注意也会被兽人掳去变成奴隶。

好在这种事在孤光城不会发生,这里是银盾军团的势力范围,治安相对来说还不错,但在黑白市上,小小的摩擦还是无法避免的,这不,几个人族的男子围着一个身材瘦小的年轻人拉拉扯扯。

"你的地图我们买了,三个白米拉币。"

"快点儿,地图呢?拿出来……"与其说他们这是在买东西,倒不如说他们是在打劫。

瘦弱的年轻人战战兢兢:"我的地图三个白米拉币可不卖。"

"少说废话,钱在这里,快点儿把地图拿出来。"为首的男子身材高大,厚厚的手掌里放着三枚白水晶的米拉币。瘦弱的年轻人脑袋才到他胸口的高度,他的衣领被对方扯在手里,就像被吊起的烤鸡。

"那张地图我已经卖给别人了,对方先付了订金,我不能再卖给你们了。"年轻人在那男子的手里挣扎着。

"我管你先卖给谁了。"男子向他的同伴一使眼色,众人一拥而上。

瘦弱的年轻人捂着脸放声大叫:"杀人啦!"他的声音又尖又刺耳,街上不少人都朝这边看过来。

"打搅一下。"一个温润的声音响了起来,打断了那几个人的动作。

众人转头看过来,他们面前站着一个人,个头不高,身上披着棕色的披风,粗布兜帽罩着头,大半张脸都隐在阴影里,只能看到下面露出的圆润下颌。

瘦弱的年轻人看到对面的人,挣扎着起身:"我的地图卖给他了,他是来拿货的,你们想要的话就去跟他说。"

众人再次打量对面站着的人。

"这是剩下的钱。"对面那人伸出手来,交给瘦弱的年轻人三枚青色水晶米拉币。

在溪西大陆上,青色水晶米拉币要比白色水晶米拉币品质更高,象征着更高的价钱。

年轻人快速将钱收了,弯腰从靴子里掏出一个纸卷丢给对方,转身就跑。

"原来地图就在他身上!大家上!"

对面几个男人同时冲过来,瘦弱的年轻人还没跑出两步就被人从后面一脚踹倒,摔了个狗啃泥,剩下的人把身穿披风的人围了起来。

"识相的把地图交出来。"为首的男人威胁道。

头上罩着兜帽的人微微抬了抬头:"你们是准备抢劫吗?"

"如果你肯乖乖地把地图卖给我们的话。"男人狞笑着抛玩着手里的三块白色水晶米拉币。

"不然我们只好来硬的了。"

话音刚落,面前人影一闪,还没等众人反应过来,那人已经跳了起来,脚下连踏周围几人的身体,侧身,身体在半空反转,竟凌空从他们头上跳了过去。

"你逃不掉的!"

那人落地时,顺带着抓住了那个瘦弱的年轻人,同时屈起手指放在嘴里,打了个呼哨,然后抛出手里的地图纸卷,不知从哪里钻出来一条白狗,长着狐狸般尖尖的小嘴,毛茸茸的尾巴甩来甩去,冷不丁看上去还以为是只小狐狸,它跃起叼住地图,转身就跑。

"快追,快追!"男人愤怒地催促着他的手下。

瘦弱的年轻人被对方拎在手里,半拖半拽的,像只死狗。"好疼好疼!"他嚷嚷着。

"不想死就闭嘴。"抓着他的人丢下一句。

年轻人惊讶地看到对方的兜帽在奔跑中被风吹起，露出了一张白皙精致的面孔。

"你你你……"年轻人惊得说不出话来，那人竟然是个女的！

僻静胡同里，年轻人瘫在地上，捂着自己的屁股龇牙咧嘴的，这一路他的屁股都被磨破了。

带他一路逃到这里的女子侧身贴在墙壁上，正全神贯注地听着街巷外面的动静。

"你放心，他们找不到这里的。"年轻人颇为自豪，"黑白市这里的每条路我都熟悉，再说他们的目标是那张地图，这会儿应该还在街上找那只狗。"

女子听他这么说，这才放松下来，重新整理好披风，把兜帽罩在头上。

"你叫什么名字？"年轻人好奇地问。

"安洁西。"兜帽下露出女孩光洁的下颌，看她年纪不过十六七岁的样子，"你叫什么名字？"她反问对方。

"他们都叫我小弱。"

"是够弱的。"安洁西嘀咕了句。

"我能当你这话是安慰我吗？"小弱哭丧着脸。

"随你。"巷子外隐隐传来细碎的动静，安洁西探头望过去，只见一条白狗颠颠地跑来。

"把它们甩掉了吗？"安洁西蹲下来从狗嘴里接过地图纸卷。

"那些笨蛋根本追不上我。"白狗得意地摇着尾巴，"西西姑娘，我的酬劳呢？"

"暂时没有。"安洁西小心地把地图纸卷收好。

"啊啊啊，你怎么能这样呢？又欺骗本大爷幼小的心灵！"白狗四腿朝天倒在地上，用前爪捂着眼睛，"啊啊啊，本大爷受到伤害了。"

"别装死，快给我起来，我们要走了。"安洁西抓住白狗的后颈，将它整个提了起来。

她出了巷子，拉紧身上的披风，把白狗塞进了怀里，走了几步，她突然停下来，猛地回头。

小弱正跟在她身后，被她这突然的动作吓得一哆嗦。

"你你你，你想干什么？"

"这话应该我问你才对，你跟着我做什么？"安洁西冷冷地看着他。

"你去哪里？"

"我去哪里跟你有什么关系？"

"你的那只狗……会说话……"小弱结结巴巴地说。

安洁西沉默了一瞬。

白狗从她的怀里冒出脑袋来，龇着锐利的狗牙："西西姑娘，要不要把他灭了口？"

小弱吓白了脸："我我，我没有别的意思，我什么都没看见，没看见！"他向后退了几步，猛地转身，头也不回地逃走了。

安洁西望着小弱逃走的背影，忽见他身后的衣服下面露出来一条细长的尾巴，光滑的，有点儿像蛇一样的感觉，特别是蛇头的顶端还有着一块酷似宝石般的东西，闪闪发光。

"是虫族！"怀里的白狗叫起来，"别让他逃了，快抓住他！"

安洁西无奈，只好追上去。

小弱跑得并不快，见安洁西追上来吓得大叫："我什么都没有看见，你放过我吧！"话音刚落，他的尾巴就被白狗咬住了，疼得他惨叫出声。

安洁西趁机从后面按住他。

"别杀我，我什么都不知道，我什么都没看见！"小弱哭得稀里哗啦的，看上去就像个受气包。

安洁西被他哭得头痛："闭嘴。"

白狗松开小弱的尾巴："西西姑娘，你别信他的话，虫族可是很狡猾的，

他会出卖你。"

"我才不会!"小弱不服气,"我答应了要卖给你们的地图都没有交给别人!"

安洁西盯着小弱思索了片刻:"他没说谎。"

虫族是一个善变且信誉很低的种族,加之他们被人族奴役了数百年,又刚刚加入了圣族的阵营,所以在人族的眼中,他们象征着背叛。

白狗不满地嗅着小弱:"你能保证他不会出卖我们?"

安洁西审视着小弱。

年轻人连连点头:"我保证,我甚至都没有见过你们,我根本不知道你们是谁……"

他们正说着话,街上传来一阵骚动。

人族的士兵列队走过,为首的领队在街边的布告栏上贴上了两张通缉令,士兵们继续沿着街道向前走去,附近的百姓好奇地凑过去,看着那两张通缉令。

安洁西他们也顺势看过去,白狗咧着嘴,尴尬道:"这下他知道你是谁了。"

安洁西狠狠地瞥了白狗一眼,她还能说什么,其中一张通缉令上,画着的正是她的脸,与她的冷静相比,截然相反的是小弱吃惊的表情,他张大了嘴,发出"啊啊"的声音。

"啊什么啊,你来说说看,另一张通缉令是怎么回事?"白狗一爪子拍在他的脸上,"亏得西西姑娘还觉得你是好人,原来你跟我们一样,也是一路货。"

安洁西眼角抽动了几下,似在强忍心中躁动的情绪,另外一张通缉令上,画着的正是小弱的头像。

"我觉得,我们还是快点儿逃吧。"小弱摆出张严肃的面孔。

安洁西拎起小弱,顺着小巷往前走。

"你……你要把我带到哪儿去？"小弱紧张兮兮的。

"逃命。"白狗代替安洁西回答。

"逃？往哪儿逃？"小弱不明所以。

"先想办法出城。"白狗道。

"能不能先放开我？"小弱挣扎着，但是安洁西抓得更紧了，他完全挣脱不出她的掌控。

"你说实话，你卖给我的这张地图是从哪儿弄来的？"来到无人处，安洁西把他按在墙上质问。

"这个……我想想……"小弱眼珠子来回地转。

"不说实话本大爷吃了你。"白狗威胁道。

小弱两腿哆嗦着，看样子都快哭了："你们不能这样，不能这样欺负我，我只不过从银盾军团的抚养院里拿了点儿东西出来……"

安洁西皱眉："你是小偷？"

"没，我只是随手拿了点儿东西。"小弱一个劲儿地强调他是随手拿，不是偷。

"其实……你们也不用太在意这个。"小弱强辩，"我懂的，你也是做这行的，你买地图的钱我还你就是。"说着他想从怀里把安洁西之前买地图的钱拿出来。

"谁跟你一样是做这行的。"安洁西有些恼了。

小弱看不出火候来，仍然赔着笑："我懂的，我马上把钱还给你，地图我不要了，送你好了。"

还没等安洁西开口解释，突然小巷另一头传来男人的声音："找到了，在这里！"

安洁西抬头只见几个男人冲过来，他们正是刚才为难小弱想要强抢地图的那伙人。

安洁西丢开小弱，转身就跑。

刚跑两步她的披风就被人拉住了:"大姐,咱们都是一路的,你不能见死不救啊。"小弱死死扯着她的披风,就像抓着根救命稻草,"你不能丢下我。"

他哭哭啼啼的,安洁西强忍住想一脚踢飞他的冲动,抓住他的衣领将他丢出去,谁知小弱落地后就像狗似的四肢着地,飞快地爬了几步,一下子抱住了她的腿。

"喂,你够了啊,只有本大爷才有这特权这么做!"白狗扑过来咬住小弱,小弱疼得哇哇直叫,但是仍然不肯松手,就在这时,后面的几个男人追上来。

"看你们这次还能往哪儿跑?"几人狞笑着围拢上来,"把地图交出来。"

安洁西叹了口气,想要安安静静地逃个跑就这么难吗,早知道买张地图也会惹上麻烦,她还不如直接先出城再想别的办法。

"你们究竟是什么人?"安洁西问。

男人们笑起来:"你管我们是什么人,抢劫没见过吗?你只要把地图交给我们,我们马上就会放你们走。"

安洁西从怀里掏出个纸卷来,装模作样地叹了口气:"既然你们想要,就拿去吧。"说着她把纸卷往地上一丢,对面几人全都愣了,这也太容易了吧?

他们相互对视一眼,有人弯腰去捡那纸卷,就在这时,一团白光忽地闪亮起来,晃得几人下意识地眯起眼睛。

被他们包围着的那个全身都罩在披风里的人,自腰间抽出了一把小小的手杖,那团刺目的白光正是从那手杖的顶端发出的。

"是……是魔法师!"几人大惊,想要退后已然迟了。

白狗不知什么时候扑出来,衔回了安洁西刚才丢出的纸卷,魔法的白光瞬间吞没了整个小巷。

小弱两眼发黑,耳朵嗡嗡作响,刚才魔法光波爆开的瞬间,他甚至以为自己真的要死了。

"有什么地方能暂时躲一下？"有人重重拍打着他的脸。

"别……别打脸……"小弱挣扎着清醒过来。

安洁西正俯身严肃地看着他："你不是对这里最熟吗？快点儿带路。"

刚才魔法的光波一定会引来不少人的注意。

小弱胆战心惊地看着倒在地上的那些人。

"他们……全都死了吗？"

"没有。"不知为何，安洁西的脸色有些发白。

"你不舒服吗？"小弱感觉到她的气息似乎乱了，不像刚才那般沉稳。

"少说废话，快点儿帮我找个地方，我需要休息一下。"安洁西催促着，原本红润的嘴唇也褪了色，变得像纸一般苍白。

小弱带着安洁西和白狗进入一条脏兮兮的街巷。

路边的店铺不少都破败不堪，招牌摇摇欲坠，可是店里却照常营业，橱窗内隐约可见角落上挂着蜘蛛网。

安洁西头上罩着兜帽，跟着小弱来到一扇小木门跟前，小弱敲了三下门，门顶的小窗户打开了，露出了一双警惕的眼睛。

"是我。"小弱露出讨好的笑容，用只有对方才能听见的声音道，"我带了你们需要的人来。"

窗户里的眼睛消失了，过了一会儿木门打开，小弱示意让安洁西进去。

空气中浮动着浓重的酒味，顺着楼梯越往下，味道越重，白狗紧跟着安洁西的脚步，时不时仰起头嗅着什么。

小弱偷眼看它，生怕它在这时说出人语来，可是他的担心完全没有必要，白狗好像知道它应该做什么，此时表现得就跟一条普通的小狗没什么两样。

他们来到地下室，幽暗的房间内点着蜡烛，木质柜台上摆满各色酒瓶，十几张木桌后面全都坐满人，安洁西扫了一眼，发现在这里，几乎可以看到溪西大陆上现有的所有种族。

身材魁梧的兽人，手里拿着巨大的木杯，那杯子足够让她的小白狗在里面泡个澡。

个头矮小留着长长胡子的矮人，身着法师长袍，似乎永远都保持着沉默的洛克人族，还有藏起他们的尖耳、伪装成人族的精灵族，甚至在这里还能看到圣族的女子，喝得醉醺醺的，打扮妖艳……显然这里是一处地下的酒肆，而且是处于非法经营状态。

安洁西收回视线，跟着小弱来到紧靠最里面的一张桌子，她坐下来，紧了紧身上的披风。

"你觉得冷吗？"小弱关心地问，"要不要尝尝这里的蜂蜜酒，最适合女孩子了。"回答他的，只有安洁西投来的、带着警告意味的视线，她会觉得不适是因为刚才使用了魔法。

"好吧好吧。"小弱尴尬地笑了笑，"既然是我请客，那就由我来做主好了。"他挤到柜台那边，不一会儿拿回来了两只木杯，杯里装着琥珀色的酒液，带着甜甜的蜂蜜香气。

白狗悄悄跳上椅子，不满地盯着酒杯看："为什么没有本大爷的份？"

"从没听说狗也会喝酒的。"小弱惊讶极了。

白狗一爪子拍在桌面上："怎么，你看不起本大爷？"

"不是那个意思……"小弱哭丧着脸，"你小声点儿，要是被人发现这里有只会说人话的狗……"

"有什么大不了的，我就装成虫族好了。"白狗一脸不屑，"你都能伪装成人，我就不能伪装成狗吗？"

"看来你对虫族有偏见啊。"小弱怀疑地打量着小白狗，"你真的不是虫族？"

"不是。"白狗得意地扬着头，"本大爷可是银盾军团的秘宝，想当年……"

"啪"的一声，安洁西把酒杯重重地放在了白狗面前，打断了它的话。

"想喝吗？"她低声问。

白狗连连点头。

"那就少说点儿废话。"安洁西把酒杯推过去。

小弱惊讶地看着小白狗把狗脑袋伸进杯里，起劲地舔着酒水。

"你确定它一会儿喝了酒不会耍酒疯吗？"小弱不安地问安洁西。

"它叫小九。"安洁西淡淡地道，嗓音里带着一丝疲惫，"我先小睡一会儿。"

小弱不敢打扰她，看着安洁西靠在椅子上，就这么睡了过去。

喝了酒，白狗小九的话多了起来，小弱试图从它嘴里套出些有用的事情来，但小九回答的话云山雾罩的，最后竟把小弱给弄糊涂了。

"鼻涕虫，听说你找了帮手来？"

他们身后突然挤过来一名陌生男子。

"是啊！听说你们还少两个名额，所以我就带了帮手过来，她的身手很不错的，几十个人围攻都困不住她。"小弱兴奋道，同时指了指对面睡着的安洁西，"喏，就是她。"

陌生男子用怀疑的目光打量着安洁西。

因为全身都裹在披风里，所以他看不清对方的脸。

"他是个战士？"男子问。

"是的……我想是的。"小弱回答得模棱两可。

"那么还有一个呢？"男子看向他，"你说的另外一个帮手在哪里？"

小弱指着自己："在这儿呀。"

"你在跟我开玩笑？"男子一把揪住了小弱的衣领，"你这个鼻涕虫真当自己是个人物呢？"

"别别别，有话好说，有话好说！"小弱被对方提在半空，挣扎着，"我虽然没什么力量，可我的脑子很好使，关键时逃跑也很厉害，你们会用得上我的。"

"我们要的是勇士，不是像你这种鼻涕虫似的胆小鬼。"男子随手将小弱丢在地上，小弱的身体砸倒了椅子，滚到了地上，疼得直吸气。

安洁西被惊醒了，睁开眼睛就看见小弱狼狈地倒在地上。

看到安洁西向他看过来，小弱连忙露出讨好的笑："吵醒你了，我刚才没坐稳，呵呵……"

白狗小九喉咙里发出低沉的咕哝声，虽然声音很小，但安洁西还是听清了它在说什么。

"这家伙活得还真是窝囊。"

在乱世里讨生活，你要么成为强者，要么低贱到泥里，不然身为平民乃至奴隶是没有活路的，安洁西自小就被父母卖给了银盾军团，是在银盾军团的抚养院里长大的，像这样的人她见得多了。

"你真的是战士吗？生得这么瘦小。"陌生男子不满地打量着安洁西，"你最好露两手给我看看，不然我是不会考虑让你加入我们的。"

"加入你们？"安洁西愣了愣，"你是谁？我为什么要加入你们？"她刚才小睡了一会儿，所以不知道小弱擅自与对方的协商。

陌生男子也愣住了，虽然他没有看清安洁西的脸，不过女孩子开口说话时的声线总是不同的。

"你是……女的？"

他说这话时的声音有些大，一时间，周围所有人的视线全都被引了过来，安洁西只觉得那些目光嗖嗖的，就跟刀子似的。

地下酒肆内，热闹的气氛瞬时凝结，人们的目光中带着审视、怀疑与不信任，甚至有几个男人的眼珠在她身上滴溜溜打转，能感觉出善意的目光……呃，一个没有。

安洁西默默地叹了口气，看来又有麻烦了。

陌生男子身材高大，就算安洁西站直了，脑袋也不过刚到他胸口的位置。

小弱一咕噜从地上爬起来，讨好地笑着，介绍道："他是亚虎，这次他接了个护送的工作,可是却凑不齐人……"没等小弱把话说完,亚虎扬起巴掌,毫不留情地就把小弱给按到了墙上。

"还没轮到你说话。"亚虎闷声警告。

"好吧好吧……唔,我不说就是了,老大你放手啊……"小弱哀哀地求饶。

亚虎这才放开手,小弱的身体从墙上滑下来,摔了个屁股蹲,疼得他直咧嘴,却不敢出声。

安洁西瞥了一眼小弱,不可否认,她很不喜欢小弱这种人,不,确切地说,应该是小弱这种虫族。

弱小,只能依附着别人讨生活,就连最基本的尊严都不复存在,要不是因为虫族的这种特性,也不会被人族奴役数百年。

亚虎审视着安洁西:"你是战士?"

安洁西眉头皱了皱,凭她在银盾军团抚养院学的那些东西,她还称不上是一名真正的战士,不过她有她的长处,当初银盾军团的副团长就曾经相当看好她,因为她身体轻,速度快,出剑速度往往比对手快上一倍,虽然力量差了些。

"你想说什么?"安洁西尽量压低声音。

亚虎不满地打量着安洁西:"你不会跟小弱一样,是一路的吧。"

白狗小九喷了一下鼻子,对方的意思很明显,能跟小弱这种人混在一起的……应该都是骗子之类的。

安洁西紧了紧身上的披风:"随你怎么想,你们的事与我无关。"说完她想越过亚虎离开这里。

亚虎伸出粗壮的胳膊拦住了她的路。

"还有什么事?"安洁西真的不想惹麻烦,她只想安安静静地找个地方好好地睡上一觉,以恢复刚才动用魔法后带来的疲惫,然而事情的发展却总是不尽如人意。

"让我看看你的本事。"亚虎居高临下地俯视着她。

安洁西站着,一动不动,两人间的气氛有些压抑。

就在这时,小弱突然跑了过来,插在他们中间:"亚虎,有些事我还没跟她说清楚,你先等一下,我可以说服她的。"

亚虎收回胳膊,漫不经心地等着小弱和安洁西说话。

"喂,这是机会啊,机会!"小弱面向安洁西,焦急道,"你不是在被银盾军团通缉吗?你难道不想离开这里?"

安洁西眸光闪了闪:"他是什么人?他能带我离开孤光城?"

小弱点头:"亚虎是人族的勇士,平日会接一些护送城中贵族或是货物的差事,这次他要凑齐五个人,护送城里的商户到南边的日暮古域去,跟着他们,你就能很轻松地混出城去了。"

安洁西挑眉看着他:"没想到你还挺能替人着想的。"

小弱被她看得心虚,笑着:"当然啦,你刚才在外面帮了我,我当然也要帮你了。"

安洁西并不相信有这种好事,她和这个虫族是第一次接触,她才不信这些鬼话呢。不过能够离开孤光城,这对她却有着不小的诱惑,再留在城里的话,她的处境会越来越难。

"你们一共需要多少人?"她越过小弱,看向后面的亚虎。

"五个。"亚虎瓮声瓮气地回答,"但是我们不需要弱者。"

"别这样……"小弱哭丧着脸,"我可以帮你们跑跑腿,传个话之类的,再说你们这么强,就算是四个人也能搞定这次护送任务。"

亚虎推开小弱:"我要先看看她的实力再说。"话音刚落,站在他面前的安洁西忽然俯下身,亚虎只觉得眼前一花,似有一股微风从身边掠过,等他定睛细看时发现面前的安洁西不见了。

周围响起众人低低的惊叹声。

"她在你身后。"有人提醒他,亚虎猛地扭回头,只见女孩子面带微笑立在他的身后。

这场简短的只有数秒的较量只在一眨眼的时间内就完成了，对方轻描淡写的神态令亚虎头上直冒冷汗。

刚才这个小丫头的动作他一点儿也没有看清，她是怎么做到的？

定了定神，亚虎掩饰着内心的不安："速度还不赖。"他佯装不屑。

安洁西扬起手，白嫩的小手向前一递，"你的匕首也不赖。"

亚虎愣住了，低头，猛然发现对方的手上握着的正是他的匕首，他摸了摸腰间，原本插着匕首的地方已经空了。

亚虎很快就从惊诧的状态里恢复过来，强撑尊严："不过是速度快些，果然你是跟小弱一路的。"

言外之意，他也当安洁西是个"贼"。

白狗小九不满地立起背毛，喉咙里发出咕噜咕噜不满的声音。

安洁西却毫不在意地把匕首丢给对方，既没有解释，也没有因为对方的恶意言语感到不悦。

别人怎么说，那是别人的事，她从来都不在意这些。

小弱见状笑着过来："怎么样？她很厉害吧，亚虎大哥，求求你就让我也掺和一脚吧，在这里我都快混不下去了，你让我干什么都行，只要把我也带上。"

小弱卖力地讨好着对方，亚虎收了匕首，冷冷地扫了一眼周围。

周围的酒客也在看着他们，亚虎哼了声："你们跟我过来吧。"

这句话一出口，周围的气氛瞬间活了过来，就好像刚才什么也没发生过，人们依然说说笑笑，喝着酒吹着牛，再也没有人往安洁西这边看上一眼，就连那些猥琐的目光也都隐了去。

亚虎穿过狭窄的过道先走了，小弱兴奋地催促她："快来，亚虎带咱们去见其他人。"

安洁西环视了一圈周围，拉紧头上罩着的兜帽，跟着小弱走了。

不起眼的角落里，几名男子低头喝着酒，其中一人的脸上戴着张镂空的黑皮面具，他目不转睛地盯着安洁西的背影。

"是她吗？"旁边有人低低地问。

"还不能确定……"戴着面具的男子微微眯起眼睛，"但是看起来很像她。"

"那就准备动手吧。"几名男子纷纷放下酒杯。

"不急。"面具男端起木杯，轻啜了一口杯里的酒，"先看看亚虎会不会留下她，如果留下她，我们更省事些。"

"说得也是。"几人重新端起杯子，再也没有向安洁西这边看上一眼。

安洁西跟着亚虎穿过狭窄的过道，进到一个包间内。

门上挂着个破布帘子，安洁西进去后第一眼看到的是一个兽族人：面目凶狠，肩膀比亚虎还要宽上许多，光是坐在那里就像座结实的小山，甚至让人不得不怀疑他坐着的那把椅子能否承受得住他的体重。

在看到兽族人时，安洁西生出的唯一念头就是马上离开，虫族胆小、善变，而兽族恰好与他们相反，他们执着、勇猛，然而他们也和虫族一样，与圣族结为同盟，成为人族的敌人。

安洁西停在门口，突然间她不想进去了，她一脚门里一脚门外地站在那里。

小弱先进了包间，回头催促她："你还站在那儿做什么？快进来。"

安洁西快速扫了一眼包间里的人，包间不大，除她、小弱、亚虎外，桌子后面还坐着两个人。

亚虎先指着兽人道："他叫雷狼，兽族的。"

安洁西感觉到兽人的视线落在她的身上，带着审视的意味，令她意外的是她并没有感觉到恶意。

她微微点了下头，算是打了招呼。

亚虎又指着另一个年轻人："他是雨驰，是个弓箭手。"

叫雨驰的年轻人和善地朝她笑了笑，他的耳朵异乎常人，形状有些奇怪。

安洁西一眼看出对方拥有精灵族的血统。

"还有我，我叫亚虎。"他在雷狼的身边坐下，"我需要凑齐一个五人的队伍，来完成护送任务。"

"酬金有多少？"小弱眼睛贼亮亮的。

雨驰不解地问亚虎："真的那么难找齐人手吗？你怎么把这只小虫子也给叫来了。"

雷狼看了小弱一眼，没有说话。

亚虎没有理会雨驰，仍然看着安洁西："如你所见，我们现在有三个人，再加上你……应该不会有什么问题，胆小的鼻涕虫正好可以替我们跑腿，到时酬金我们四个人分，最后随便给他几个白米拉币就行。"

小弱讪讪地摸着鼻子，尽管他觉得不公，却不敢反驳。

安洁西再次环视众人："我叫安洁西。"

"能否把你的兜帽摘下来，我想你不会总是这么遮着脸吧。"雷狼沉声道。

安洁西犹豫了一瞬，还是把头上的兜帽拉了下来，露出她那白皙而略显稚嫩的面孔。

在看到她的脸时，亚虎三人全都愣住了。

雨驰第一个回过神来，向着亚虎道："她是战士？"

"是的。"亚虎道。

"你试过她了？"雨驰问。

"速度很快。"亚虎避重就轻，没有提他的匕首神不知鬼不觉被对方拿去的事。

雨驰这才点了点头："那就好，有你跟雷狼在，我们也不需要她有多大力量，速度快这个我喜欢。"

弓箭手向来都是以速度取胜，特别是在混战时，只有快人一步出手才能

活下来。

"既然人数凑齐了,我就把任务简单说一下吧。"亚虎敲了敲桌面,"你们都过来坐。"

小弱殷勤地拖过一把椅子到安洁西跟前。

安洁西刚坐下,白狗小九一下子跳到她的腿上,前爪搭在桌沿上,装模作样地盯着对面几个人。

任何人都不会怀疑这只狗,只有小弱知道,眼前这只白狗的口才比他还要好。

"城里的一家大商户要到日暮古域去,因为某些原因,他不想引人注目,所以随行人员不多,除了他自己和十名护卫,就只请了我们沿途护送,因为我对前往日暮古域的路很熟,也算是半个向导吧。"

任务听上去很简单,也没什么风险。

小弱对安洁西道:"怎么样?很不错吧,还能拿到酬劳呢,到时你可不能忘了我啊。"

言外之意,他想从安洁西的酬劳里分一杯羹。

对此安洁西并不介意,虽然她手头也不宽裕,只要能达到目的,有些钱是必须付出的。

亚虎又简单说了些细节问题:"明天傍晚我们出城,我会先去拿到商户付的订金,还有出城的条子,到时你们都提前准备好,谁也别拖后腿。"

"放心吧,不会迟到的,我和雷狼就住在这附近。"雨驰回应着,"对了,安洁西你找到住的地方了吗?"

没等安洁西开口,小弱插进话来:"还没呢,我们正愁找不到地方。"

亚虎不屑地瞥了小弱一眼:"那今晚你们就先住在这里好了,地下室还剩两个单间。"

"那费用……"小弱满眼期待。

"到时从你们的酬金里扣。"亚虎一句话,小弱期待破灭。

亚虎先送雷狼出去了，雨驰走在后面，好奇地打量着安洁西："为什么我觉得你有些面熟？"

白狗小九默默地拉长了脸，废话，能不熟吗？城里到处都贴着她的通缉令。

安洁西也觉得这个问题有点儿难度，她实在是不好回答："幻觉吧。"她含糊着，重新把兜帽拉了起来，罩住了头。

雨驰摸着下巴："真的不是幻觉，我觉得我好像在哪里见过你，还不止一次。"

"可能她长得像你未出嫁的姑妈。"小弱扯谎道。

安洁西一把抓住小弱的衣领，将他拖出门："我对这里不熟，地下室在哪里，你带路。"

小弱带着安洁西去了地下室。

雨驰仍然皱着眉，嘟囔着："我没有姑妈……不过我真的见过她，到底是在哪里呢……"

地下酒肆外。

雷狼和亚虎并肩走在街道上，原本就不宽敞的街道就像被一堵墙给挡住了，对面过来的人全都只能紧贴着两侧的墙壁才能勉强蹭过来。

"为什么要找那两个人？"雷狼问。

"你是说那个女的和那条鼻涕虫？"

雷狼表情严肃："前往日暮古域的路上并不安全，也不像你说的那么轻松，你为什么要骗他们？"

"算不上是骗吧。"亚虎无所谓道，"我们的雇主是个有钱人，我也不是第一次护送他前往日暮古域了，他手下的那些护卫都很厉害，你用不着担心，我们只是为了凑个人数。"

听了亚虎的解释，雷狼眼中的担忧却越来越深：亚虎话里的破绽实在是太多了。

"怎么，你不信我？"亚虎有些不高兴了，"我们合作过很多次了，你觉得我会骗你？"

雷狼不说话。

亚虎叹着气，胳膊搭在雷狼的肩膀上，"好吧，既然你不放心，我就跟你交个底，这次的护送任务其实是与银盾军团有关。"

"什么？"雷狼愣住。

银盾军团并不是人族的军队，但他们的力量与装备要远远高过普通的人族军队，甚至可以直接与圣族的军队对抗。

他们有足够强大的力量，为何还要私下找他们这种人去完成护送任务？

"这件事非常机密，知道的人越少越好，我只能把话说这么多了。"亚虎拍了拍雷狼的肩膀，"一个女孩子懂什么，虫族的也根本掀不起风浪，我们只要安全地把人护送到日暮古域就行了，其他的事你不用担心。"

第 2 章　逃离孤光城，前往日暮古域

安洁西安心地睡在地下室的单间里。

事情进展得还算顺利，她被银盾军团通缉，目前只有离开孤光城到日暮古域暂避，而且她还有着自己的计划，如果能找到银盾军团的副团长狄义隆，他应该会信任她，给她洗清污名的机会。

她现在所会的剑技，绝大多数都是狄义隆传授给她的，这也是她唯独愿意信任他的原因。

没了耳边吵人心烦的小弱，她睡得很沉，还做了一个梦。梦中，她仍是生活在父母身边的那个无忧无虑的孩子，虚浮的影像中，她爬上老旧的阁楼。

阁楼里堆放着许多杂物，覆盖着厚厚的灰尘。

她打开一只木箱，箱底放着一块带有弧度的玉片，她好奇地把玉片拿出来，抚去上面的浮灰，半透明的玉片带着淡淡的银光，上面雕刻着精美的图案，看上去好像是一座高塔，当她想要看得更清楚些时，玉片却突然发出刺眼的光芒，她不得不眯起眼睛。

金光越来越盛，待光华散去，她赫然发现手中的玉片不见了。

睡梦中的安洁西微微蹙起眉头。

梦中，画面一转，人族的军队与圣族的军队遭遇，激战中人族军队惨遭败退。

村子遭到了圣族人的屠杀。

紫色的魔法光波中，安洁西亲眼看着一个又一个熟悉的村民死在她的面

前,她的衣裙上沾满了血迹,但那些血没有一滴是她的。

圣族的魔法在人群中炸裂开来,惨叫声不绝于耳……

安洁西躲在暗处,惊恐的眼睛里倒映着血战的残酷。

也不知过了多久,当幸存的村民们寻来时,她等来的不是父母热情的拥抱与劫后余生的狂喜。

"怪物!"

"她怎么可能活下来?"

所有人都死了,为何只有她活了下来?

"她是圣族的孩子!"

她听不懂人们在说些什么,她茫然地望着自己的父母,从她记事起,就一直生活在这里,她从来没有伤害过别人,他们为什么要用仇恨的目光看着她?

从此,她成为村民仇视的对象,也渐渐明白了自己的不同之处,圣族的魔法对她无效,就像冥冥中受着无形力量的庇护,她可以免疫圣族的所有魔法。

最终,她的父母承受不住村民的愤怒与不满,无奈之下带她离开村子,正巧银盾军团的副团长经过小镇,他们在招收未成年学徒,训练那些孩子成为王国的勇士,所以她的父母便隐瞒了她的年龄,想将她送到银十团里,不过她父母的伎俩还是被副团长识破了,她父母无奈,只好骗她,将她强行丢在了那里。

银盾军团的副团长见她可怜,才让人把她留下,她至今还记得父母离去时的背影,她站在那里望着他们,希望他们能回头看自己一眼,哪怕只看一眼,然而她得到的,只有无尽的失望。

在这乱世,她被遗弃了。

"吱嘎……"

耳边传来细微的声响,就像脚步踏在地板上的声音。

安洁西猛地睁开眼睛，恍惚了一瞬这才想起她现在睡在酒肆的地下室里。

"吱嘎。"地板的声响接近了些，黑暗中她坐起来，伸手摸向床头，在那里放着她唯一用来防身的短剑。

黑暗中突然亮起两盏明灯，圆圆的，就像是野兽的眼睛，缓缓靠近床边。

"让你看看本大爷的厉害！"闪亮的眼睛发出狞笑，猛地扑到她的身上。

安洁西抬手就把它按在了床上。

"疼疼疼，西西姑娘你轻点儿，轻点儿……"被她抓住的是白狗小九。

安洁西提着它的脖子将它丢下床，然后点燃了床头上唯一的蜡烛。

小九在地上打了个滚，站起身。

"西西姑娘，你太粗鲁了，在你睡觉时本大爷忠心耿耿地守着你，你却这么对我。"

"你一直没有离开过房间吗？"安洁西问。

"当然，本大爷可是寸步不离。"它举起一只前爪，做出发誓的动作。

安洁西身体前倾，闻了闻："为什么有股熏肠的味道？"

"呃……本大爷出去方便时偶然路过厨房，看到有根熏肠挂在那里，觉得它很孤单，所以就拥抱了一下它。"

安洁西看了一眼白狗吃得鼓鼓的肚皮："你是把它拥抱进肚子里去了吧？"

"西西姑娘，你怎么能这么对我，要知道我可是银盾军团的绝世秘宝，我认你做了主人，你应该感到荣幸，好好地宠着我才是。"

看着耍宝的小白狗，安洁西有种莫名的无力感，从某种意义上说，这只白狗真的是银盾军团的秘宝，但同时，它也是造成她沦落到现在这种地步的罪魁祸首。

银盾军团遭遇圣族夜袭，她无意中成为对方挟持的目标，为了活命，她只能答应给他们带路，虽然她还是寻了机会发出警报，但是混战中双方根本无暇顾及她的性命，仓皇中她逃进了一间密室。

在那里，她阴差阳错地打碎了蓝色宝石匣，结果宝石匣突然消失，取而代之的则是这么一条奇葩的白狗：狗脑袋的正中央，还有前肢的肩部位置上仍然留有蓝宝石的痕迹，就像融合了蓝宝石一般。

最令她叫苦不迭的是，这只狗居然会说人话，就像认准了她一直跟着不放，混战结束后，有人发现她从密室出来，宝石匣不见踪影，所以她想当然就变成了嫌疑犯，还被关进了牢房，她试着向他们解释这件事，可是白狗小九却跑得无影无踪，她变成了要被银盾军团处死的犯人。

绝望中，她只能出逃，谁知这只罪魁祸首的白狗居然盯上了她，一路跟着她。

她现在唯一的希望就是找到银盾军团的副团长，把这件事和他解释清楚，她相信他一定能相信她的话。

小睡过后安洁西的精神好了不少，穿上披风后把短剑收在腰间，最后她从枕头底下拿出一根小小的魔法手杖，揣进了怀里，这是她的撒手锏。

在溪西大陆上，任何种族都能感知到元素之灵，不过只有能完美控制它们的人才能被称为魔法师。

特别是那些擅长使用冷兵器的勇士，他们对元素之灵的控制力，可以说是完全等于零，在银盾军团，安洁西见过一些魔法师，他们无不是身体纤弱，脆弱得就像一根草茎，好像随时来阵大风都能把他们折断，而她不同，她可以完美地控制元素之灵，也有一副强壮的身体，足以应付近战。

不过她也有个致命的弱点，每次使用魔法后，都会让她有种力量不续的虚弱感。

安洁西出了房间，顺着楼梯回到地下酒肆。

"大姐，要不要来陪我喝一杯？"小弱一手端着木杯，醉醺醺地凑过来。

安洁西嫌弃地与他拉开些距离。

"你今年多大？"她问。

小弱翻了翻眼皮:"呃……我想一想啊,我是五十年前才离开虫族的,后来先是去了兽族……再后来……"

安洁西黑了脸,这明明就是个"大爷",却装嫩叫她大姐。

"大姐。"小弱嘿嘿地笑。

"能不能换个称呼?"安洁西实在无法相信眼前小弱的这张脸的背后已经是个"大爷"的事实,没有办法,谁让虫族的寿命与人族不同呢?有时光是孵化虫卵就要数年。

"这次多亏你啦。"小弱又点了杯酒,放在安洁西面前,"西西姑娘,我知道大家都嫌弃我是个虫子,而且还是个……胆小的虫子。"他自嘲地笑着,"没办法啊,谁让我什么本事也没有,我只会骗人。"

莫名地,安洁西从他自嘲的笑容里看到了一丝落寞:"成天骗人也挺累的吧?"她问。

小弱咧了咧嘴:"也挺……好玩的。"他扬头把杯里的酒一口喝下去,"有好几次我都差点儿完蛋啦,可我命大,又活下来了。"

安洁西打量着他那张细皮嫩肉的脸:"你的能力是什么?"

她知道每个虫族都有不同的能力,有的具有强悍的外表,他们往往组成虫族强有力的军队。

小弱抬手捏了捏自己的脸:"我可以化形。"

"化形?"安洁西似有不解。

"他可以化成不同形态。"白狗小九不知什么时候跳上旁边空着的椅子,装模作样像个熟酒客,"本大爷的酒呢?"它不满地拍打着桌子瞪着小弱。

小弱忙不迭地又点了杯酒孝敬小九。

"这就对了,本大爷高兴了以后就能罩着你。"喝了酒后白狗小九越发不知"收敛"。

"你可以随意化成人形吗?"安洁西问,她以前在银盾军团抚养院只是听说过虫族的一些事,并没有机会真正面对面去了解他们。

"当然不可以。"小弱老实道,"但我可以通过接触,变成对方。"

"怎么变?"

"用我的尾巴,碰到对方就能变。"小弱把尾巴伸出来,向着安洁西晃了晃。

"真恶心。"小九说出了心里话。

小弱沮丧地垂下头:"我知道人们都不喜欢我,我能变成别人的模样,甚至还能得到对方的记忆,我可以让自己完全变成他人,可是却怎么也改变不了胆小的事实。"

小九打了个酒嗝:"你本性如此,认了吧。"胆小鬼永远都是胆小鬼。

小弱沮丧地趴在了桌上,远远看上去就像是喝醉了,不过坐在他身边的安洁西却看到他呆滞地盯着地面的眼睛里满是清醒。

"胆小也不是什么坏事,它会让你活下去。"安洁西冒出一句,"而且,你尾巴上面的宝石很漂亮。"她站起身,揪住白狗小九的脖子,"回去睡觉了,明天不是还有任务吗?"

"等一下,本大爷的酒还没喝完……"小九挣扎着被安洁西拉走了。

小弱惊讶地望着安洁西的背影,刚才他听到了什么?她没有笑话他,还说他的尾巴很漂亮……这种人还真的是少有。

第二天安洁西起了个大早,用身上剩下的钱在地下酒肆买了份早饭。

黑面包,半块腌腊肉,再配上些青菜,她还给小九留了一份,并把没吃完的面包小心地包起来带在身上。

安洁西对食物向来不挑剔,出门在外,钱很重要,但食物更重要,因为有的时候,他们会遇到纵然有钱也得不到食物的情况。

"人都到齐了吗?"亚虎庞大的身躯进了酒肆。

在他身后跟着弓箭手雨驰,他的头上戴着个小圆帽,帽子上插着一束白色的羽毛,看上去很俏皮。

"还差雷狼。"雨驰道。

亚虎扫了一眼安洁西和刚刚睡醒出来的还打着哈欠的小弱："不用管雷狼，我让他先去库拉先生那里了。"

库拉先生就是他们这次任务的雇主，也是孤光城里相当有威信的商人，常年来往于各个主城，还曾到过王城，得到过人族王的召见，可以说是一个上层的贵族。

众人跟着亚虎离开地下酒肆，一行人出了街巷，往黑白市的方向走去，那里是溪西大陆唯一的中立贸易区，所以人们不管谈什么生意都愿意到黑白市去。

小广场上停着四辆货车，最令人惊讶的是，拉车的牲畜居然是产自圣族的铁脚犀，这种生物在人族很难看到，只有上流社会的贵族才有可能高价买到几头，铁脚犀产自圣族，力量耐力都远远超出人族用来拉车的牲畜。

小弱吹了声呼哨："哇哦，果然是有钱的商人，看来这次的酬金很丰厚。"

"就是有酬金也没有你的。"一旁的弓箭手雨驰无情地打破了他的幻想。

"呜呜呜……我想一想也不行吗？"小弱沮丧地说，之前他们商谈好的条件就是收留他入队，但是却不会分给他酬金，他只是作为打杂跑腿的存在。

白狗小九啧啧地摇头："真是条可怜虫啊。喂，西西，你在看什么？"

安洁西并没有看着那些铁脚犀，她转头向着相反的方向看去。

"西西姑娘？"小九也转头顺着她的目光望去，然而它什么也没看到。

黑白市熙熙攘攘的人流，一如往常。

安洁西微微皱了下眉，刚才她感觉出有一道不明的视线在背后注视着她，那种感觉……令人不悦，就好像置身于林中，随时都会有狩猎者从暗中扑出一样。

广场附近的一间店铺内，几个男人正背着身似在挑选商品。

"没想到那个小丫头还挺敏锐的。"一名男子低声道。

"你们小心点儿，别靠得太近。"另一名男子抬起头，露出脸上戴着的镂空黑皮面具，一双细长而有神的眼睛，带着灼灼光华，"不要忘了，她可

是银盾军团的人。"

"她不过是抚养院出来的,还没正式进入银盾军团呢。"有人不服。

面具男子表情冷峻:"不管她是什么人,你们都要盯紧了,阴鱼也许就在她的身上,我们这次绝不能空手回圣族。"

"是。"

队伍顺利地出了孤光城。

安洁西有些意外,出城的手续简直是太简单,太顺利了,那些守城门的卫兵甚至连他们的脸都没有看,就放行了。

"怎么样?很顺利吧。"小弱得意地向她投了个飞眼。

小弱此时的人类外形是一个二十多岁的年轻人,生得白白净净的,模样也算是英俊,他这一飞眼投过来,安洁西却起了一身的鸡皮疙瘩。

"大爷,你能不能收敛点儿?"她可不想跟一个上了年纪的虫族眉来眼去的。

小弱都快哭了:"我现在好歹也是个美男子,你不能这样。"

没想到这个虫族还挺爱美的,安洁西叹息着,跳上了最后一辆货车。

四辆货车排成一行前进,雷狼和亚虎等人跟着头车,雨驰和安洁西他们则在最后压阵。

"你还没有见过库拉先生吧,他就在那辆头车里。"雨驰闲来无事与安洁西聊起天来。

安洁西对什么商人库拉不感兴趣,她时不时探出头去,向后方张望。

"你在担心什么?"雨驰问,"库拉先生是亚虎的老雇主了,身边还带着十名护卫,都是身手不错的,这一路没人蠢到敢来劫持库拉先生的车。"

"库拉先生是去日暮古域做生意吗?"安洁西问。

雨驰耸了耸肩:"有钱人的事,谁知道呢。"

"说的也是。"安洁西随口敷衍着。

就在这时,从车后的大路上疾驰过一队人马,马匹扬起的尘土遮天蔽日,小弱迅速跳上货车,躲到了安洁西的身后。

那些人从车边飞驰而过,经过他们身边时还做了个歉意的手势,行在最后的骑手回过头,安洁西注意到他的脸上戴着黑色的面具,细长的眼睛瞥了她一眼,然后转头离去。

"看来是同行。"雨驰道。

安洁西望着那人远去的背影,脑海中忽地闪过圣族夜闯银盾军团抚养院当晚的一幕,她意外被圣族挟持,抓住她的那个圣族虽然蒙着面,但他的那双眼睛却一直印在她的脑海里……记忆中的眼睛与刚才那人的眼睛重合在一起。

"西西姑娘?"小弱的声音打断了她的思路,"你在想什么?"他关心地问。

"在想帮你找个大娘……"

小弱:"……西西姑娘,你不能这样伤害我……呜呜呜。"年纪大又不是他的错。

接下来的时间,安洁西终于得到了安静,队伍一连行进了数日都平安无事,这天晚上,他们又露天扎营,吃过晚饭后安洁西带着白狗小九独自躲进了货车。

她从怀里掏出了那张从小弱手里买到的地图,原本她是打算前往银盾军团的主城去寻找副团长,现在只有他才能相信她,帮她洗清罪名了,或是……她重新把小九变回宝石匣,交回银盾军团,不过看着一个劲儿往她怀里凑的小白狗,她觉得这个可能性简直太小了。

还是想办法去银盾军团的主城吧,现在离了通缉她的孤光城,她的行动会更容易些,估算着再有两天他们就能到达日暮古域了。

小九把脑袋钻进她的怀里,看着她手上的地图:"溪西大陆怎么变成这个样子了,咦?标注溪东大陆那块不见了……啧啧……"

"什么溪东大陆?"安洁西以为自己听错了,谁都知道他们生活在溪西

第 2 章 逃离孤光城,前往日暮古域

大陆上，可从没听说还有什么溪东大陆。

"你年纪小，不知道也是很正常的。"小九老气横秋道。

安洁西一把扯住它的脖子，将它提起来："信不信我丢你出去。"

"待本大爷慢慢道来。"小九立马露出严肃的表情，仿佛刚才的那只狗与它无关一样。

安洁西这才把它放回车里："你说的什么溪东大陆，为什么我从没听说过？"

"那已经是好几千年前的事情啦。"小九摇头晃脑，"当时天族还生活在溪东大陆上面，后来天族消失，那块大陆也就不见了。"有关天族流传下来的都是些传说。

"溪东大陆在哪里？"

"天上。"

"你在骗我？"她怀疑地盯着小九。

"本大爷骗你做什么。"它用爪子指着地图上的某处，"这里的山脉是昆虚，在山顶有一座遗落圣殿，通过它就能到达溪东大陆。"

安洁西死死地盯着小九爪子所指的位置，如果她的记忆没有出错，她从小生活过的小村落就在那里，就在昆虚的那片山脚下。

自从父母抛弃了她之后，也不知他们现在怎么样了，一瞬间，安洁西有些晃神。

"有人过来了。"小九提醒道。

安洁西迅速将地图收好。

车帘被掀了起来，一个魁梧的身影出现在她的面前。

"烤肉，要吗？"对方逆光站着，安洁西看不清他的脸，但是依着身形，她能分辨出这人是兽族的雷狼。

"谢谢。"安洁西从他手里接过烤叉。

烤叉上面穿着两块正滋滋冒油的肉块。

雷狼俯视着她和小白狗。

"明天我们要改道，晚上早点儿休息。"说完雷狼放下车帘，转身离开。

改道？

安洁西很想把雷狼叫回来问个清楚，可对方是兽人，她犹豫了。

"小九，你去打听下。"她盯着外面盼咐小白狗，然而半天过去了，也没听小九回答，转头，只见堆着货物的车厢里，小九不见了踪影。

"吧唧吧唧……"手上的烤叉上传来奇怪的声音。

安洁西抬头，惊见白狗小九咬着烤叉上的肉，身体悬空地吊在那里，正试图把上面的肉块整个吞进肚子里。

"嗷呜！"一声惨叫，小九从车厢里飞了出去，"扑通！"它脸朝下，像块肉饼似的贴在了地面上。

小弱正好在附近："小九，你还会飞啊。"他惊讶道。

"算是吧，谁让我认了西西姑娘为主人呢。"它甩着尾巴，迅速钻进了货车底部，快速接近商人库拉所在的货车厢。

与此同时，库拉所在的车厢外，十名护卫分散着守在那里，将整个车厢都保护起来，地上燃着一堆篝火，亚虎正坐在那里和库拉先生说话。

"都准备好了吧，明天就要动手了。"库拉先生问道。

"那还用说。"亚虎得意地笑，"一切准备就绪。"

第二天一早，队伍出发前，小弱带着早餐面包来找安洁西。

"听雷狼说今天要改道？"安洁西不动声色地接过面包。

"对啊，前面的路有些危险，所以亚虎提议我们改道。"小弱解释着。

"你熟悉前面的路吗？"安洁西把面包掰开，分给白狗小九一半。

小弱露出得意的表情："我最早来到人族时，就是在日暮古域这边混，这附近我最熟了。"

安洁西意外地多看了他两眼："那你知道亚虎他们所说的危险是指什么吗？"

第 2 章　逃离孤光城，前往日暮古域

"日暮古域附近的荒原上乱得很，特别是前面要经过一处风化的石林，有不少劫道的出没，亚虎担心我们的货车走得慢，在天黑前不能通过风化石林。"

铁脚犀虽然极具力量与耐力，却有一个无法弥补的缺点：那就是走路慢。

"亚虎准备改道从哪里绕过风化石林？"安洁西问。

"从北边的山谷穿过，虽然绕些远路，不过那里地势却不像风化石林那么凶险，晚上宿营也不用担心会被人偷袭。"

安洁西默默吃完她的那份面包，整理好她的披风。

"喂，西西姑娘，你是不是发现什么了？"小弱追上来。

"没有。"安洁西含糊地回应。

小弱一把扯住她的披风："喂，你连我也信不过吗？"

安洁西上下打量着他，两人四目相对着沉默了老半天。

"你先说，你信我吗？"安洁西叹了口气。

"信！"小弱回答得毫不犹豫。

"为什么信我？"安洁西问。

"因为你是女的。"

"……"安洁西心想这是什么答案。

"我相信你有一颗善良的心，绝对不会见死不救，如果我遇到危险，你一定会救我的，对不对，西西姑娘！"小弱两眼闪闪发光。

"哕——！"正在啃面包的白狗小九干哕了一声："你能不能去别的地方恶心人，本大爷在吃东西！"

安洁西默默翻了个白眼，离开小弱，凑到前面雨驰的身后，听他与雷狼等人商谈今天的行程。

"……就是这样，我们起程吧。"亚虎简单地向大家解释了一番路线。

雷狼沉默不语，表情有些凝重，雨驰眺望着远方，安洁西感觉到来自身后沉重的视线……

回头，只见小弱怨气沉重地盯着她。

一个小时后，身后怨气依然存在，两个小时后，身后怨气都快凝结成石头了。

三个小时……

安洁西回头狠狠瞪着小弱："你到底想怎样？"

"不管发生什么事，你都不要抛弃我啊。"

安洁西眼角抽搐几下，她真的很想把他从车里丢出去，早知道她就不试探他了。

"大姐……"小弱见她表情有缓和的迹象，马上凑过来。

安洁西一巴掌按住了他的脸："嘘！"小弱一动不敢动，就连呼吸也都停止了。

货车微微颤动。

安洁西迅速把头伸出货车，车队的前方和后方同时有烟尘升腾起来。

她缩回车厢，扯过一只装着粮食的麻袋，一脚就把小弱给踹到了麻袋堆里。

"待着别动。"她把手里的麻袋丢在他的身上。

小弱被压得发出一声惨叫。

"闭嘴。"安洁西冷冷道。

"是是是……"小弱捂住嘴，再也不敢出声了。

"是劫匪吗？"白狗小九兴奋地竖起耳朵，像只小狐狸似的鼻翼翕动。

安洁西没有理会小九，跳下了车。

队伍停了下来，亚虎等人保护在前车周围，一队骑着马匹的蒙面人正向他们围拢过来。

"什么人？"雷狼喝道。

弓箭手雨驰敏捷地跳到车顶，手持弓箭维持着警戒的姿势，蒙面人抽出各自的武器，也没有与雷狼等人交涉，直接就冲了上来。

"哟，这就直接开打了！"小九在原地不停地挠着爪子，"本大爷已经热血沸腾了，我先去磨磨爪子……"

话音刚落，它"嗖"地一下钻进了车厢，只留下安洁西一个人站在那里，身边风儿吹过，咻！

今天的风儿甚是喧嚣……

蒙面人的队伍扑上来，瞬时场面一片混乱。

"保护库拉先生！"亚虎的声音时不时传来。

库拉先生身边带着十几名护卫，按说在人数上，他们并不吃亏，可是很快安洁西就发现了问题，那些护卫只是护着前车，根本不管后面几辆车，所以她和雨驰对付起敌人来有些吃力，特别是雨驰，他是个弓箭手，与敌人如此近距离接触，完全发挥不出他的优势来。

亚虎也是一心护着前车里的库拉先生，根本不管他们，只有雷狼会过来接应他们，可是他很快被敌人缠住，难以分神来帮他们。

奇怪，这些人看起来不像是打劫，也不像是要对商人库拉不利……安洁西略一分神的工夫，忽听雨驰大叫："西西姑娘，小心！"

眼前一暗，头顶出现一张大网，兜头落下。

糟糕！

安洁西想要躲开，但是已然迟了，网撒下来，正好把她罩在了里面，一个蒙面人打了声长长的呼哨，其余几人一拥而上，把网收起，连同安洁西一起挂在马背上，逃走了。

喂，说好了的打劫呢？

被困在网里的安洁西心里这个郁闷就别提了。

"喂，你们是不是抓错人了？"她忍不住提醒那些蒙面人。

"你是安洁西吧？"一个蒙面人扭头看了她一眼。

安洁西呼吸一滞，虽然没有得到她的回答，那人却看出她变了脸色："这就没错了，我们抓的就是你。"

好吧，遇到了倒霉的日子，喝凉水也塞牙。

蒙面人纵马狂奔，带着她进了山谷，前方道路越来越难走，地势越来越高，安洁西在网里被撞来撞去的，终于受不住了。

"你们能不能把我放开，我自己会走。"她故意摆出一副胆怯的模样，向那些人提议，"你们这么多人，我又跑不掉。"

几个蒙面人相互对视一眼，有人停下来，割开网，把安洁西放出来。

他们绑住了她的手，并拿走了她身上带着的短剑，不过却没人发现她怀里藏着的小魔法杖。

安洁西抿了抿嘴，隐住眼底的狡黠。

正常情况下，谁也不会猜到一个战士的身上会带着这种东西，短短的小法杖就跟个木棍似的，它会造成什么危害？

库拉先生的车队。

蒙面人的队伍突然全员撤退，弄得众人一时间不知所措。

"不好了，西西姑娘被他们抓走了！"雨驰从货车顶上跳下来。

亚虎望了一眼不远处尚未消失的烟尘，面无表情。

"我们不去救她吗？"雨驰担忧地问。

"我们要保护库拉先生。"亚虎道。

雨驰露出惊诧的表情："我们不去救她的话，她很可能会遭遇不测。"

"那也没有办法，还是你想自己去救她？"亚虎有些不耐烦了，"快收拾一下，我们要启程了。"

库拉先生的护卫们忙前忙后，队伍很快上路。

"雷狼，我们真就这么走了？"雨驰急急追在雷狼的身后问。

雷狼没有吱声，而是蹙着眉头来到亚虎身边，低声道："我们不能丢下同伴。"

亚虎咧嘴笑了笑："你胡说什么，什么同伴，她只是我们临时雇来的帮手。"

雷狼不解地看着亚虎，紧锁着眉头："你以前可不是这个样子的。"

亚虎无奈，胳膊搭上雷狼的肩膀，将他拉到一旁："你也太实在了，你知道那个女孩子是什么人吗？她敢混进我们的队伍来，说不定那些人就是跟她一伙的呢。"

"什么？"雷狼惊讶极了。

"那个叫安洁西的女孩子，她在孤光城被通缉了，我私下调查过，我怀疑刚才的那些蒙面人就是她的同伙，我知道你重义气，可有些时候不能心太软……"

两人正说着话，一名护卫过来叫亚虎："库拉先生请你过去。"

亚虎安慰似的拍了拍雷狼的肩，这才跟着护卫走了，车厢里铺着昂贵而奢华的毯子，库拉先生坐在上面。

"刚才那伙人是怎么回事？"库拉先生面露不悦，"不是说好了动手的吗？怎么就这么撤了？"

亚虎摇头："那些人我也不认识，我原本安排在进入山谷后动手的。"

库拉先生神色凝重，肥胖的手指上戴满了各色宝石戒指，他端起镶嵌着黄金的酒杯，"这次的事绝不允许出现差错，不然……你懂的。"

"库拉先生放心，万无一失。"亚虎信誓旦旦。

队伍继续前进，与此同时，进入山谷的安洁西被蒙面人带到林间一处临时营地内。

"老实些，你要是敢耍花招休怪我们不客气。"蒙面男子威胁道。

安洁西缩着肩膀，表现得就像个普通的女孩子，眼中流露出恐惧："你们是谁……为什么把我带到这里来……"

几个蒙面人没有理她，就在这时，一个脸上戴着黑色面具的男子来到她的面前。

"你就是被孤光城通缉的安洁西吧？"

安洁西屏住呼吸。

黑色的面具外露着一双细长的眼睛，深邃的眸子就像一方古井，把人吸入其中，他目不转睛地盯着她。

安洁西佯装胆怯的模样向后缩了缩。

面具男伸出手捏住了她的下颌，并把罩在她头上的兜帽掀了下去。

安洁西的秀发一下子从兜帽里散开，被风一吹宛如坠入尘世间的精灵，摄人心魄。

那人愣了愣，眼底掠过一抹惊艳："这么好的颜色却要藏起来，难怪你把自己打扮得像一个男孩子。"

安洁西无辜地眨了眨眼睛："你在说什么？我听不懂，你们抓错人了。"

面具男笑了起来："你骗不了我，你偷了银盾军团抚养院的东西，现在整个孤光城都在通缉你，只要把你交出去，就能得到一笔丰厚的赏金，而且全都是青米拉币。"

安洁西暗暗挑了挑眉梢，全都是青米拉币，果然是赏金丰厚，就连她自己都有些心动了，只可惜她不能去把她自己卖了。

面具男蹲在她的面前，直视着她的眼睛："只要把你交出去，我们就发财了。"

安洁西往后挪着身子，企图把下巴从对方的手上收回来："我真的不是你们要找的人。"

"别耍花招，你也知道回去孤光城的下场吧。"面具男煞有介事地威胁她，"敢偷银十团的东西，他们会把你吊死。"

安洁西扯了扯嘴角，那表情怎么看都像是在嘲讽对方。

面具男眼中闪过一丝意外："你也不想死吧，不如我们谈个条件。"他索性坐在了安洁西的对面。

"什么条件？"安洁西怯怯地看着他，眼角余光却在打量着周围，她发现自己的短剑就插在不远处的树桩上，从距离上判断，她就算能把剑拿到手里，也会遭到对方的攻击，加上面具男在内，他们一共有六个人，不过她相信，还有其他人存在，因为他们的队伍遭到攻击时，敌人足有十多个，也不知他们现在藏在什么地方。

面具男目不转睛地盯着她："把你偷来的东西交给我们，我就放了你。"

安洁西睁大眼睛："真的？"

面具男点头。

"太好了。"安洁西露出灿烂的微笑，"哎，可是我没有偷东西啊，怎么交给你？"

"你……"面具男目光一冷。

"你敢耍我们！"一旁的几个蒙面男子叫起来。

"我怎么敢？"安洁西无辜地咕哝道，"我真的什么也没有偷，我拿什么交给你们？不信你们把我放开，我把身上的东西都拿出来给你们看。"

面具男眯了眯眼睛："为什么要把你放开？这样我们也一样能搜。"

安洁西陷入了沉默。

"怎么样？是你自己交出来，还是让我们搜？"面具男问。

"随你们吧，反正我说的话你们也不信。"安洁西低下头，一副认命的样子。

面具男目光不瞬地盯着她。

"头儿，要不然还是搜一搜吧？"一旁有人低声询问面具男。

面具男缓缓点头，有人来到安洁西跟前，伸手就想去揭她的披风。

"喂，你等一下，我想起来了，我这里确实有个东西，不知是不是你们想要的……"说着安洁西主动伸手到怀里去掏东西，在其他人看来，她的这个举动是因为觉得自己再也藏不住东西了，所以才主动交出来。

可是安洁西掏出来的却是一根小法杖，只比筷子长不了多少，普通得不能再普通了，冷不丁看上去就跟个细木棍似的。

所有人都没反应过来，一道白光自法杖的前端射出，正中对面的面具男。

"训诫之术！"在安洁西的一声清喝下，面具男消失了。

"头儿！"众人大惊。

刚才发生了什么，为什么眼睁睁的，他们的首领就不见了！

安洁西却没容他们有反应的时间，俯身从地上抓起一物："谁也不要过来，不然我就把你们头儿的肚皮戳成筛子！"她喝道。

众人这才看清，她的手里抓着一只大号的青蛙，青蛙气得鼓起肚皮，身体胀得像个球。

安洁西手中的法杖正戳在青蛙的肚皮上。

这只青蛙……难道就是他们的头儿？

众人全都傻了眼。

第2章 逃离孤光城，前往日暮古域

第3章　劫持青蛙，误会那么大

安洁西抓着小法杖，法杖一端正戳在青蛙的肚皮上面。

对面的几个蒙面男子全都呆住了，这是怎么个情况……他们的头儿哪儿去了？

看着安洁西手里抓着的青蛙……众人面面相觑，似乎不敢相信自己的眼睛。

眼前这个女子不过十六七岁，看她的打扮应该是个战士，虽说嫩了点儿，不过身手还是挺敏捷的，所以谁也不会相信她能控制元素之灵。

"你是……魔法师？"有人忍不住惊讶地叫出声来。

安洁西可没时间跟他们促膝长谈："退后，不然我可真的要下手了。"

众人眼看着她把法杖的一端戳在青蛙的肚子上，青蛙眼睛暴凸，看样子是气得快要炸开了。

"刚才我好像听她喊出什么……训诫之术，她该不会真是个魔法师吧。"

假扮成战士的魔法师吗？人们相互对视一眼，都觉得有些不可思议。

要知道魔法师可是个相当脆弱的职业，从来不会与敌人单打独斗，刚才他们在库拉的队伍里抓住她时，见她身手相当不错，近身战时也没有后退，所以谁也没有往这方面想。

安洁西成功劫持了"青蛙"，迅速后退，不多时退出了众人的视线。

"就这么让她跑了不成？"有人提出异议。

"放心，她跑不远。"

"咱们头儿怎么办？"

"训诫之术只能维持很短的时间，你们不用担心，头儿什么样的风浪没见过，我们先去把谷口附近的路封住，谅她就是长了翅膀也飞不出去。"

众人分散开来，大部分都往谷口方向去了，而此时，安洁西却抓着她的"俘虏"逃往相反的方向。

训诫之术的维持时间并不久，很快她手里的青蛙就要变回原来的样子，她必须在此之前找到挟制他的方法。

远远地，她看到前方裸露的山岩上攀附的藤蔓。

正好可以借来用用，她加快脚步靠近山岩。

训诫之术消耗的法力并不多，但对于安洁西来说，她已经感觉到有些不适。

从距离上判断，在她到达山岩处青蛙身上的训诫之术就会消失，她要么能迅速制伏对方，要么就只能再施展一次训诫之术，这会为她争得更多时间。

就在她差十几步到达山岩前时，手里的"青蛙"开始变化，安洁西丢开它，握紧小法杖。

青蛙落地的同时，变回了人形，就算他的脸上有面具的遮挡，安洁西也看得出他脸上的愤怒。

他快被气炸了。

"小丫头，你知道自己在做什么吗？"他喝道。

安洁西眯起眼睛笑嘻嘻的："当然知道，为了活命！"她扬起法杖……与此同时，对方也从腰间抽出一支前端镶有水晶的法杖。

两道元素之灵的光波同时出现，一道白光，一道紫光。

同时命中目标。

面具男再次变成了无辜的"青蛙王子"。

安洁西则什么事都没有，紫色的魔法光波在她的周围闪耀，爆出无数细小的火花，最终消失得无影无踪。

青蛙张大了嘴,魔法居然对她无用?

安洁西抖了抖披风,散去剩下的元素余波,低头怜悯地戳着青蛙的背,"感觉怎么样?是不是挺窝火的?"她连续不断地戳着,青蛙绝望地挣扎,企图从她的魔爪下逃走。

"刚才的本事哪里去了?不是说要把我交给银盾军团吗?你信不信我现在就把你的青蛙腿卸下来烤着吃了?"

青蛙被她肚皮朝天地掀翻在地,四肢乱划。

安洁西是幸运的,圣族的魔法对她无效,这曾是她不幸的根源,因此而被父母抛弃,可是现在却成了她制胜的关键。

在青蛙眼里,安洁西的微笑就像天使一样,却散发着莫名的阴森之气。

青蛙的腿抽筋了。

安洁西抓住它直起腰来的时候身子微微晃了晃,不妙不妙,使用过魔法后,果然身体承受不住啊,必须尽快找个地方休息一下。

她几步来到山岩前,抽出几根藤蔓,绕成一个圈,看着有点儿像狩猎用的陷阱,做好这一切后,时间也差不多了,青蛙身上的训诫之术再次失效。

安洁西将青蛙丢到陷阱里,同时拉动藤蔓的一端,面具男在变回原来样子的同时,身体也被骤然收紧的藤蔓捆住,动弹不得。

安洁西拍拍手:"这样一来,世界就安静了。"面具男已经郁闷得说不出话来了。

安洁西打量了对方一番,从他手里将紧握的法杖抽了出来。

"放手吧,这东西你不再需要了。"

面具男子瞪着他,手指紧握着法杖不想松开。

"放松。"安洁西拍了拍他的肩,带着痞气的微笑,"为了我们之间能友好相处,我觉得你应该知道怎么做才是正确的。"

"你会后悔的。"面具男咬着牙,无奈地放开手。

安洁西抽去他的法杖时,注意到他手指上戴着一枚紫水晶戒指:正面刻着字母 B，背景是魔龙图案。这是贵族才有的东西！安洁西眉梢挑了挑，看来她又要惹上大麻烦了。

"你想杀了我？"面具男目不转睛地盯着她。

安洁西走到他面前，缓缓抬手。男子呼吸一滞，然而安洁西的手却只是摘下了他脸上的面具。

黑色面具下，露出了一张白皙的面孔，就像常年处于不见光的环境，略显细长的眼睛，带着贵族才有的傲慢与镇静，冰雪雕刻一般的下颌，紧抿着的唇角透着倔强与坚毅。

他的样貌让她觉得有些熟悉，似乎在哪里见过。

"我想起来了，原来是你。"安洁西恍然，神色带着气急败坏。

男子愣住了："……认识我？"

"你就是化成灰我也认识，圣族派来的刺客，那天晚上潜入银盾军团抚养院的就是你们。"安洁西愤愤道，"要不是你们，我也不会落到这种地步，说起来还真的是要多感谢你们啊，害得我到处被通缉……还想骗我交出东西，你真以为别人都是傻的吗？"

那天晚上，就因为这些圣族人夜入银盾军团抚养院，结果害得她被卷入其中，她越说越来气，还用手里的小法杖敲了一下对方的脑袋。

男子被藤蔓捆着，根本动弹不得，只能眼睁睁挨了一下子，虽说不怎么疼，却让他的心情极度不爽。

先是被变成青蛙，然后又被对方用这种雕虫小技缠住，他这辈子都没吃过这种亏，受过这种委屈。

"怎么，心里不爽？"安洁西横了他一眼，"不爽也得忍着，我被你们连累得差点儿连命都没了，你还不让我揍几下出出气。"

"那你准备杀了我出气？"圣族男子反问。

安洁西笑容苦涩："如果有可能，我还真想杀了你，然后把你送到银盾军团去，我想他们可能会原谅我犯下的错。"

"如果你肯把东西交给我,我会帮你洗脱罪名,让你重新回到银盾军团抚养院去。"男子认真道。

"听了你的建议我很想这么做。"安洁西叹了口气,"可问题是,我不知道你们想找的东西是什么。"

"你偷走了银盾军团的阴鱼。"

"谁?我?"安洁西两眼茫然,"阴鱼是什么东西?"

圣族男子也愣住了,两人面面相觑。

突然感觉……两人间的误会那么大……

林中,圣族人四处搜寻着安洁西的踪迹,而此时,安洁西却劫持了这些人的头头,两人一前一后地往山上跑去。

"你走反了吧?出谷的路在另一边。"圣族男子忍不住开口提醒她。

"不用你说,我分得清。"安洁西回身丢给他一记白眼。

他们那么多人都在抓她,往谷口方向去岂不是自投罗网,他们一直爬到山顶,另一侧的山体陡峭如天梯。

"我早说过,这里走不出去。"圣族男子嘲讽道。

安洁西回身猛拉藤蔓,把那人拽到身边:"能不能走出去用不着你管,你再多嘴我就把你从这里丢下去。"

圣族男子愤愤咬牙道:"你太粗鲁了,我从没见过你这样的人族女子。"其实他还想说,他也没有见过生有如同精灵般灵动双眼的女子。

"你没见过的事情多了。"安洁西向他瞪眼睛,要不是因为圣族与人族的战争,她现在还好好地生活在父母身边呢。

圣族男子不吭声了。

安洁西拉紧披风,坐下来休息。

男子手指悄悄缩了起来,似乎是想趁着安洁西不备,从腰间掏出什么来,安洁西坐在他的对面,脸色有些疲惫,不过眼睛却是亮晶晶的,死死地盯着他。

男子手指犹豫了一瞬，最终放松开，放弃了他的小动作。

"你们为什么会以为阴鱼是被我拿走的？"安洁西问。

"因为那晚只有你进了银盾军团抚养院地下的密室。"

"我那是为了逃命，我又不知道那里的地下室是干什么的。"一提起这事安洁西就气不打一处来，她不过是起个夜，就倒霉地被卷进去了。

"你叫什么名字？"她斜眼盯着圣族男子。

"……冯斯伦。"

本以为他不会开口，安洁西惊讶："是真名？"

"是。"

安洁西更是意外："你就不怕我知道了你的真名后……"

"知道了又怎样，谁会相信你？银盾军团？"

安洁西一下就被他的话噎住了，虽然不甘心，但不可否认的是，对方的话说得太有道理了。

她只是一个普通人，还被银盾军团通缉，就算到处嚷嚷她发现了圣族，人们也不会相信。

冯斯伦看着安洁西苦着小脸，那表情反而取悦了他："我觉得我们之间可能有些误会，如果你真的没有拿阴鱼，银盾军团的人怎么可能通缉你？"

安洁西坐在那里生闷气，不想回答他的话，她会被通缉是因为动了银盾军团的另一件秘宝：蓝宝石匣。

因为她的触碰，蓝宝石匣变成了白狗小九，哎呀，好烦，不管哪一件事说出去只怕都没人相信。

安洁西揉着眉心。

太阳渐渐转到西面，山顶的风更大了，林中传来细微的沙沙声，像是有什么在地上跑动，踩着地上的枯叶。

安洁西与冯斯伦同时警觉起来。

"如果我的手下找来，你还有活路吗？"冯斯伦问。

安洁西耸了耸肩："谁知道呢，不到最后一刻，谁也说不准。"

冯斯伦被藤蔓束缚着的胳膊动了动，手指再次探向腰间，就在他准备抽出暗藏的利器准备脱困时，对面的安洁西却突然站了起来。

"来了。"

什么来了？是他的手下吗？冯斯伦顺着她的目光望去，林中唯有风声呼呼刮过。

"哦……哦哦哦哦……"

林中响起野性的嚎叫，由远而近，一团黑影突然冲出林子，向着冯斯伦扑过来，冯斯伦被藤蔓捆住，来不及躲闪，直接被那团影子撞倒在地，顺着山坡滚下去。

与此同时，从一棵树上荡下一个人，倒吊着，伸出双手，一下子抓住了安洁西，"嗖"地弹回树顶。

冯斯伦抬头去看树顶，那人很快从这棵树顶跳到了另一棵树的树顶，动作之快，就连他的眼睛都没跟上。

"喂，鼻涕虫，等等本大爷！"刚才撞倒冯斯伦的黑影跳起来，追着树上遁走的两人。

冯斯伦这才发现，刚才撞倒他的那团黑影，居然是一条白狗，狗脑袋的正中央，还有前肢的肩部位置上就像被镶嵌上了蓝宝石，在黑暗中闪耀着点点莹光。

这些还不是最令人惊讶的，那只狗竟然会说人话，如果他刚才没有出现幻觉的话，白狗说的每一个字，他都听得真真切切。

树顶再次荡下一个人影，白狗跳起来，也被那人抓住，很快又弹回了树上。

"头儿！"不远处传来同伴的呼喊。

冯斯伦这才回过神来，他的圣族手下很快找到他，没等其他人伸手，冯斯伦手指自腰间抽出利刃，转瞬便把身上捆着的藤蔓斩断了。

"头儿，你没事吧？"众人不安地打量着他。

"我能有什么事。"冯斯伦冷冷道。

"……那个人族的女孩子呢？"众人张望着，没有发现安洁西的踪迹。

"跑了。"

"跑了？头儿怎么会让她跑了？"

"她一定有同伙吧？我们刚才听见树上传来野兽的嚎叫了。"

冯斯伦眉头紧蹙，刚才就连他也没有看清树上荡下来救走安洁西的是什么人。

"我们现在怎么办？"有人问，"阴鱼还在安洁西那里，我们不能一直留在人族。"

"她说阴鱼不在她手里。"冯斯伦打断了同伙的话。

"也许她是在撒谎。"

冯斯伦接过手下帮他寻回来的法杖，望着法杖顶端的元素宝石出神，刚才她有不少机会杀了他，但是她没有，就算在猜到他的身份后，仍然没有下手……看来她是个聪明人。

阴鱼……也许真的不在她的手里……也说不定。

冯斯伦这边重新聚拢人手，在山顶分散开来，四处搜寻安洁西，然而直到午夜，他们也没有任何发现。

与此同时，山脚下。

安洁西拉紧身上的披风，回头眺望着黑黝黝的山顶。

"没想到鼻涕虫挺厉害的嘛，你的真身是什么虫啊，你的尾巴竟然还有这种用处……"白狗小九唠唠叨叨地跟在安洁西身后，时不时打趣一旁走着的年轻人。

"小弱，谢啦。"安洁西对着年轻人露出微笑。

那人正是胆小鬼，虫族的小弱。

安洁西拍了拍小弱的肩膀："谢了。"

小弱显得很激动："我……我也没想到，我们真的逃出来了。"

白狗小九看着小弱两条不住哆嗦的腿，撇着嘴："身为虫族，哪里有树木林地，哪里就能发挥你的能力，你怕什么，不是还有本大爷嘛。"

"可是，可是……我还是害怕啊。"小弱腿抖得都快走不动道了。

安洁西扯着小弱的胳膊，强拽着他往前走："亚虎的队伍呢，他们把货车停在哪里了？"她问，她现在只想尽快找个地方休息一下。

小弱表情怪异："他们……他们先走了。"

安洁西听了，反而显得很冷静，只是"哦"了声，这种事也是司空见惯，她与亚虎他们只能算临时组队，如果发生什么事，他们也没有义务去救她。

"不，我是说，他们没办法来救你。"小弱极力想要解释清楚。

"算啦，还是我来说吧。"小九愤愤地打断了小弱的话，"你被那些人抓去后队伍也跟着进了山谷，可是不知从哪儿冒出伙人来，设了埋伏，一通乱箭，众人都受了重伤，货车被洗劫，亚虎带着雷狼单独护着库拉先生先逃出去了，雨驰为了掩护他们，那个……你懂的。"

安洁西沉默了，她当然懂的。一个弓箭手而已，就像她一样，被舍弃了。

她看了看小弱："你是怎么活下来的？"

小弱哆嗦着："你……你让我不要动，我就没敢动，一直在车里……"

安洁西嘴角抽了两下，这家伙还真是听话，不让他动，他就当真藏在货堆里面不动。

"我等他们都走远了，这才爬出来。"小弱实话实说，"本来我不敢来救你，可是小九它威胁我。"

小九龇牙："胆小的鼻涕虫。"

小弱沮丧地低下头。

"亚虎和雷狼他们都跟着库拉先生逃走了？"安洁西问。

"是的，我出来的时候就没看到他们了。"小弱说。

"其他人呢？"安洁西问。

"库拉先生身边的护卫死了三个，别的人没看见。"

安洁西微锁双眉，总觉得哪里不对劲："带我去看看，货车里还有什么剩下的，也许我们用得上。"现在就剩下了他们几个，他们要想办法离开这里，前往日暮古域。

小九带路，很快回到发生抢劫的现场，三辆货车歪歪扭扭地停靠在路边，拉车的铁脚犀全都不见了。

安洁西扫视了一圈，有一辆车不见了，要么是被抢劫者抢走了，要么就是被库拉先生他们带走了，地上散落着不少粮食，安洁西循着粮食散落的痕迹看过去，从其中一辆车里发现了数袋大麦。

有吃的总比饿肚子好。

安洁西暗暗松了口气，但是当她看到雨驰的尸体时，心情就再也轻松不起来了，雨驰脸朝下倒在地上，衣服全都被血浸透了，地面上残留的箭支随处可见。

安洁西蹲下来，用手轻轻把雨驰翻过来，死亡的颜色，泛着灰败。

安洁西垂着头，默默地维持了这个姿势几秒钟。

对于雨驰她了解的并不多，他们之间相处也不过是几天时间，可她知道，这个拥有着半人族半精灵血统的年轻人是热心的。

"如果能平安到达日暮古域就好了，就不会发生这些事了。"小弱躲得远远的，好像非常惧怕死人。

安洁西忽地抬头看向周围："不对。"

"什么不对？"小九不明所以。

安洁西站起身，迅速环视周围，"你们不是说库拉先生的护卫也折损了三个吗，他们的尸体呢？"

"哎，他们之前明明是在这里的。"小弱绕着三辆货车转了一圈，"之前他们就是倒在这里，你看，这里还有血迹呢。"

安洁西走过去，光线太暗，她看不清地上的痕迹，她蹲下来用手摸了摸

地面的泥土。

带着淡淡的甜酸味。

"小九！"安洁西喝了声，"你来闻闻看，这是什么？"

小九嗅了嗅："这不是血的味道。"

小弱的脸色顿时变得非常难看。

小九又闻了闻其他几个地方，打了个喷嚏："没错，这些只是红色的染料。"

"难……难道说……库拉先生的护卫……一个也没死？"小弱惊骇地睁大眼睛，"可是，他为什么要这么做？"

"谁知道呢，这件事只有去问他或是亚虎了。"安洁西一字一顿道。

"你怎么知道亚虎是与库拉先生一道的？"小弱完全蒙住了，他自认比安洁西还要熟悉亚虎，他好歹也在孤光城里混了好些年。

安洁西看了小九一眼，把那天晚上小九偷听库拉与亚虎谈话的事情说了。

"开始的时候，我以为抓走我的那些人是亚虎安排的，看来只是巧合。"安洁西道，"我不知道库拉先生为什么要这么做，这次护送任务本身很可能就是一个骗局，亚虎把我们都骗了。"

"那……雷狼他……会不会也是亚虎他们一起的。"小弱两眼茫然，突然间他发现好像连个可信的人都没有了。

安洁西脑海中闪过那天晚上雷狼送烤肉来时的一幕，她拼命回想，试图从那简短的回忆中找到些许答案：雷狼真的不知情吗？还是他与亚虎一样，与库拉合谋，把他们算计在内。

"剩下的事以后再说，我们先去日暮古域。"安洁西发了话。

他们如今只有前往日暮古域。

山上还有圣族在，安洁西等人不敢停留太久，他们取走了一些粮食后，把雨驰的尸体抬上货车，点了把火。

安洁西走出很远，回头望去，黑夜中，仍然可以看见点点火光。

乱世中，人命如草芥。

她不知雨驰是否有家人，也不知是否还有人在惦念着他，等他回去。夜风吹散火苗，卷入苍穹，璀璨地一闪而过，而后便是……湮灭。

她会查明真相，至少可以慰藉他们的在天之灵。

安洁西等人徒步用了六天才到达日暮古域，远远望去，日暮古域更像是一处荒废的城，三面环山，一面向着无尽的荒漠。

"日暮古域这里没有城主，各种势力并存，在这里想要混得好就要舍得花钱，还要管好自己的嘴巴跟眼睛。"小弱作为资深流浪汉，在安洁西和小九面前侃侃而谈。

进城时，他们没有遇到任何阻碍，这里甚至连守城的卫兵都没有。

"让开让开！"就在这时，他们身后传来一阵粗鲁的吆喝声。

安洁西等人闪到一旁，只见一队兽人赶着木笼车进了城。

安洁西和小弱等人闪向一侧，兽族的车队摇摇晃晃地从他们面前经过，一股腥臭的味道从车上的木笼内散发出来，令人作呕，不少人都下意识地用手捂住鼻子。

安洁西盯着那些笼子，她注意到不少人看到那笼子时都会露出惊恐的神色。

就算兽族现在与人族为敌，可是这里是日暮古域，一个没有城主统治的地域，各方势力混杂，敢在这里指手画脚的，都是有背景的人物，所以大白天的，没什么人敢挑事，招惹麻烦，他们又等了一会儿，兽人队伍全部通过后，这才跟着进了城。

这里就像座荒废的城邦，到处弥漫着颓废低落的情绪。

安洁西跟着小弱一路走，一边看着街边的建筑，城里的居民比她想象中的还要多，大部分都是人族，偶尔有兽族路过，人们都避得远远的。

"这些兽族是贩卖奴隶的。"小弱解释道，"他们与这里的一些人族商

人勾结,把奴隶贩卖到圣族去。"

安洁西一愣:"圣族?"

"是啊!圣族那里需要大量的奴隶,因为环境恶劣,不少奴隶在圣族都活不过一年,所以他们会经常补充新的奴隶。"

听了小弱的话,安洁西沉默了很久很久,这种事,她还是头一回听说。

人族中居然有商人和兽族勾结……这简直是她听到过的最大的丑闻。

小弱却不屑一顾:"这算什么,这又不是秘密,大家都知道。"

安洁西已经惊讶得说不出话来了。

"喂,鼻涕虫,你别吓唬西西姑娘。"白狗小九不满地向他瞪眼睛,"你们不是要找亚虎和雷狼他们吗,还不快点儿去打听消息!"

"知道了,你是老大。"小弱苦着脸,跑到路边一家店铺内,不知和对方老板说着什么。

"这样……不太好吧。"安洁西有些犹豫,"商人库拉应该已经到了这里,他们应该不知道我们还活着,要是随便打听的话会不会走漏我们的消息?"

小九满不在乎:"这有什么,大不了出了事我们再跑。"

安洁西狠狠地把它提起来,"你还真是不怕被通缉啊。"

"本来嘛,虱子多了不咬人,本大爷怕啥?"小九两只前爪抱在一起,像是人类抱着肩膀。

安洁西晃了晃它:"下次要是被人追,我就把你先丢出去。"

"别啊,你怎么能这么狠心,西西姑娘,我可是一心一意地想跟着你啊,哎,你看那边墙上贴着什么,为什么看着那么像你的画像?"

安洁西心里咯噔一下,顺着小九的视线看过去,只见对面的墙上贴着好几张通缉令,最上面的几张还是崭新的,其中一张清晰地画着她的肖像。

通缉令的附近站着不少闲散的男子,他们显然也都是像之前亚虎那些人一样,平日里没事晒太阳喝酒打发时间,有机会就狠狠赚一笔,不过这钱来得快,去得也快,而且谁又能知道在这些人中,有多少今天走出城去,明天不会再回来，就像弓箭手雨驰，死在不为人知的地方。

也许还有人在等他回去……但他已经成为过去，世上再也听不到他的任何消息。

安洁西拉紧兜帽，遮住自己的脸。

"没想到这里还有你的通缉令。"小九啧啧称奇。

安洁西却眉头紧锁，按说日暮古域这里远离孤光城，就算有通缉令也不该这么快被贴出来，再说银盾军团想要抓她回去是为了那件消失的宝石匣，也就是变成小九的那个东西，所以通缉令上写明要活捉，并交给银盾军团才能得到酬金。

"啧啧，你越来越值钱了。"小九喃喃道。

"闭嘴。"安洁西随手丢了小九，来到人群后，看着墙上的通缉令。

当她看到通缉令上的字时她愣住了，这不是来自孤光城的通缉令，而是……日暮古域当地的……

小九一个劲儿地咬她的披风下摆，想把她往一边拽。

安洁西深吸一口气，站在那里没有动，通缉令上的字不大，但字字句句都像烙铁般烫在她的心口。

"敢抢劫库拉先生的队伍……看来那人胆子不小啊。"

"可不是，就连亚虎这次也栽了。"

"看年纪……还是个小女孩吧，她真的就是抢劫库拉先生的凶手？"

"听说她还偷了银盾军团的东西，现在孤光城那边也在通缉她呢。"

"一个小丫头能有什么本事，能偷银十团的东西？"有人不太相信。

"这次库拉先生也是受银盾军团所托，秘密运送一件宝贝，谁知道竟被护送队伍里的人下了黑手，哎，看来那个小丫头大有来头，说不定是圣族派来的奸细呢。"

人们议论纷纷，不少人都看上了那张通缉令上价格不菲的酬金，然而却没有一个人敢上前把通缉令揭下来。

"五百个青色水晶米拉币，真是不少。"有人叹息着。

"你看中了？"旁边有人调侃着那人。

叹息的男子摇了摇头："虽然价格不菲，但银盾军团却指名要活捉。"那人指着通缉令最下方的小字，"这小丫头既然能从亚虎的眼皮底下偷走了银盾军团托付给库拉先生的宝贝，自然有些手段，如果是直接杀了会更省事，要活捉她还要送去孤光城给银盾军团抚养院……一路上麻烦得很。"

不少人纷纷点头附和。

安洁西悄然退后，直到走出很远，她才敢正常呼吸。

"西西姑娘，你出名啦。"小九得意地扬着头。

安洁西狠狠瞪了它一眼，她确实是出名了，可是麻烦也更大了！她连库拉先生运送的是什么货物都没见过，就突然变成了抢劫库拉车队的通缉犯。

这个黑锅可是有点儿重。

"一个锅，两个锅，反正锅多不压人嘛。"小九乐呵呵的，仿佛从来就不知道什么叫愁。

安洁西强忍住想把它直接炖成食物的念头，回头寻找小弱。

小弱刚从一间店铺出来，安洁西上前一把扯住他："我们快点儿离开。"

"去哪儿？"小弱一头雾水，"难道你们也打听到库拉的消息了？"

安洁西与小九同时一愣："你打听到库拉的消息了？"

"对啊！"小弱笑起来，"那间店铺的老板娘人很善良，她今天正巧往库拉先生住的宅子里送过新鲜蔬菜，所以我很容易就打听到消息啦。"

说着小弱扬手对着不远处的店铺老板娘挥手。

"多谢你，宝贝！"他向对面不断放电。

老板娘差不多三十多岁，穿着粗布衣裳，收拾得很干净，她系着围裙，脸上带着羞涩的红润。

安洁西与小九同时发出"嘘"声。

这位"大爷"的魅力果真势不可当，单靠脸就把消息打听出来了。

安洁西跟着小弱顺着城南的街巷径直向前。

"喂，后面有人跟上来了。"小九颠颠地跟在安洁西腿边。

"知道。"安洁西头也不回，加快脚步。

小弱紧张起来："不会吧，我们才刚进城不久，怎么会有人盯上我们？"

"因为西西姑娘太值钱了。"小九咂着嘴，肚子里咕噜咕噜一阵，它无聊地打了个哈欠，"本大爷饿了。"

小弱紧张兮兮地向后张望，结果反被安洁西一把揪住衣领。

"别回头，不想死的话就一直往前走。"她威胁道。

"可是……他们要是从后面出手怎么办？"小弱腿又哆嗦了。

"他们如果出手小九会提醒我们的。"安洁西手里扯着小弱，加快脚步。

再说她还不能确定后面跟着的那些人有什么目的，他们才刚到日暮古域，绝不能把事情闹大。

"附近有躲避的地方吗？"安洁西拐进一条巷子。

"有，有的。"小弱哆嗦着抬头寻找，似乎在辨认方向，"往这边走！"他用手指了一下。

安洁西迅速顺着小弱指引的方向蹿入了小巷的更深处，小九悄无声息地跟在安洁西身后，在安洁西刚进入一条巷子时，它也蹿了进去，但是很快它就被一只脚踢了出来。

"你去引开他们。"安洁西命令道。

"啊啊啊……西西姑娘，你真无情。"小九可怜兮兮地眨巴着眼睛，"我这么纯真可爱……"

"不想晚上变成狗肉切片就快去。"安洁西低喝了声。

小九二话不说，"嗖"地一下转身跑出巷子，安洁西与小弱背靠在小巷的墙壁两侧，听着外面的脚步声越来越远。

小九把那些人引开了。

安洁西肩膀松懈下来，忽地发现对面的小弱身体渐渐滑到了地上。

第 3 章 劫持青蛙，误会那么大

"怎么了？"安洁西问。

"腿……腿软，我坐一会儿。"

胆小鬼啊，安洁西扶额叹息。

他们又等了会儿，不见小九回来，于是安洁西提议先走。

"小九会不会被他们抓去？"小弱问。

"不会，就算被抓去它也会跑回来。"安洁西没有任何留恋地往前走。

小弱仍时不时回头望着他们来时的路，希望小九能追上来。

"你说的可以藏身的地方，就是这里？"安洁西站定脚步，看着面前出现的一间破旧的店铺。

招牌早就破破烂烂了，橱窗里摆着画架，还有各种颜料。

"对，就是这里。"小弱最先进了门，抓起门侧的铜锤轻轻敲打一面铜鼓。

铜鼓发出金属的撞击声，但是店铺的主人仍然没有出现。

"你进来吧。"小弱回头招呼安洁西。

安洁西进去后四处打量。

店里光线昏暗，地上摆满了画架，桌上堆着瓶瓶罐罐，颜料把桌面都浸透了，也不知这张桌子被使用了多少年，腐朽得像是快要散架。

安洁西想到这里，不禁伸出手碰了一下那张桌子，桌子发出一声刺耳的"吱嘎"声，安洁西吓得缩回手，紧接着，那张桌子竟然真的断了条腿，眼看就要倒下，小弱猛地扑上去，死死地抱住断了的桌腿。

"总算让我抓住你了，你这浑蛋，看我怎么教训你……"画室内传来愤怒的咆哮声，紧接着一顶帽子出现在安洁西的视线里。

那是一顶尖顶的帽子，上面沾满了五颜六色的颜料，因为小弱的身体挡住了帽子下面的部分，所以安洁西只看到帽子扑过来，开始攻击小弱。

小弱大声叫起来："别打别打，是我，是我啊！"

"打的就是你，别以为我不知道，每天到我这里偷东西的就是你！"

"你认错人了，是我啊。"小弱纵是被打，仍然不敢松开断了腿的桌子，

"大姐，快来救我！"

安洁西无奈，绕过小弱她这才发现那顶帽子的主人居然是一个矮人，长着大把胡子，冷不丁看上去就跟个长相奇特的树桩子似的。

安洁西居高临下地看着矮人，矮人手里拿着个扫把，正疯狂拍打小弱。

忽地他看见安洁西："哦……哦……哦！"他发出惊讶的喊声。

"刚才是我碰了你的桌子，你可不可以别打我的朋友？"安洁西掀起头上罩着的兜帽，露出善良的微笑，她深知什么是自己的长处，遇到这种事，向来只需一个微笑就能解决。

矮人在看到她的脸时，更是惊得扔掉了手里的扫把，"我的天哪！这位小姐，你简直就像是天神降临，我仿佛看到你在闪闪发光……"

小弱缓过劲来："三角架，你不能想办法把这桌子撑住吗？不然我可真的松手啦。"

矮人一愣，看清小弱的脸时更是发出一连串的惊叹："哦哦哦！"

"快点儿，不然我真松手啦！"小弱没什么力气，眼看就要放手，安洁西上前帮他支住桌子。

矮人随便拖过来个水桶，用它支住桌子。

"不用管它，它一直就是这个死样子。"他对着桌子愤愤道。

"你的眼神越来越差了，连我的声音都分辨不出来了吗？"小弱不满地嘀咕着。

"我还以为你是那些偷东西的贼呢。"矮人解释着，"那些人越来越猖獗了，专门来偷我的东西，再这么下去，我真的待不下去了，迟早要搬离日暮古域。"他说着话，忽地又转向安洁西，"哦，美丽的小姐，我能否有幸为你画一幅画呢？"

"这……不太好吧。"听了这话，安洁西脑海里首先跳出来的三个字就是：通缉令。

要是这个矮人真把她画出来，怕是会被不少人盯上。

"不用麻烦了。"安洁西连连拒绝。

然而矮人却锲而不舍,安洁西总算是见识到了矮人族固执的特性,一旁的小弱简直都快成了空气,甚至都无须她询问,很快就从矮人的话中得到了她想知道的所有消息。

眼前这个矮人名叫"三角架",对,没错,就是支撑画板的那个玩意儿,不过这绝不是他在矮人族里生下来时母亲给他取的名字,对于他们来说,完整的名字常常需要带有他父亲的名字、他祖父的名字、他最尊敬的人的名字、他老师的名字……还有很多很多数不清的值得他尊敬的名字。

这样一来,就算他本人记得完整的名字叫什么,可是向别人介绍自己时,却足以令对方听得头晕目眩,所以矮人们往往会按照自己的喜好,另取一个简短的"代号",作为他们的名字。

"我们今晚要暂时住在你这里。"小弱终于找到机会打断三角架对安洁西献殷勤。

"就你们两个?"三角架问。

"还有条狗。"

"可我没有多余的食物给你们,那些贼已经快把我这里搬空了。"三角架无奈地搓着手。

"费用问题不必担心,你把这个卖了,换来的钱足够用了。"小弱扬手弹出一物,对面的三角架接住。

安洁西看到三角架手里的东西时愣住了,那是一枚紫水晶戒指,正面刻着字母B,背景是魔龙图案。

这枚戒指……好像有点儿眼熟?

第4章　唯一的证人雷狼

小弱拿出一枚紫水晶戒指就要交给矮人，安洁西看见那东西时当场呆住了。

这个东西……她在那个叫冯斯伦的圣族人手上见过，它怎么会在小弱手上？

感觉到安洁西惊诧的目光，小弱得意地笑起来："怎么样？看着是个值钱的物件吧，我当时顺手……你懂的，顺手……"

说什么顺手，明明就是你偷的好吧。

安洁西伸出手："拿来。"

"什么？"小弱就像被烫到似的把手缩了回去。

"戒指。"安洁西手指勾了勾，"拿来。"

"为什么？"小弱委屈极了，"这是我的！"

"这是你偷来的。"安洁西纠正他。

"那也是我的！"小弱死死地握着戒指。

"你要是不怕死，就留着。"安洁西狠狠地道。

"我只想让三角架用它换些钱。"小弱解释。

"你觉得那些人是好惹的吗？说不定我们今天把戒指卖出去，晚上他们就能找上门来。"

小弱苦着脸："应该不会吧……"

三角架注视着他们两人脸上的表情："危险的东西我可不收，我还想留

着这条小命呢。"

小弱无奈,只好把戒指交给了安洁西。

"不过这样一来,我身上就只有这些钱了。"小弱拿出三枚青水晶米拉币,这还是当初安洁西在他那里买地图时付的钱。

把钱付给三角架后,小弱心疼得捂着胸口,就在这时,门外响起几声狗叫。

"小九回来了。"安洁西开了门,一条白狗钻了进来。

"汪汪汪!"它向着安洁西一个劲儿地叫。

"好了,都是自己人,别装了。"安洁西道。

白狗愣了愣,突然一撇嘴:"你早说啊。"

三角架惊讶地看着白狗,问小弱:"它……也是你们一族的?"

"才不是!"小弱愤愤地说,"它就是一条狗!我是虫族!"

"可是它会说话……"

"那也是狗!"

"看着也差不了多少。"三角架哼了声。

"差得远了!"小弱咆哮道。

安洁西抱起小九,把紫水晶戒指给它看。

"你怎么会有这个玩意?"看到戒指,小九眼珠子瞪得溜圆。

"某个大爷偷来的。"安洁西叹了口气。

"这不是偷,只是我顺手!顺手!"小弱气愤不已,"你们就是这么对待朋友的吗?"

安洁西无限忧伤地看了他一眼,总感觉前途越来越黑暗了。

她身边的这些"同伴",一个个都摆着张我最淘气,我不靠谱,我就是敌人派来的卧底的脸。

"你认识这枚戒指?"安洁西问小九。

小九点头。

"它是什么来头？"

"它是圣族皇室的象征，历代只有能继承王位的皇子才能佩戴。"

小九说完，屋里三人全都沉默了。

三角架是表情茫然，安洁西是神色凝重，而小弱则是张大了嘴巴，"啊啊"地说不出话来。

"听见了？"安洁西问小弱，"你偷了圣族皇室的东西。"

"我……我……我怎么知道它是这种东西……"小弱都快吓哭了，"圣族该不会来找我的麻烦吧？"

"难说。"安洁西挑了挑眉，"他们现在可能正在到处找它。"

还有她……只不过后面那句话她不会说出来。

"这可怎么办？我们把它扔了吧。"小弱紧张地提议。

安洁西看着紫水晶戒指陷入沉思："小九，你说那天袭击库拉的那些人，他们也全都是圣族吗？"

"这个不太好说。"小九不怎么确定。

"什么？你们在说什么？"三角架突然插进话来，"你们说圣族袭击了库拉先生的队伍？"

安洁西与小弱对视一眼："是的。"

"这不可能。"三角架把头摇得像拨浪鼓，"库拉先生的队伍是被承接护送任务的自己人袭击了，他的护卫死伤惨重，就连亚虎也险些把命搭上。"

小弱刚想解释，对面安洁西向他使了个眼色，制止了他的话。

"你还知道些什么？"她问三角架。

"亚虎经常接库拉先生的任务，可是这一次他却没有找对人，队伍在日暮古域外的山谷遭遇伏击，护送的五个人里有他们的内应，库拉先生的命虽然保住了，可是银盾军团委托他运送的东西却丢了。"

安洁西目光冷了冷："库拉为银盾军团护送的东西是什么？"

三角架突然笑起来，得意地捋着卷翘的胡子："这件事你算是问着了，换了别人怕是都不知道这个内幕呢,如果别人问起来,这消息怎么也值十个青水晶米拉币……"

"我们没钱。"安洁西直爽道,"但是以后有了钱,我会付给你。"

小弱急得不行,却又插不上话,他不断向安洁西示意,不要提钱的事,并掏着自己空空的口袋表示他们穷得很。

安洁西不理他,仍是盯着眼前的矮人。

"怎么样?"她问。

"钱嘛……就不必了,我想离开日暮古域,可是外面实在是太危险,如果你们能答应护送我去别的城市,我就把消息告诉你们。"三角架道。

"成交。"安洁西毫不犹豫地点了头,"你说吧。"

"不不不,先别急,我们应该先立个字据。"矮人特别谨慎,带着他们进了屋里的一扇小门。

那门又小又矮,众人需要弯腰才能通过,穿过曲曲折折的走廊,他们来到一间更小的房间内,与外面的那间相比,这里更显凌乱。

矮人在桌上翻了一阵,从抽屉里翻出一个纸卷。

"是契约之证?"小弱惊讶。

展开纸卷,纸上泛着点点元素之灵的光芒,纸上附着魔法,用来约束契约双方的约定,如果有一方违约,就会受到纸上魔法的反噬。

一般来说反噬的程度视这张纸上附着的魔法威力而定,眼前这张显然是一份最低级的,也是最便宜的,违约的话虽然不至于丢掉性命,不过也会受到相当的伤害。

"你打算什么时候离开这里?"安洁西问,"在此之前,我们还有些事情要做。"

"我可以等你们办完事再走。"三角架在纸上按了自己的手印,然后小弱和安洁西也都在上面按了手印。

"好了。"三角架小心翼翼地收好契约,"现在我们就是朋友了,我再做一次自我介绍，我的全名叫作巴里巴特巴期莫急、巴里巴期巴特里急……"

"停停停！"安洁西觉得她如果再不叫停，这家伙会一直说到天黑。

矮人只好停下来，说道："好吧，我就知道这鬼名字从来都不会有人能记住。"

"你自己能记住也挺厉害的。"安洁西实话实说。

"好吧，你们还是叫我三角架吧，你们呢？"矮人问。

"我们都认识十几年了，你问我？"小弱没好气地道。

"规矩嘛，自我介绍时要懂礼貌。"矮人果然是一个固执而古板的种族。

"我叫小弱，虫族。"小弱一副被打败的表情。

"这位美丽的小姐？"三角架又看向安洁西。

"安洁西。"

三角架呆住了。

"你……你该不会就是那个……被库拉先生通缉的……"

"是的。"安洁西露出坏坏的微笑，"如果说你现在后悔的话，怕是迟了，我们刚签了契约，欢迎上贼船，先生。"

三角架瞪着安洁西，卷曲的胡子都翘了起来。

"你……你就是那个被库拉先生通缉的抢劫犯？"

安洁西无奈地指了指小弱："这里还有个我的同伙呢。"

"你个胆小的鼻涕虫什么时候也敢做这种事了？"矮人叫起来。

"你先冷静。"小弱双手下压，做出安抚的手势，"你先听我解释。"

"天哪！你们居然连库拉先生的东西也敢抢，你们在签订契约前居然不告诉我，太不像话了！"

"抱歉，你又没有问过我们。"小弱一脸委屈。

"你们真是疯了，疯了，连他的东西都敢抢。"矮人不停地摇着头。

"如果说，我们是被冤枉的，你信不信？"小弱问。

三角架摇头："你的话，我信才有鬼呢，你个成天谎话连篇的家伙。"

"如果我也这么说呢？"安洁西认真道，"我们真的是被冤枉的，我们没有抢库拉的东西。"

"美丽小姐的话我信。"三角架抱着肩膀，理直气壮。

小弱扶额，真的不想再理这个家伙了。

三人终于有机会坐下来解释误会，安洁西简单把事情的经过说了，小弱又做了补充。

三角架捋着胡子，神色严肃。

"照你们的说法，这件事应该是亚虎与库拉先生合谋干的。"

安洁西和小弱点头，三角架仍然皱着眉。

"怎么，你不信我们？"小弱有些着急了，"我们真的没有拿库拉的东西，现在西西姑娘替那些抢劫的背了罪名，虽然现在我还没有被通缉，恐怕亚虎也不会忘了我，我在这里也待不下去了。"

三角架思索着："我当然相信你们，因为你们连库拉先生运送的东西都不知道是什么。"

"库拉替银盾军团运送什么货物？"安洁西问。

话题又转回到这个问题上来。

三角架忽地压低声音："你们知道天族吗？"

安洁西和小弱顿时一愣，没有人不知道天族，那曾是溪西大陆上最辉煌的种族，曾经带领各族一次次从毁灭的末世中挣脱出来，可是后来天族消失了，连同他们的领地一起，没人知道他们去了哪里，所有的天族就像是蒸发了。

不过在溪西大陆上有很多关于天族的传言，有人说他们被圣族打败了，所有天族人都被杀死了，也有人说他们的领地陨落了，天族的残余族人分散在溪西大陆上，混在人族当中。

"这与天族有什么关系？"小弱不解地问。

"银盾军团一直都在试图寻找天族残留的血脉，因为只有天族人才能对抗圣族，他们一族天生可以免疫圣族的魔法。"

听了这话，安洁西的眉心不由得一跳，她想起了自己小时候的"遭遇"，因为从那场屠杀中存活下来，所以被村人当作"怪物"。

她可以免疫圣族的魔法，她知道这一点，所以她才能从与冯斯伦的魔法对峙中完好无损地胜出。

三角架并没有注意到她的异样，继续道："他们到处寻找以前天族的领地，可惜一直都没有结果，不过他们也发现了些特别的线索，那是天族留下来的东西，被银盾军团的人称之为阴鱼。"

安洁西想起圣族男子冯斯伦说的那些话，就连圣族的那些人也认为阴鱼是被她偷走的。

"阴鱼到底是什么？"安洁西忍不住打断三角架的话。

"谁知道呢？"三角架耸了耸肩，"就连银盾军团也没有研究出来，不过据说那是一块玉石，形状有些像鱼……哦，对了，传说当时发现阴鱼的时候，一共有两块，可是在运送过程中有一块被盗了，银盾军团查了很多年也没有找到。"

"这是多久以前的事？"安洁西问。

"几百年前吧。"

"……能冒昧地问一下吗？你今年……有多大？"

三角架翻了翻眼皮："这个问题可难住我了，我想一想……"

安洁西沉默地看着矮人数起了手指头，数到最后就连小弱都开始打哈欠了。

"呃……我想我大致算出来了，虽然可能不是很准。"

安洁西和小弱全都盯着他。

"我今年差不多有二百一十三岁了。"

安洁西无声叹息，这是位超级大爷，她这是混进老年团了吗？

这么算起来，小九也是从银盾军团的秘宝里出来的，那块秘宝也不知是

第4章 唯一的证人雷狼

从哪儿来的,想必在银盾军团密室里的日子也不短了,也应该有几百年了。"

好吧好吧,她真的是掉进老年团里去了。

当晚,安洁西和小弱住在矮人这里,三角架外出替他们弄来了食物。

"有亚虎的消息吗?"小弱啃着黑硬的干面包问。

"听说他为了救库拉先生受了重伤,一直住在库拉先生的宅子里。"三角架又递给安洁西一条干面包。

安洁西接过后掰成两半,分了一块给趴在她脚边的小九。

"雷狼呢?"安洁西随口问了句。

"雷狼?"三角架愣了愣,"你们说的是那个混血的兽族人?"

"雷狼是混血兽人?"小弱惊讶道。

"是啊!你不知道吗?他挺有名的,因为他的身体里有一部分人族的血,所以被兽族人排斥,人族这边自然也不会拿他当人看,他经常会接一些护送的任务,说实话,他的确挺厉害的,听说以前还曾有过人族的贵族想要雇用他做护卫呢,可惜……他的身份是兽族,人族只会拿他当奴隶看。"

"他也在库拉那里吗?"安洁西问。

三角架摇头,又从纸袋里掏出半条熏肠,切开来分给大伙,小九闻着熏香的味道急得直甩尾巴。

"雷狼不在库拉先生那儿。"三角架先将切好的熏肠递给安洁西,"不过我打听到一件有意思的事,库拉先生抓到了通缉犯的同伙,准备在两天后公开行刑。"

小弱愣住了:"……什么意思?"

"也就是说,雷狼很可能会被公开处死。"

"可是他根本就不是什么犯人的同伙!"小弱叫起来。

"我知道,你才是。"三角架别有深意地道。

"别开玩笑了,我们是无辜的!"

"那又怎样?"三角架认真道,"在这里,库拉先生说什么就是什么,因为他是上流社会的，有权有势，你准备跟他讲道理？"

小弱没了话，看向安洁西："我们怎么办？"

安洁西吞下最后一口面包："先让小九去打探一下。"

"去哪儿打探？"小弱问。

"当然是关押雷狼的大牢了。"安洁西提起白狗小九来到门口，"好了，你快去吧。"

说完开门，把狗丢了出去。

门外小九嘴里咬着熏肠说不出话来。

这是怎么个情况？就这么把它丢出来了？

两日后，日暮古域广场。

看热闹的百姓围聚在广场周围，放眼望去，居然全部都是人族，安洁西和小弱站在离广场行刑台最近的一处建筑物的屋顶。

"观看行刑这种事，只有你们人族最擅长了。"小弱嘀咕着。

尽管安洁西不想承认，不过小弱说的确实是事实，广场四周看热闹的，全部都是人族。

"也许这里面会有几个虫族的，就像你一样，会改变自己的形象。"安洁西反驳道。

"不可能！"小弱想也不想连连摇头："杀人这么可怕的事怎么能围观呢，再说就算要看也要藏起来，在暗处……"

安洁西不禁默然。

"怎么样？你们有把握吗？"就在这时，矮人三角架从下面经过，抬头看着屋顶上的两人。

这次行动，他只负责放风。

"谁知道呢，总要试一试。"安洁西紧了紧披风，一会儿他们要在行刑时把雷狼救出来，只有她跟小弱两个人的话很难洗清自己的罪名，如果能救出雷狼，他们至少能得到一个证人，用来揭露这场骗局。

第4章 唯一的证人雷狼

"要是失败了怎么办？"小弱哆嗦着。

"逃。"

"往哪儿逃啊？"小弱从上了屋顶两条腿就一直在抖。

"我们之前选好的那条路，就从那里逃走。"安洁西叮嘱道。

"可是他们那么多人，我们怎么可能救得出雷狼。"

"这个你不用担心。"安洁西悠然一笑，"实力并不代表一切。"

她已经让小九与雷狼接触过了，她只要把雷狼行刑时身上戴着的魔法枷锁解开，凭雷狼的力量很容易就能把那些警卫摆平。

"你觉得雷狼会相信咱们吗？"小弱问。

"死，或是逃走，如果是你，你会选哪一个？"

"逃！"小弱回答得毫不犹豫。

"这不就得了。"安洁西摸了摸藏在腰间的小法杖。

她可以在行刑的瞬间释放出冲击术，这种法术会发出强光，扰乱敌人的视线，同时会产生光波的冲击，闪避不开的话，会直接被击倒在地，在孤光城时，她就是用了这种魔法才得以与小弱脱身。

"需要我做什么吗？"小弱问。

安洁西斜着瞥了他一眼："你能背动我吗？"

"啊？"小弱愣住了，他本以为她会安排给他更危险的任务，"能！"

"到时我如果行动迟缓，你要背着我逃走。"安洁西低声道。

"你是怕自己会受伤吗？"

"不是。"顿了顿，安洁西决定还是把实情告诉对方为好。

当小弱听安洁西解释完她使用了魔法后的"虚弱状态"后，激动万分："大姐，你这么信任我，我一定不会抛弃你自己逃走的！"

安洁西笑了，拍了拍他的肩膀："谢谢你啊，大爷。"

行刑的角号声响起。

行刑台下依次走出来四个犯人，他们全都被蒙着头，身上罩着巨大的黑布，警卫押解着他们来到行刑台上。

安洁西身体紧绷，全神贯注地盯着第三个走出来的犯人，小九已经探听清楚了，第三个人就是雷狼。

台子上刽子手开始行刑，斩杀了第一个犯人时广场上看热闹的人们骚动起来，安洁西冷冷地看着兴奋的人群。

他们是不幸的，也是悲哀的，他们唯一的幸福就是在别人的不幸中寻找到平衡感，这便是挣扎在底层的人们。然而就算她也是这其中的一员，却从来不想让自己跟他们一样变得麻木，她希望有一天，会有人来改变这一切，虽然这遥远的未来不知在哪里……

台上开始为第二个犯人行刑，安洁西先让小弱从屋顶下去，她从腰间抽出小法杖，俯低身子。

所有人都注视着行刑台，没有人会在这时候抬头往屋顶上看。

第二个犯人倒下了。

安洁西深吸一口气，握紧法杖。

第三个犯人被推了上来，他巨大的身体摇晃着，走得很不稳，黑布包裹着的身体鼓鼓囊囊的。

安洁西不由得皱了皱眉，雷狼的体形她还是知道的，兽族人拥有着强悍的体形，肌肉结实有力，就算被黑布包裹着也绝不是现在这副松松垮垮的样子。

就在她迟疑的工夫，白狗小九不知从哪里钻了出来："错了错了，快让西西姑娘停下来！"它叫着，撕咬着小弱的衣服。

小弱连忙跑到屋檐下，想要向安洁西发暗号，可是他抬头却见屋顶上空了。

"她不见了？"小弱吓坏了，"西西姑娘，你在哪里？"

就在这时，身后突然有人抓住了他的肩膀，吓得他腿一软差点儿摔倒在地上。

第4章 唯一的证人雷狼

"安洁西！"回头看到熟悉的面孔时，小弱长舒一口气，"你差点儿吓死我。"

安洁西表情严肃，拉着小弱就往人群里钻。

"喂，你要去哪儿，小九它说让你快停下……"

"我知道。"安洁西打断小弱的话，压低声音，"台上那人不是雷狼。"

"怎么会？"小弱惊讶极了，"小九不是已经联系上他了吗？难道它找错了人？"

"你大爷的，我会找错人？"小九扑上来照着小弱的腿就是一口。

小弱惨叫出声，引来周围众人的目光。

"闭嘴。"安洁西警告他。

"好好……我闭嘴。"小弱委屈得都快哭了，腿上再疼也不敢发出声音。

安洁西扯着小弱混到了人群里，一步步往行刑台前挤。

"这人的身高虽然跟雷狼差不多，但是你看他的体形，绝对不是雷狼本人。"安洁西让小弱仔细观察台上的犯人。

小弱看了半天，眨了眨眼睛："说实话，我什么也看不出来，小九又是怎么发现不对的？"

"当然是味道啦。"安洁西替小九解释。

因为人多，小九被安洁西抱了起来，向着小弱露出不屑的眼神。

"好吧，你们都厉害，我真的感觉不出来……既然他不是雷狼，那我们一会儿也就不用动手了吧？"小弱问。

安洁西的表情却轻松不起来："你不觉得奇怪吗？他们为什么不杀雷狼，而是要找个人来冒充他？"

小弱一脸茫然。

行刑台上，第三名犯人被推到台前，刽子手与身边的助手将犯人的头按在台子上。

安洁西最后看了一眼台上："走吧。"

既然那人不是雷狼，他们就没有留在这里的必要了。

安洁西拉着小弱，抱着白狗小九往人群外挤，还没等他们挤出人群，人群中突然爆发出一片惊呼之声。

安洁西回头看过去，只见数名蒙面男子手持利刃冲到行刑台上，有人杀掉了刽子手，有人在与警卫对峙。

"这是……"小弱有些发蒙，"他们在做什么？"

"做我们刚才想做的事。"安洁西一字一顿道。

那些蒙面男子看着非常眼熟，以至于她只看了一眼后就巴不得马上离开这里。

"快走，他们是圣族的。"她低声催促。

听了这话小弱立时吓得腿都软了。

"什……什么……他们是……"

没等小弱把话说完，安洁西已经连拖带拽地把他扯出了人群，他们快步离开广场，与此同时，广场上陷入了混乱。

劫持犯人的蒙面人与警卫双方交手，不少百姓也被卷入其中，虽然那些蒙面人没有伤害他们，可是混乱中他们相互踩踏推搡时也造成了不小的伤害。

安洁西他们进入一条小巷，与等在那里的矮人三角架会合。

"你们没有动手？"三角架好奇地问。

"没有，回去再说。"安洁西回答。

几人正准备按原定路线撤离，忽然小九的耳朵竖了起来。

"有人来了，味道有些熟悉，好像是那些圣族的。"

安洁西脸色一变："快走。"

她还不想与那些人碰面，上次能从他们手中逃脱已是侥幸，她不想再来这么一次。

几人加快脚步，退入小巷深处。

走到尽头时，面前出现了一堵高墙，如果时间来得及，安洁西完全可以把小弱和三角架丢到墙上，几人翻过去，可是现在追兵就在后面，脚步声越来越近了，她不能冒险。

"怎么办？"小弱急得都快哭了，他向安洁西对口型询问。

安洁西迅速扫视周围，目光落在一口青石水井上面⋯⋯

冯斯伦一直追到小巷尽头，也没有看到安洁西他们的身影，来到高墙边他轻松地跃起，单手扣住墙头，看向对面。

对面的小巷笔直地通向远方⋯⋯巷子里连个人影都没有，两侧更没有什么岔路或是民居的门窗之类。

冯斯伦不由得皱了皱眉，他们去哪里了？

刚才在广场上，他突然发现那个女孩子也混迹在人群中，因为他的手下都在与警卫纠缠营救犯人，所以他只好一个人追来，结果追到现在反倒把人追丢了。

冯斯伦跳下高墙，仍不死心，仔细倾听着小巷里的声音，他不相信这些人能凭空消失，真是个狡猾的小丫头，竟能两次从他的眼皮底下溜走。

"安洁西，我知道你在这里。"他对着空荡荡的小巷开口道，"你真的以为自己逃得了？"因为她，他丢的面子还少吗？

他用锐利的目光环视周围。

寂静一片。

"我知道你拿了我的东西，你以为我会就这么算了吗？"冯斯伦缓缓道，"只要你把我的东西还回来，我会考虑与你和平解决这件事。"

他背靠着的水井中，安洁西正奋力抓着井沿内侧，小弱像条咸鱼似的抱着她的腰，悬挂在半空，矮人三角架则紧紧抱着他的腿，白狗小九牙齿咬着小弱的裤子。

安洁西缓缓呼吸，尽量不让自己发出任何声音。

小弱则是一脸痛苦，因为小九的缘故，他的裤子正在以肉眼可见的速度下滑。

"要不行了。"他向安洁西对着口型。

安洁西狠狠瞪了他一眼:"不行也得挺着。"她同样回以无声的口型。

冯斯伦在小巷里又耗了一会儿,他的手下寻了来,低声不知和他说了些什么,冯斯伦这才不得不离开。

安洁西一直等到冯斯伦的脚步声消失,这才艰难地爬出井口,再把同伴一个一个拉上来。

小弱捂着屁股哭丧着脸:"小九,你把我的裤子咬破了。"

"跟你的小命比起来,这又算得了什么?"三角架开导他。

"问题是这样一来我的尾巴就藏不住了。"小弱用手捂着屁股。

众人这才注意到他那光滑的尾巴从裤子的破洞里钻了出来。

安洁西无奈地叹息了声,脱下自己的披风丢给小弱。

"我们先回去再说。"

众人总算是顺利回到了矮人的家,安洁西和小弱留下来休息,三角架和小九则分头出去打探情况。

在小弱终于把裤子修补好时,三角架也带回来了最新消息。

"被劫持的犯人还是死了,混乱中不知谁放了一箭,被射中了。"三角架道,"你说对了,那人不是雷狼。"

就算知道自己的猜测不会错,安洁西仍是长舒一口气,不是就好,雷狼一定还活着,不过小九带回来的消息却让众人有点儿失望。

"牢房空了,本大爷上次去的时候雷狼还被关在那里,可是现在那里空了。"小九蹲在地上狂舔着小碗里的水,"真是的,害本大爷跑了冤枉路。"

"雷狼不在大牢里了吗?"安洁西问。

"不在,我找了好几个地方都没有看到他。"

"你有没有向别人打听?"小弱把脸凑过来,认真地道。

小九从水碗里抬起脑袋,认真地凝视了小弱几秒,突然间抬起爪子,"啪"

地抽在小弱的脸上。

"本大爷这个样子能向谁打听!"

"现在我们怎么办?"三角架问。

安洁西想了想:"等天黑了,我去大牢那边看一看再说。"

天黑之后,安洁西穿好披风,带着小九离开矮人的家,日暮古域的大牢破破烂烂的,一半建筑已经倒塌,剩下的一半用来关押犯人。

不过这里所指的犯人并非真的犯下过错的人,他们中大多都是因为得罪了贵族而被关在这里。

安洁西头上罩着披风的兜帽,怀里抱着只露出脑袋来的小九,走在建筑的阴影里。

"大牢入口就在前面,有五名守卫。"小九提醒她。

安洁西潜伏在阴影里,一动不动地盯着大牢入口。等了一会儿,小九有些不耐烦了。

"你打算一直蹲在这儿?"

安洁西摇头。

"你要等到什么时候?本大爷都困了。"小九打了个哈欠。

"来了。"安洁西俯下身子。

小九顺着她的视线看过去,只见从街上走来一位打扮妖艳的女子,胳膊上挎着个篮子,来到大牢入口处与那些守卫说话。

小九嗅了嗅鼻子,一脸嫌弃:"是祈祷者。"

祈祷者是人们对出卖皮相女子的称呼。

安洁西从披风里把小九抱出来,放在地上:"你回去,把小弱带来。"

"带他来做什么?一个胆小的鼻涕虫。"小九不满。

"快去。"安洁西也不解释。

小九只好独自跑回去,很快就把小弱带了来,小弱缩着身子,就像只受惊过度的小鸡仔,惊惶地看着周围。

"大姐,这么晚了你叫我出来做什么?"

"我记得你以前曾说过,你的能力可以让你变成别人的模样。"安洁西问。

"是啊!只要我的尾巴触碰到对方就可以变成对方的模样。"对于自己的能力,小弱还是相当自信的。

"不管对方是谁都能变吗?"

"你指的是什么?"

"能变成女人吗?"

小弱无语。

小弱稍有迟疑,一把锋利的短剑便出现在安洁西的手上,剑刃紧贴着他的脖子。

"大……大……大姐……你别这样,咱们有话好说……"小弱"扑通"一下跪在地上。

"我没空跟你废话,一会儿有'祈祷者'从大牢里出来,你去找机会碰到她,然后变成她的样子,这样你就能进入大牢打听消息了。"安洁西手上的剑刃向下压了压,"你听懂了?"

"懂,懂了!"小弱哆嗦着,不得不应承下来。

安洁西拿开短剑,满意地拍了拍他的肩膀,"很好,就靠你了。"

"可是,我要怎么打听消息啊?"小弱都快哭了。

"我看你向店里的老板娘打听消息时挺熟练啊。"安洁西斜眼打量着他。

"那是因为对方是女人!"

"那你就把自己当成女人,自然就能套出男人嘴里的话了。"

众人说话的工夫,大牢入口传来脚步声。

"祈祷者"走了出来,她挎着的篮子里装满了面包和腊肉。

"出来了,快去。"安洁西催促道。

小弱哆嗦着两腿:"可是如果被他们发现的话我会没命的。"

"只要你冷静应对就不会有事。"安洁西安抚他,"而且现在能进入大牢打听情况的人只有你了,你难道不想救雷狼吗？"

小弱噘着嘴,他向来胆小怕事,要是换成在认识安洁西以前,遇到这种事他早就逃走了,可是在与安洁西的相处过程中,他渐渐体会到了有"同伴"的好处。

"我相信你的能力。"安洁西凝视着他的眼睛,"这件事只有你能帮上忙。"

"我……这么重要吗？"小弱似乎有些不太相信。

安洁西点头:"你是我认识的虫族中最厉害的。"

此言一出,小弱的眼睛顿时亮了,他毅然转身进了小巷,脚步轻快得像是要飞起来,安洁西说他是最厉害的虫族！最厉害！他的整颗心都在打战,兴奋得不能自已。

他从对面的巷口拐了出来,祈祷者脚步匆匆,刚转过巷口,迎面与他撞在一起,女子篮子里的东西掉到了地上。

"哎哟,真是抱歉。"小弱立即蹲下来捡拾地上的面包。

女子也慌忙俯身整理篮子,以她低微的身份,就是面包被人夺了去也是没有能力反抗的,她现在只能乞求这半夜三更出现在这里的人不是"坏人"。

"真对不起,刚才我没有注意看路。"小弱扬起唇角,露出微笑,配着他那张英俊的面孔,他的微笑更显魅力十足,"美丽的小姐,你没有受伤吧？"

女子被他的微笑所惑,一瞬间失神,小弱趁机上前握住她提篮子的手,"我来帮你把东西装好。"

身后,滑溜溜的尾巴从他的衣服底下伸出来,宛如一条俏皮的蛇,悄然移动到女子后颈,女子似乎感觉到脖子后面有什么东西,正要抬手去摸,小弱先一步握住了她的手。

"等一下,你的头发有些乱。"他温柔而绅士地帮她梳理着秀发。

"好了,你的东西也装好了。"小弱把面包装回篮子,还给对方时,那位女子仍然处于迷茫状态。

眼前男子的微笑就像散发着温暖的阳光，一直照射到她的心底，然而这道光很快就消失了，男子转身离去，头也不回。

等女子回过神来，追过去时，那人已经不见了，她呆呆地站在原地，过了好久才遗憾地转身独自离去。

安洁西和小九躲在远处的阴影中看着。

"小弱的能力相当有用。"安洁西评价道。

"是的，是的。"难得地，小九也表示了赞同，"以后买东西时可以让他跟卖货的姑娘杀价。"

"住店时也好让老板娘便宜些。"安洁西附和。

"喂，你们够了啊，在你们眼里，我的能力就只有这些吗？"小弱恼羞成怒。

安洁西与小九同时点头。

小弱欲哭无泪，好吧，谁让他是最没用最胆小的那个呢，他能靠的就只有这张脸了。

现在的小弱不再是刚才的英俊男子了，他变成了刚才祈祷者的模样，就连身上的衣服也与对方一模一样。

"原来你的衣服也是可以变化的啊。"安洁西好奇地拉着他的裙子，"这应该就是虫子的外皮吧。"

"我是虫族，不是虫子！"小弱愤怒道，然而他现在的语气却没有半点儿威胁感，娇滴滴的，还带着女子特有的撒娇神态。

"哕——"一旁的小九忍不住发出声音，"西西，拜托你，快点儿让他去吧，我要吐了。"

安洁西也被小弱现在的样子弄得直起鸡皮疙瘩，不过为了打听到雷狼的消息，也只能忍了。

又简单地和小弱交代了几句，小弱扭着腰肢往大牢入口方向去了。

安洁西和小九躲得远远的，看着小弱的背影。

"真不敢相信，他刚才还是个男的。"小九嘀咕道。

"他本来就是男的好吧。"安洁西道。

"你怎么知道？"小九反驳。

安洁西不禁语塞，她不得不承认小九说得没错，小弱之前一直是以男人的面目出现在他们面前，所以她就想当然地认为他是"男人"。

但是一想小弱刚刚妖娆、妩媚的身姿，安洁西沉默了，突然间她不想再提及这个话题了。

第5章 敌人的敌人就是朋友

安洁西和小九在牢外的阴影里耐心等待着，小弱装成的"祈祷者"佯装丢了东西，央求着门口的守卫让他进去寻找。出来的时候，他却不是一个人，身后还跟着个身材魁梧的男人，那人也是守卫装扮，他一手搂着小弱的肩膀，不怀好意地笑着。

"看来鼻涕虫是被人看上了。"小九笑得不行。

安洁西没工夫陪小九一起取笑走霉运的小弱，她紧了紧披风，悄悄跟了上去。小弱自然不敢带着身边的男人去找安洁西他们，他硬着头皮往对面的胡同里走。

安洁西加快脚步，同时抽出腰间的法杖，不能解决那名守卫，所以只好用魔法来解决。

一瞬间，胡同里亮起刺目的光亮，只一瞬便消失了。

小弱抱着脑袋蹲在地上，看上去楚楚可怜，就跟受了欺负似的，在他的身边，倒着被冲击术放倒的大牢守卫。

安洁西迅速收起法杖，连查看倒地守卫的时间都没有，催促小弱："快走！"

使用了魔法后，她会出现"疲劳"的状态。

众人慌慌张张地离开胡同，安洁西呼吸渐渐紊乱，但速度却不慢。

"你就不能走得再快点儿吗？"她忍住心里的火气瞪着身后提着裙摆，扭捏得就跟少女似的小弱。

小弱提着裙子跑了几步。

"你还真当自己是女孩子了？"小九讽刺他。

"这又不是我愿意的，是你们让我变成这个样子的。"小弱委屈得要命，他变成女子后，就连声音都跟着发生了改变。

安洁西靠在小巷的墙边做短暂的歇息："你先变回来。"

"什么变回来？"小弱不解地望着她。

"你先变回原来的样子。"小九咧嘴露出尖牙，"你再磨磨蹭蹭的，本大爷就不客气啦！"

"别别别……"小弱吓得直往后退，"你们听说我，不是我不想变，而是我需要找到一个男人的样子才能变，再使用一次我的能力。"

安洁西愣了愣："你的意思是，如果你不使用能力，你就……一直是这个样子？"

小弱含泪点头：大姐，真的不是我故意拖你们后腿啊，我的能力是模仿，一次只能变成一个人啊。"

安洁西默默抚额，就这么凭空多了个"姐妹"。

"先回去再说。"

众人回到矮人三角架的家。

三角架看到小弱时乐得不行："好久没见你换成别的样子啦。"

小弱气呼呼地坐在椅子上，抱着肩膀，裙子下面的腿叉开着。

安洁西靠在唯一的高背椅上，显得有些疲惫，不过在喝过三角架给她煮的热豆汤后感觉好了不少。

"注意你的腿。"她提醒小弱，"女孩子要优雅。"

小弱撇嘴，尽显娇羞之态，不过他还是把腿收了回去，改成了并拢状。

"你说雷狼在行刑前一晚就被人带走了，他们有没有说他去了哪里？"安洁西问。

小弱简单地把在大牢里探听的事说了。

"他们只说是库拉先生派来的人把雷狼带走了。"小弱道,"至于带到哪里去了,他们只是些守卫,谁也不知道。不过听守卫描述的长相看,带走雷狼那些人当中,有一个像是亚虎。"

安洁西低头盯着手里捧着的汤碗,不明白亚虎与库拉为何要这么做,她也不知道银盾军团委托库拉运送的阴鱼是何宝物,现在宝物被劫,还要把这个罪名扣在他们身上,这让她异常不爽。

半精灵弓箭手雨驰殒命,雷狼身陷大牢,她和小弱四处躲避……这样的日子什么时候才是个头,而且她身上原本就背着"债",在银盾军团抚养院的罪名还没洗清呢,到处都是她的通缉令。

哎,头疼。

安洁西一口气把碗里的豆汤喝光,"谢谢。"她把碗递还给三角架。

矮人脸上露出灿烂的微笑:"不客气,很高兴能为美丽的小姐服务。"不得不承认,矮人是非常绅士的种族,虽然他们长得不那么"体面"。

"现在我们怎么办?"小弱沮丧地问,"雷狼不知被送到哪里去了,等我们找到他怕是早就死透了吧。"

"不能。"安洁西坚定地摇头,"他没有死。"

"你怎么知道?"

"亚虎能把他从大牢里弄出去就证明他是想让雷狼活着。"

"你是说……亚虎还顾忌着他们间的友情?……呃,我说得不对吗?为什么你们全都这么看我?"

安洁西、三角架、小九,他们全都露出鄙夷的表情,斜眼看着小弱,眼神仿佛在说:你是笨蛋吗?

"亚虎会把雷狼弄出去很可能是另有用意,我们要先找到亚虎的行踪才行。"

接下来的两天,安洁西等人每天都在外面转悠,打听亚虎和商人库拉的消息。

安洁西与小九没有什么收获，不过小弱跟三角架却打听到不少事。

"亚虎离开库拉先生的宅子了，前天有人看到他出现在灰色酒肆，好像又在找人想要接什么任务。"三角架道。

"知道他住哪里吗？"安洁西问。

"只知道个大概。"小弱接口道，"亚虎最近出手阔绰，昨天晚上有人看到他进了灰色酒肆南边的那条巷子……"

也就是说亚虎很可能就住在那附近。

"对了，还有件事，我觉得挺可疑。"小弱犹豫道，"这几天在灰色酒肆附近有不少陌生人转来转去的，我总觉得他们有些眼熟。"

安洁西愣住了："他们长得什么样？"

"嗯……穿着打扮看着好像没什么特别的，不过他们中有一个人脸上戴着一副黑色的面具。"

是圣族的那些人！

安洁西思索了一会儿："他们也在找亚虎吗？"

"我觉着像。"小弱点头。

安洁西知道冯斯伦他们是在找阴鱼，之前他们劫刑场，以为救出来的那个人是雷狼，他们想从雷狼的身上寻找到阴鱼的线索，可是他们救出去的那个人并不是真的雷狼。

"有意思。"安洁西眼中闪过一丝狡黠的光芒，"都说敌人的敌人可以成为朋友，我们要不要试试看？"

她看向三角架和小弱，同时从怀里掏出那枚紫水晶戒指。

灰色酒肆。

冯斯伦脸上戴着黑色镂空面具，坐在靠窗的位置上，盯着外面的街道。

"头儿，我们在人族停留的时间太久了，该回去了。"他的一名手下靠过来，低声劝道。

"阴鱼还没有找到，不能被那些人抢了先。"冯斯伦神情阴郁。

"也许银盾军团根本就没有阴鱼，咱们被骗了。"那个手下狠狠咬着牙。

"是啊，头儿，我们回去吧。"其他的几个手下也都在劝他。

就在这时，一位妖艳的女子走到他们的桌前，停了下来。

冯斯伦皱了皱眉，一名手下向女子摆了摆手："去去去，别碍事。"

"你们谁是冯斯伦？"女子露出迷人的微笑，一副人畜无害的模样。

然而冯斯伦等人听了这话却全都变了脸色，更是有人沉不住气伸手摸向腰间佩带的剑。

冯斯伦以目示意，警告他的手下不要在这里动手。

一时间，所有人的眼中全都露出野兽般的杀气。

女子拍着胸口说："你们干吗一个个都绷着张脸啊？我又不欠你们的钱，有人托我给一个叫冯斯伦的带来一件东西，你们中的哪位是？"她环视一圈，所有人都盯着她，气氛格外紧张。

女子做了个无奈的动作："看来我找错人了，对不起，打扰了。"说完她转身往下一张桌子走过去。

"回来。"冯斯伦一把扯住了女子的手腕。

"啊啊啊，你干什么？"女子发出惊呼，她的声音招来周围酒客的目光。

"你别想耍花招，给我老实点儿。"冯斯伦黑了脸。

他看出来了，这个女人刚才的惊呼根本就是装出来的，为的是吸引周围的视线，免得自己在这里对她下手。

"只要你们礼貌些，我是很乐意合作的。"女子不满地嘟着嘴，把手腕从他的手里挣脱出来。

"你叫什么名字？"冯斯伦问。

"……弱……"

"什么？"

"没什么，名字不重要。"女子嘟囔着，她从怀里掏出一个小木盒，放在桌上。

冯斯伦看着盒子,又抬头看了看女子。

"打开。"他命令道。

女子翻了个白眼:"你怕什么?只是个盒子而已。"

"打开。"冯斯伦重复了一次。

女子无法,只好把盒子打开。

看到盒子里的东西时,冯斯伦脸色立时变了:盒子里放着一块普普通通的小面团,然而面团上却留着一个他熟悉得不能再熟悉的印记。

那是一枚戒指的拓印,正面刻着字母 B。

他想伸手拿起面团,然而他的手下却阻止了他,有人主动拿起面团来,发现没有什么异状,这才交到他的手上。

冯斯伦把面团翻过来,面团背面拓印着魔龙图案。

冯斯伦深吸一口气:"她在哪里?"

女子向着空了的木盒努了努嘴。

冯斯伦这才注意到盒底有一张字条,展开字条,只见上面写着一行字。

"看得懂吗?"女子试探着问,"要不要我翻译下?"

各个种族都有着自己的文字和语言,所以圣族人到人族这边来,他们会说人族的语言却不一定看得懂人族的文字。

冯斯伦不屑地哼了声,低头继续看字条。

"好啦,既然我把东西送到了,就请给我小费吧。"说完她伸出手来向着众人。

突然有人抓住了她的手腕:"头儿,我们不能放这个女人跑了,把她扣下做人质,交换你的戒指。"

也有人反对:"她既然敢派人来,就不会怕要挟,这个女人说不定真的只是她雇来的。"

冯斯伦再次打量女子。

女子一脸无辜,手腕就算是被人抓住,五指仍在动啊动的,那意思好像在说：钱呢？钱！给钱！

冯斯伦眯了眯眼睛："给她钱。"

有人取出两枚白水晶米拉币，丢到桌上。

"这么少。"女子不满地嘟囔着。

听她这么一说，这些圣族人不由得相信她就是个跑腿送信的，不然谁会这么不要命地问他们要钱呢？

冯斯伦不耐烦地又丢给她一枚青水晶米拉币，女子这才露出高兴的表情，收了钱离开。

灰色酒肆外的一条小巷里，女子加快脚步。

"成了成了。"她气喘吁吁地跑向安洁西。

"冯斯伦把东西收了？"安洁西问。

"收了，天哪，吓死我了，我的腿都软了。"小弱扶着墙直打哆嗦。

"你很勇敢。"安洁西微笑着拍了拍小弱的肩膀。

小弱的身体却猛地沉下去，一屁股坐在了地上。

"大姐，你下手轻点儿，我现在可是个弱不禁风的女孩子啊。"小弱哭丧着脸。

安洁西在心里默默心疼了小弱一秒。好吧，除了胆小，貌似小弱现在这个样子更加赢弱了，不过总算是比以前靠谱了不少。

第二日中午，日暮古域城中广场上。

安洁西穿着棕色的披风，站在广场一侧不起眼的阴影里。

小弱情绪激动，带着白狗小九绕着广场四处巡视，小九鼻子嗅来嗅去："发现圣族的味道，东边路口有两个，西边的也有一个……看来他们没有守约啊。"

当时安洁西给冯斯伦的字条上写明要冯斯伦一个人前来赴约，但是看这情况，明显是冯斯伦想要带人包围他们。

"圣族果然是不可信任的。"小弱愤愤地道。

小九不屑地白了他一眼："虫族的信誉也不好。"

"可我从来没有出卖过你们！"

"是啊，因为你没有机会。"小九哼着，加快脚步跑到安洁西身边向她报信。

小弱不敢接近安洁西，远远地躲在角落里。

安洁西听了小九的话并没有感到意外。

"因为他们是圣族，这里又是人族的地界，他们自然要小心行事，特别是那个冯斯伦……他的身份很可能是圣族皇室成员，当然要加倍小心了。"

"那你打算怎么办？还要跟他们合作吗？"小九问。

"当然了，所以我才会选在这种地方见面，冯斯伦如果是个聪明人就会与我合作，如果他是个笨蛋就会带着他的人来抓我。"

"看来我在安小姐眼中是个聪明人，很荣幸。"身后突然响起一个男声，吓了安洁西一跳。

她转头，惊见冯斯伦一个人站在那里，脸上没有戴面具，狭长的眼睛清澈透亮，英俊的面孔棱角分明，微扬着下颌，神态优雅，一看就是标准的贵族，他的身上穿着上等贵族的服饰，纯银的纽扣，披着半斗篷，腰间没有带佩剑。

安洁西惊得回不过神来，他什么时候来到自己身后的，她竟一点儿也没有发觉。

"看来你的警觉性还不够高。"冯斯伦微微眯了眯眼睛，向前走了两步，立时换来安洁西警惕的目光。

"放轻松，只有笨蛋才会在这里动手抓你。"他自嘲地笑了笑，来到她身边，"坐下说话，我可不想戳在这里说话，太引人注目了。"

安洁西只好坐在广场上摆设的木质长椅上，因为她已经发现周围有些年轻的女孩子向冯斯伦这边抛来意味深长的目光。

"你还真是挺招风的。"安洁西用鼻子哼了声。

冯斯伦扬了扬眉毛："你吃醋了？"

"谁？我？"安洁西翻了个白眼，"你可真太看得起自己了。"

冯斯伦低头打量着自己："我觉得我完全配得上你的夸奖。"

安洁西被他噎得接不上话，冯斯伦说得没错，他真的配得上她的"夸奖"，因为不管是他的身份，还是地位，都可以说是高高在上的。

真是个让人讨厌的男人！安洁西恨恨地咬牙。

两人坐在长椅上，冯斯伦悠闲地望着来来往往的人群："真想不到，我们还能这么安静地坐在一块。"两人并肩坐着，在外人看来他们倒像是出来约会的一对情侣。

"我也没想到，本以为我们会打得头破血流。"安洁西语气生硬，像是在赌气，"如果有可能，我倒是希望永远都不要再看到你。"

看着她气鼓鼓的模样，冯斯伦有些想笑，突然间他觉得自己之前纠结的有关尊严的问题，太过严肃，在这个女孩的眼里，事情过去就过去了，她没有拿那些事来威胁或是取笑他。

冯斯伦与安洁西在广场上聊了一会儿，小弱远远地站着，提心吊胆的。冯斯伦的手下散布在广场上，虽然没有靠过来，一个个却虎视眈眈地盯着这边。

随着时间的推移，安洁西也放松下来，她靠在长椅背上，仰头看天。

"你就这么相信我会与你合作？"冯斯伦问。

"反正跟我合作你也不亏，还能拿回自己的戒指。"

"我以为你会把戒指交给银盾军团。"

安洁西笑了一下："交给他们，然后呢，再给我扣一个与圣族通敌的罪名？"

冯斯伦挑了挑眉，眼中露出一丝惊讶。

"亚虎骗了我，也骗了你，只要你帮我打听到雷狼的下落，我就把戒指还给你，顺便你还能打听到阴鱼的下落也说不定。"

冯斯伦眯了眯眼睛:"听上去好像是挺不错的,就是不知你的信誉如何?"

"比圣族好一些。"安洁西毫不客气地讽刺他。

冯斯伦并没有生气,反而笑了:"看来安小姐对圣族没什么好印象。"

"废话。"安洁西咕哝了句。

人族与圣族之间的战斗持续了好多年,她怎么可能会有好感?

"但你还是选择了与我合作。"冯斯伦似有不解。

"反正我已经告诉了你我的想法,如果你不想合作也没什么,反正戒指现在不在我身上。"安洁西站起来拍了拍身上的口袋,"你就算是杀了我也没什么,我的同伴会把戒指送到它该去的地方,至于你们这些人……"

她望了望远处冯斯伦的那些手下:"你们这些人想活着回去也没那么容易。"

"你是在威胁我吗?"冯斯伦语气冷了几分。

"不,只是在权衡利弊。"安洁西笑得像只狡猾的小狐狸,"我只是个普通人,性命当然比不过你这圣族的皇室血脉啦。"

冯斯伦眼中露出危险的光芒:"你果然是个狡猾的小丫头。"

"我也只是想更好地活着罢了。"安洁西叹了口气,"亚虎更狡猾,他不但骗了我,还骗了所有人,让他们以为阴鱼就在我们身上。你们要找阴鱼,我要救雷狼,我们各取所需,不好吗?"

冯斯伦点了点头,起身头也不回地离开了,安洁西站在原地看着他的背影,莫名地,居然觉得他的背影有些帅气。

冯斯伦走到街口,他的手下迎上来:"头儿,现在下令抓她吧,人都安排好了,这一次她绝对逃不出去。"

冯斯伦站定,并没有回头:"不用抓了。"

他的手下全都愣住了。

"为什么?就算戒指不在她身上,只要我们严刑拷打,一定能逼问出戒指的下落。"

冯斯伦扯了扯嘴角："……原来真有笨蛋。"

"哎，头儿，你在说什么？"

"没什么。"冯斯伦大笑着离开，"派人去灰色酒肆附近守着，全天都要盯着，亚虎就住在那附近，他一定知道阴鱼的下落。"他吩咐道。

手下们面面相觑，谁也不知道他们头儿为何突然间心情这么好。

安洁西一直等到所有圣族人全部离开，这才松了口气。

小弱颠颠地跑过来："吓死我了，我还以为他们会动手呢。"

"跟聪明人合作就是省事。"安洁西狡黠地笑了笑。

两日后，小弱替安洁西再次带来了冯斯伦的信，令安洁西意外的是信上居然用的是人族的文字。

"看来他对人族的事还挺了解的。"小弱道，"而且也挺会讨女人喜欢。"

安洁西看信的动作一滞，缓缓抬头："他又给你小费了？"

小弱心虚地笑了笑。

"多少钱？"安洁西问。

小弱立即紧张地捂住口袋："你想干什么？这钱是我的。"

安洁西白了他一眼，重新低头看信，嘴里却说了一句令小弱险些崩溃的话："你看上他了？"

"大姐，我是男的，男的！"

"知道，雄性……虫子。"安洁西肯定道。

小弱都快哭了。

"西西姑娘，你是故意的吧？"

"嗯。"安洁西承认了。

"呜呜呜……"小弱掩面大哭，"你怎么能这样对我，要不是为了帮你，我也不会变成现在这个样子……"

安洁西看完了信，小弱仍抽抽搭搭的。

第5章 敌人的敌人就是朋友

安洁西觉得好笑，以前她并不了解虫族，只觉得它们都是些讨厌的家伙，长着奇怪的触角，黏糊糊的。与小弱相处了一阵后，她反倒有些明白虫族为何要依附圣族，因为它们实在是太弱了，除去个别的强悍的虫族具有攻击力外，其他的虫族想要活下来，就必须要依附着什么才行。

"别哭了，等过几天我帮你找个机会，让你变成冯斯伦的样子，你觉得怎么样？"

小弱半张着嘴："你当我傻吗？变成那人的样子，说不定什么时候就被人抓了！"

安洁西偷笑，没想到虫族的脑子也还够用。

四日后，灰色酒肆外的小巷内。

亚虎与几名同为战士的人族男子走出酒肆，沿着小巷往前走，小巷前方迎面走来五名男子，他们并排而行，把小巷堵了个严实。

亚虎犹豫了一瞬，与他的同伴往边上靠了靠，打算让对方先通过，谁知那些人来到近前，突然亮出剑来。

"亚虎，你欠的钱也该还了吧？"有人喝了句。

亚虎一愣，对方几人已然扑过来，亚虎身边的同伴也抽出剑来准备迎敌。

"我们是来找亚虎讨债的，与你们无关，不过谁要是活腻了也可以一起上。"对方喝道。

亚虎很快反应过来："什么讨债？我看你们是打劫，我们上，干掉他们许是还能遇到几个通缉犯呢。"

经他这么一说，他身边的同伴顿时来了精神，然而还没等他们大显身手，背后传来咻咻破空之音，数支箭自他们身后射来。

亚虎及时躲避，没有被伤到要害，但是他的同伴就不一定有这好身手了，三人相继中箭，另外两人也挂了彩，血流不止。

"今天就是为向你讨点儿利息，明天我们再来。"

就在亚虎以为对方会对他们赶尽杀绝时，对方竟然撤了。

而他们身后放冷箭的人也跑得无影无踪，亚虎呆呆地站在巷子里，一脸茫然。

他真的不记得自己得罪过什么人，况且以他的身份在日暮古域可以称得上是横着走了，看着地上那几个生命垂危的同伴，亚虎犹豫再三，终是没有理会他们，独自离去。

他前脚刚走，后面灰色酒肆里便出来不少看热闹的。

"刚才……那是亚虎？"

"这几个不是亚虎才找到的帮手吗？说是要组队做运送任务，他怎么一个人走了？"

"先别管了，快点儿救人吧。"

人们上前七手八脚地把那几个受重伤的扶起来。

一连几天，亚虎过得相当郁闷，只要他出门，就会遇到"讨债"的。

开始他还没把它当回事，反正他在日暮古域颇有声望，随便就能在酒肆里找到同伴。

可是几天过去了，他才意识到问题的严重性。

来"讨债"的那些人手法极其狠辣，就算是跟他没有瓜葛的同伴，也会遭到他们的袭击，一个个伤势严重，才三天工夫，灰色酒肆里便无人再敢与他搭讪，甚至与他一起走了。

亚虎坐在酒肆里生闷气。

他越想这事越不对，平白无故的，他怎么可能会遭到别人这般戏耍，要来讨他的债？那些人是谁？是谁派他们来的？

思来想去，亚虎只想到一个人：商人库拉。

只有库拉最有可能派人来杀他，因为他知道库拉的秘密……可是他又没有任何证据，所以一直犹豫不定。

这天晚上，他离开酒肆准备回去，半路突然迎面出现五个蒙面男子，手里提着剑。

亚虎只觉后脑一跳一跳地疼：麻烦又找上门了！

他转身顺着小巷往回跑。

"站住。"头顶传来一声。

亚虎没敢抬头，脚步不停。

"咻！"一支箭射下来，正中他的小腿。

就算是亚虎的腿上扎着绑腿护具，也被箭尖刺进去挺深一块，他疼得吸了口气。

房顶上有人笑道："说你呢，还跑？往哪儿跑？"

亚虎抬头想要看个清楚，结果又是一支箭射下来，紧贴着他的脸擦过，差点儿射中他的眼睛，吓得他直冒冷汗。

"谁允许你抬头看了，老实给我待着。"房顶上的声音命令道。

其他几个蒙面男子围上来。

"你的钱准备好了吗？我们来取了。"他们皮笑肉不笑地盯着亚虎。

亚虎可以看到不远处另一条巷子里时不时冒出的脑袋。

这个时间会有不少人从灰色酒肆出来，所以他们一定能看到自己。

只是……那些人只是远远看着，谁也不敢过来帮忙。

亚虎咬了咬牙，干巴巴地问："你们说的是什么钱，我不明白……"话音未落，忽听"咻"的一声，一道冷风袭向头顶，亚虎下意识地想躲，结果对面男子手起剑落，直接削在他的胳膊上。

亚虎惨叫一声捂住胳膊。

"放心，胳膊没有砍断，还是好好的。"男子冷笑，"只要你把钱交出来，一切都好说。"

"什么钱？我真不知道！"亚虎气喘吁吁。

其中一名蒙面男子弯腰靠近他，阴森森地在他耳边吐着气："别以为我们不知道，银盾军团的阴鱼可是值不少钱，一千个青水晶米拉币你总拿得出吧。"

亚虎眼珠子瞪得老大,无人知道他在听到这话时心中的惊骇。

这件事除了他和商人库拉,再无第二个人知道。

这些人……他们是怎么知道的?

蒙面人见他眼中流露出的惊骇之色笑了起来:"别急,你有很多时间考虑,一千个青水晶米拉币,只要你把钱交出来,我们就饶了你。"

"我……"亚虎目眦欲裂,他哪里有这么多钱,就算是和库拉先生合作,他也没有收到这么多的酬金。

等一下……这些人既然知道阴鱼值不少钱,那应该是库拉的人,就算库拉真的不知情,至少也与他有关。

亚虎心里打着鼓。

不过他们如果与库拉是敌对关系,要是向银盾军团告发阴鱼的事,他以后可就真的要变成通缉犯了。

想到这些,亚虎的目光有些呆滞。

"再给你一天时间,你好好想一想,下一次我们再来的时候,可就不是一只手跟腿了……"蒙面男子不屑地扫了一眼亚虎中箭的小腿。

亚虎看着他们退去,小巷里一片死寂,过了好久他才敢抬头往屋顶上看。

那里空荡荡的,连个人影都没有,如果不是他腿上跟胳膊上的伤,这一切简直就像是做梦一样。

亚虎一瘸一拐地往回走。

一处屋顶上,冯斯伦静静地站在那里,细长的眼睛透着冷意,望着下方走过的亚虎。

"为什么不直接抓住他,这样更省事些?"在亚虎走后,冯斯伦的手下不解地问。

"抓住他,然后呢,由他胡说八道,把我们引入歧途?"冯斯伦哼了声。

"只要逼他说出实话就行了。"

"你怎么知道他说的是实话?"冯斯伦反驳手下,"就连那个小丫头都

被他骗了，你难道忘了上次我们劫刑场的事了？"

听了这话，所有人都闭了嘴。

冯斯伦说得不错，上次他们劫刑场的行动称得上是一次错误的行动，没有找到阴鱼的消息不说，他们还折损了两个手下。

"我们就这么一直折腾下去吗？"有人不满地嘀咕了句。

"快了。"冯斯伦道，"只要他去商人库拉那里，我们就把消息传给安洁西。"

"传给她有什么用？她一个小丫头还能比咱们有办法？"

总有那不服气的，冯斯伦觉得好笑。

"她有什么办法我不知道，不过我知道的是你们中的任何一个都无法进到商人库拉的宅子里，而不惊动任何人。"

"难道她能做到这一点儿？"有人问。

"她是这么承诺我的。"冯斯伦认真道。

两日后，安洁西接到冯斯伦传来的消息：亚虎去找商人库拉了。

"小九，现在就看你的了。"安洁西提着小九后颈的皮毛，让它对着自己的眼睛，"这是最重要的一步，你要是失败了，我们就真的只有逃了。"

银盾军团，商人库拉，再加上一个圣族的皇室……嗯，受三方追捕的话，他们以后的日子可真是酸爽啊！

商人库拉的宅子里。

亚虎瘸着腿跟着奴隶进到一间奢华的厅堂内，库拉盘着腿坐在柔软的垫子上，两旁环绕着各色美女。

亚虎抬头瞥了一眼，发现那些女子间不但有人族的女子，还有几个半精灵的女子，虽然尖耳不是那么明显，可那异于常人的美貌一下子就能让人分辨出她们来。

库拉用嘴从一名美女手中接过水果，满意地眯起眼睛。

"不是说好最近一段时间不要到我这里来的吗？"库拉懒洋洋地开口

道,"你的记性什么时候变得这么差了。"

亚虎头上不停地冒着冷汗。

"我觉得有件事必须让您知道。"他话只说了一半,用眼睛看了看库拉身边的那些美人。

库拉动也不动。

"说吧,什么事?"

亚虎沉了沉气:"有人知道阴鱼的事了。"

库拉的神色一滞。

"你说什么?"

美人们惊慌失措地跪在地上,一个个低着头,连大气都不敢出。

"你说什么?"库拉又问了一次。

"阴鱼……被别人发现了。"亚虎狠狠地道。

"谁?"

"我也不知道,我开始以为……是您派去的人。"

双方陷入短暂的沉默当中,那是一种浓重的死寂,压抑、窒息,冷汗顺着亚虎的鬓角淌下。

"我派去的人?"商人库拉突然笑起来,笑声逐渐扩大,在奢华的厅堂内回荡。

"亚虎,你真会开玩笑……哈哈哈……"库拉笑得貌似很开心。

亚虎的表情却一直都不敢放松,因为他深深地了解库拉这个人,奸诈的商人,行走在黑白两道中间,在他眼中,唯有利益才是一切。

大笑过后,库拉冷了脸:"我如果想杀掉你的话,用不着派人,就在你现在喝的酒里,就有足以令人致命的毒药。"

亚虎手一哆嗦,杯内的酒溅起来,洒到了地毯上,地毯渐渐显现出深暗的色泽。

亚虎脸色难看起来:"库拉先生,正是因为我信任着您,所以才会当面来询问您这件事。有人显然也知道了阴鱼的事情，他们来敲诈我，把我当成猴子耍，您看看我身上的伤就知道……"

库拉上下打量着亚虎，沉默了好一会儿："你的担心是不必要的，因为除了你们，不会再有其他人知道阴鱼的下落，那些人在付了钱之后早就带着阴鱼回去了，现在应该已经到了圣族的地界，没人能再把它找回来。不过你说的事我也会派人调查，你先躲几天，等过了风头再回去。"

"不，我还是先回去吧。"看着地毯上溅着的深色酒液，亚虎想也不想就拒绝了库拉的提议。

他可不想死得不明不白。

库拉干笑两声："你不要担心，我对朋友向来讲义气，这样是为了以防万一，其实只要你再喝下第二杯就会发现，那就是解药。"

亚虎一颗心扑腾扑腾地跳，他在心里暗骂：这人完全就是个疯子！

两人又说了会话，亚虎见库拉应承了此事，于是准备离开。

"对了，上次劫刑场的事，你不准备给我一个说法吗？"库拉突然加了句。

亚虎身子顿时僵住了："您……什么意思？"

"雷狼哪儿去了？"库拉笑容有些冷。

亚虎背后直冒冷气，他以为自己做得天衣无缝，没想到对方早就把他看透了。

"我把他卖给了兽人贩子，他们的车队已经出发去了圣族。"

"是奴隶贩子吗？"库拉眼中闪过一丝遗憾。

"是。"亚虎没敢再隐瞒，将他把雷狼转手卖给兽人奴隶贩子的事说了，"雷狼他本事不错，我也觉得就这么杀了他有点儿可惜……"

"可你却没有提前和我商量。"库拉面色不悦。

亚虎低下头："是我没有考虑周全。"

"雷狼……那家伙本事是不错，可惜是个兽人，可惜了。"库拉叹了句。

亚虎站在那里一动不敢动,直到库拉向他摆了摆手,他才转身出去。

"对了,你把雷狼卖了多少钱,别忘了把一半的钱送来。"大厅内传来库拉的声音,带着回音,听上去阴森森的。

亚虎打了个寒战。

"是,我明天就送来。"他咬着牙,禁不住肉疼。

雷狼可不是一般的兽人,他是战士,而且他还知道雷狼的一个秘密,别人都不知道的。

雷狼是一个混血的兽人,正因为他血统不纯,所以才会一直待在人族。不过这样一来,他的身边就没有了固定同伴,而人族又不喜欢与兽人交朋友,所以他才得以顺利地把雷狼当成死囚卖给了兽人奴隶贩子,就算是同族,兽人也是不讲情面的。

亚虎离开库拉的宅子,临出门时他看到墙上挂着的一幅壁画上方镶嵌着一块巨大的蓝宝石。

他特意多看了一眼。

那块宝石上次他来的时候还没见到,这么大一块……应该值不少钱。

亚虎狠狠咬牙。

库拉的钱多得都装不下了,却还惦记着他卖了雷狼得到的钱,真的是狡猾的商人。

他啐了一口,一瘸一拐地走出大门。

他刚一离开,壁画上的蓝宝石瞬时变化,最后变成了一只白色的小狗,它的额头中央和肩膀两处就像镶嵌着蓝宝石,除此之外,它与普通的狗并无两样。

它松开紧咬着壁画上方的牙齿,身体轻巧地落在厚厚的地毯上,没有发出一点儿声音。

不远处的走廊上走来数名侍卫,白狗迅速跳起来,扒着走廊里摆放着的花瓶架子,身体吊在花瓶后面。

第 5 章 敌人的敌人就是朋友

侍卫们从它面前经过，却没有人注意到它。

白狗一直等到走廊里再也没了人影，这才跳下花瓶架子，一溜小跑地来到一扇窗户跟前，一跃而上，翻出了窗户。

日暮古域，广场。

冯斯伦悠闲地沿着街道溜达，安洁西仍是穿着她的那件深棕色的披风，安静地跟在他身后。

两人间的距离始终保持着五步的距离。

"你打算一直跟在那里吗？"冯斯伦停下来，无奈地看着她。

"什么？"安洁西整张脸都隐藏在兜帽的阴影里，只露出个尖尖的下巴，在阳光下显得分外白皙。

冯斯伦盯着她的下颌出神。

安洁西警惕地后退了半步，白皙的下颌也收拢进了兜帽的阴影里。

"你在看什么？"她质问道。

"没什么。"冯斯伦轻松地笑了笑，在外人看来，他俨然就是一位人族上流社会的贵公子，神态高傲，且风度翩翩，"你总这样跟着我不累吗？为什么不到前面来。"他指了指自己身边的位置。

"不必了，现在这样就很好。"安洁西淡淡地道，同时看向远处，"小九应该回来了。"

话音刚落，远处街头一只白狗向他们这边跑过来⋯⋯

第 6 章　阴鱼的下落，前往圣族

白狗小九跑来，将它在商人库拉那里打听到的消息说了。

安洁西倒吸了口凉气。

她猜测过雷狼的下落，可唯独没有想到亚虎竟能把他曾经的同伴当成死囚，卖给兽人贩子，把他变成了奴隶。

"畜生。"安洁西低低地骂了句。

虽然她对兽人也没什么好感，不过这一次，她真的感觉亚虎的人品还不如兽人呢。

小九问她："我们现在怎么办？"

贩卖奴隶的兽人族已经到达了圣族，就算他们有心要救雷狼，却不敢涉足圣族的领地。

对于人族来说，擅自进入圣族领地，简直是去找死。

安洁西沉默着，脸色不太好看。

同样，冯斯伦的脸色也没好到哪儿去。

他把手下召集到身边："库拉把阴鱼卖给了圣族的人。"

众人全都吃了一惊。

"怎么会？库拉是人族。"

"人族又如何？"冯斯伦细长的眼睛眯了起来，"任何种族里都有人渣。"

他的手下面面相觑："不能让阴鱼落到长老手里，我们现在赶回去的话也许还来得及。"

"可是库拉说阴鱼已经到了圣族的境内。"有人提出异议。

冯斯伦沉吟着:"我觉得库拉的话不一定准确,从时间上算,那些人可能刚刚通过兽族的领地。"

"也就是说,我们现在回去真的来得及!"听了他的分析,众人都激动起来。

"头儿,我们现在就走!"

冯斯伦又与他的手下交代了几句,来到安洁西身边:"我的东西,应该还我了吧。"

他们当初合作的代价便是在合作结束后,要安洁西把他的戒指还给他。

"那个我放在东大街路口第三家店铺房顶的烟筒后面了。"安洁西露出微笑。

冯斯伦冷了脸:"你就是这么遵守诺言的?"

安洁西笑了笑:"抱歉,我不是不守信誉,因为你是圣族,让我完全任信你……有些困难。"

说着她悄悄将手伸向腰后,攥住了她的小法杖。

只要冯斯伦稍有攻击的意图,她马上就会使出冲击术,强光会晃到他们的眼睛,魔法的冲击波会伤害他们,而她则有充分的时间逃走。

然而令她意外的是冯斯伦并没有生气。

"圣族里也有好人。"他认真地看着她。

"好人?你是指哪方面?你们认为的好人,在我们看来可能就是恐怖的魔鬼。"

冯斯伦露出一丝苦笑。

"魔鬼……"他喃喃念着这两个字,"说得不错,就是魔鬼,如果有可能,我希望与人族间的战争能平息,到那时,你还会觉得我是魔鬼吗?"

安洁西睁大眼睛,紧接着就像听到世上最好笑的笑话似的,她笑出声来,"平息战争?……哈哈哈,你的玩笑太好笑了。"

谁不想平息战争，可是两族间的血战持续了数百年，甚至更久，绝不可能因为一个人而改变。

冯斯伦没有笑，他定定地看着她，看着她笑得眼泪都快出来了。

"很好笑吗？是的，我也觉得这很好笑。"他默默转过身去，望着人来人往热闹的街道，"不过我相信有一天这一切会结束，到那时，你能把我的东西亲手还给我吗？"

安洁西呆住了。

她再也笑不出来了。

"你……什么意思？"

冯斯伦突然扭头向她露出微笑："我现在就要回去了，来不及去拿戒指了，它对我来说很重要，你一定要收好，千万不要让别人发现。"

安洁西目瞪口呆地看着冯斯伦就这么离开了。

带着他的手下，头也没有回。

小弱扭着腰身靠过来："他们怎么走了？"

安洁西没回神，盯着远处发呆。

"喂，西西？"

"小九。"安洁西没理他，而是吩咐小九，"你去东大街把烟筒后面藏着的戒指取回来。"

小九拉长了脸："本大爷是狗，上房这种事应该让鼻涕虫去。"

小弱提起自己的裙子："我现在是女人，大白天的你让我爬房顶？"

一狗一虫斗着嘴，最后还是小九去了。

看着拿回来的紫水晶戒指，安洁西说不出心里是什么滋味。

这次与冯斯伦合作是她耍了小聪明，冯斯伦最后这手是她完全没有料到的。

这么重要的东西，他竟然没有拿走……

信任她？

安洁西又觉得好笑。

一个圣族的人，还是皇室成员，居然信任她这个人族。

不可能。

她摇了摇头，把戒指收好。

"我们现在怎么办？"小弱有些泄气，折腾了这么久，没想到打听到了消息后他们却无能为力。

雷狼被卖到了圣族成为奴隶，而他们的罪名也就别想洗清了。

小弱看了看矮人三角架，小声对安洁西道："要不然……我们还是先兑现他的约定吧。"

他们当时答应要保护三角架离开这里，前往别的城市。

离开日暮古域的话，也许他们能在别的城市混下去。

"你觉得库拉和亚虎会放过我？"安洁西瞪了他一眼，"除了他们，还有银盾军团，丢了阴鱼，他们会把账算到我的头上。"

"那怎么办？"小弱苦着脸。

"就这么算了？"安洁西脸上的笑容有些冷，"我们逃了，然后让亚虎安安稳稳地享用他的那份钱？"

"你的意思是……"

"我们接着折腾。"

亚虎自从见过商人库拉后，心情放松了不少。

晚上他再去灰色酒肆时也没有再遇到"讨债"人，一连两天，他都平安无事。

他觉得应该是库拉控制了事态。

可是第三日，当他来到酒肆时，发觉气氛有些不对。

所有人看着他的眼神都带着……一丝不屑。

他到柜台上要了杯酒，趁着酒肆伙计把酒端过来的时候，他随口说了句："今天你这里生意不错。"

"哦……"伙计含糊地应了声,放下酒后远远躲开了他。

奇怪。

亚虎皱眉。

他也算是这里的常客了,就是前几日他被"讨债"人追杀,他们也没有像现在这样对他避之不及。

独自坐了一会儿,他发现来的酒客全都躲得远远的,谁也不想坐在他身边。

"喂,你这是什么态度?"他伸出胳膊,隔着柜台抓住里面的伙计,"你给我把话说清楚!"

伙计使劲挣扎,显得很害怕。

就在这时,酒客里不知谁说了句:"连同伴都能出卖的人不配坐在这里。"

亚虎愣住了,他转过头,发现酒客们全都瞪着他,不少人还把手放在腰间的武器上面。

亚虎禁不住哆嗦了一下。

出卖同伴……

他们是在说他吗?可是他们是怎么知道的……

亚虎狼狈地离开灰色酒肆。

安洁西和小九站在小巷的转弯处,看着亚虎脚步仓皇地从她们身边经过。

亚虎并没有注意到安洁西,他铁青着脸,脑子里一片空白。

他想不通,这件事是怎么传出去的。

酒肆里的所有人都知道了。

在这种地方消息向来传得很快,相信用不了多久,整个日暮古域都会传遍这件事。

他出卖了自己的同伴……

从此以后,他再也无法在日暮古域立足。

怎么会这样？

他明明做得天衣无缝，这件事只有他和库拉知道。

难道是库位……他故意把消息透露出去，想毁了他？

亚虎只觉得背后阵阵发凉。

不，不应该，库拉明明答应他会帮他，他帮库拉做掩护，成功地将阴鱼卖给了圣族，从中挣了一大笔钱。

而他自己也得到一份丰厚的酬金，这笔钱足够他下半辈子生活用了。

亚虎定了定神。

好吧，就算事情败露了也没什么关系，大不了他离开日暮古域，只要有了这笔钱，他走得远远的，舒舒服服地生活。

安洁西看着亚虎消失在视线里。

小九蹲坐在她脚边，抬脚抓挠着耳朵："下一步你打算怎么办？"它问安洁西。

"让小弱继续散布消息，这么有趣的事当然得告诉所有人了，自然少不了库拉先生。"安洁西提着小九后颈的皮毛，把它拎在手里。

"喂，你这样子很粗鲁，快把本大爷放下来！"小九咆哮着。

安洁西不理它，拎着它走出小巷。

第二天，天还没亮，亚虎提着巨大而笨重的木箱出了小巷。

他要离开日暮古域。

箱子里装满了青色和白色米拉币，沉重得令人手臂发麻，就算亚虎这么强壮的人也被累得气喘吁吁。

"这么重的东西，我们帮你拿啊。"

刚出巷口，亚虎就被一群人围住了。

亚虎缓缓将箱子放在地上，他喘着气瞪着眼前这些人。

这里的每个人他都曾在灰色酒肆见过，有些虽然从没说过话，可是眼熟得很。

"你们……在这里做什么？"亚虎警惕地用手去摸他腰间的武器。

然而还没等他的手抽出武器，不知谁吹了声口哨，从天降下一张大网，一下子将亚虎罩在了里面。

"你们做什么，浑蛋，你们知不知道我是谁？"亚虎挣扎着，咆哮着。

回应他的，只有人们的嘲笑声。

"你别激动，我们只是想看一看你把同伴卖了多少钱。"

有人来到木箱前，一剑将上面的锁斩断。

箱子裂开了，里面的米拉币哗啦啦地淌了一地。

刚才还哄笑的人群顿时安静下来。

米拉币还在哗啦啦地往外淌着，人们眼中的惊喜逐渐变成了贪婪。

"看来那些传言是真的了。"人群中不知谁说了句，"他出卖同伴才得到这些钱。"

"这么多钱……"

人群骚动起来，人人都想去动那些钱，却没人敢带头。

"这些全都是不义之财，不如大伙分了。"就在这时，一个女声响了起来。

顿时，所有人的眼睛全都亮了。

"大伙分了！"

众人一拥而上，扑向地上的木箱。

青色的米拉币、白色的米拉币就像下雪一样，飞溅得到处都是。

人们的眼睛里只剩下了这些钱币，他们相互践踏着，推搡着，大把大把地抓起钱币往自己的怀里塞。

有些都已经塞不下了，他们还在不顾一切地往口袋里装……

亚虎被困在大网里动弹不得。

"那些是我的钱！"他嘶吼着。

"那些不是你的钱。"混乱中，一个纤长的身影来到他的面前，冰冷的剑刃穿过网眼，抵在他的身上，"那些是我们的钱。"

亚虎瞳孔骤然猛缩。

"是……你……"

一张熟悉的面孔出现在他眼前。

兜帽的遮掩下,露出白皙的下颌。

亚虎牙齿咬得咯咯响:"原来是你在搞鬼。"

场面相当混乱,众人都忙着抢钱,谁也没有注意到安洁西和亚虎这边。

安洁西手里的短剑抵住亚虎的胸口:"雷狼的卖身契在哪里?"

亚虎扫了眼她手里的剑,他很快从刚才的惊慌中恢复过来,"你问这个做什么?"

"在哪儿?"短剑刺穿亚虎的衣服,扎到了他的皮肤。

亚虎愣了一下:"你不敢杀我。"

"你说得没错。"安洁西微微一笑,"不过有件事你说错了,不是我不敢杀,而是用不着我动手。"

亚虎似乎没有听懂她话里的意思:"你放我出来,我可以在库拉先生那里替你说几句好话,天天被通缉的滋味可不好受吧。"

"被网吊在这里的感觉也不好受吧。"安洁西眯起眼睛,踢了亚虎一脚。

大网立时原地转起圈来。

亚虎在网里被转得头晕目眩:"快停下,你不是要他的卖身契吗?就在这里!"

安洁西用脚稳住大网,接住亚虎从网眼里塞出来的一个纸卷。

她打开扫了一眼,上面还按着鲜红的手印。

"我看不懂这个,你来看。"安洁西把纸卷递给身后的小弱。

小弱久在外面混,对这种东西相当在行。

"没错,就是这个。"

安洁西露出坏坏的笑,再次用脚踢了一下网:"很好,现在你来回答下一个问题,阴鱼是什么?"

亚虎惊住了。

"你……你在说什么？"

"我问你，阴鱼是什么东西？"

"我……我不知道。"亚虎眼珠子瞪得老大。

"你不知道？你这个畜生，枉我还那么相信你，带西西姑娘来找你……"小弱扑过来，对着大网里的亚虎拳打脚踢。

小弱现在是女子模样，再加上她穿的这身衣裳，但凡有经验的男人都会觉察到她的"职业"，所以看她花拳绣腿地踢打亚虎，安洁西看得尴尬癌都要犯了。

"好了好了，你先到边上歇着去。"安洁西把小弱拉开。

"看我怎么教训他！"小弱叉着腰，喘着气。

安洁西强行让自己移开目光，不去看小弱。

"告诉我阴鱼的事，我就放你走。"她亮了亮短剑，"不过你要快点儿说，一会儿他们抢完了钱，说不定还会来打你的主意。"

"你在威胁我。"亚虎狠狠地道。

"没错。"安洁西抱着肩膀，"我就是在威胁你。"

亚虎气得眼前发黑。

亚虎被困在网里，瞪着血红的眼睛。

地面上，到处都散落着米拉币。

青色的……白色的……叮叮当当地响着，清脆的声音搅浑了人们的理智。

所有人都不顾一切地捡拾着钱币，无人理会亚虎这边。

"告诉我阴鱼的事，我就放你走。"安洁西再次威胁道。

"你说话算数？"亚虎一字一顿。

"你想说的话就快一点儿，不然说不定什么时候我就要走了。"她向着身后的人群耸了耸肩。

亚虎也知道现在安洁西的身份见不得光,她被通缉……如果他在这时候大喊大叫暴露了她的身份……

不,他没有这个机会了。

他看着抵在他胸前的短剑。

在他大呼小叫前,她就会先杀了他,他相信,她会毫不犹豫这么做的。

"你要想好。"安洁西低声道,"想一想那个半精灵弓箭手雨驰,他是怎么死的?"

亚虎打了个冷战。

雨驰是怎么死的,他再清楚不过了。

他和库拉合谋假装阴鱼被人抢劫,他找来的那些同伴自然就成了刀下鬼,替罪羊。

"你快一点儿,我的耐心有限。"安洁西催促道。

亚虎咬了咬牙:"银盾军团这些年一直在研究天族的力量,在天族消失后,银盾军团曾到昆虚山上探寻天族的踪迹,结果他们发现通往天族的龙塔关闭了,无人能通过,他们最后只找到了两块奇特的玉石,一块白玉,名为阳鱼,一块黑玉,名为阴鱼。"

"你把两块玉都卖给圣族了?"安洁西冷冷地问。

"没有,银盾军团只给了我们阴鱼,委托库拉先生送到他们指定的地方去。"

"阴鱼有什么用?"

"这个我哪知道。"亚虎苦着脸,假意讨好地笑了笑,"我只是个跑腿的,你只要把我放了,我会去跟库拉说,让他免了对你的通缉。"

安洁西眯了眯眼睛,没有理会这个"诱人"的提议。

"圣族为什么要得到阴鱼?他们要用它来做什么?"

如果那只是一块普通的黑玉,她才不信圣族会为了它大费周章。

"那个……我说了,你就放了我?"亚虎沉了沉气,像是下了什么决心。

安洁西手里的短剑挑起一根粗壮的网绳，作势要挑断。

亚虎心中大喜，加快语速："我听说那两块玉里面藏着天族的秘密，能解开它的人就能得到天族的力量。这些年银盾军团一直都在暗中研究它，只是因为这次他们收到消息说圣族盯上了它，所以才委托库拉……"

亚虎的话还没说完，突然从一侧飞来数道黑影，安洁西敏捷地闪开，但是网里困着的亚虎就没这么走运了，他被三支箭射中。

安洁西迅速向后退了几步，顺势看过去。

周围全都是捡拾钱币的人，混乱得很。

她只能看到街边匆匆消失的几个身影，转眼就消失在小巷中。

网里，亚虎还没断气。

他张着嘴，喉咙里发出咯咯的声音，他向着安洁西伸出手，似乎是在控诉。

安洁西摇头："你知道，这是谁的手笔。"

亚虎眼睛瞪得快要突出来，他喘着气，血沫子顺着他的嘴角淌出来。

"没错，是商人库拉。"安洁西喃喃道，"你现在没用了，他自然不会再留着你。"

这时，小弱不知从哪里冒出来。

"西西姑娘，我们快走吧。"

安洁西最后看了一眼亚虎，毫不犹豫地和小弱一起混入了人群里。

亚虎徒劳地挣扎。

他不甘心，他挣到的钱足够他下半辈子挥霍了。

可是，他最后什么也没有得到。

"咯咯……"他伸手乱抓。

但是他身边的人谁也没有注意到他。

他们都在抢钱，钱，那些全都是他的钱……

矮人的家中。

安洁西把从亚虎那里打听来的消息说给他们听。

"天族的力量？"小弱眼睛闪闪发光，"如果天族还在就好了。"

安洁西诧异地看了他一眼："你们虫族不是与圣族结盟了吗？"

"那又不是我说了算。"小弱无辜道，"天族还在的时候，溪西大陆上各族间从来没有争斗，人们和睦相处，如果天族能回来，我自然更希望回到以前安定的生活中去。"

"他说得不错。"矮人也点着头，"天族还在的时候，溪西大陆上一直都很和平。"

安洁西沉默了一会儿："如果圣族真的从阴鱼里得到了天族的力量，会怎样？"

三角架和小弱全都露出惊恐的表情。

白狗小九无聊地抬起后腿搔着耳朵："会怎么样？当然是全都沦为圣族的奴隶啦，地狱啊，啧啧，地狱……"

安洁西看了一眼小九，难得地没有反驳它，过了一会儿，她吐出一句："我想去圣族把阴鱼找回来。"

"啥？"小弱就像被烫了似的跳起来，"你疯了！"

三角架也不可置信地晃着头："美丽的西西姑娘，我觉得你这种想法很危险。"

"我也不想冒这种险。"安洁西无奈道，"但是我们必须阻止圣族得到天族的力量。"

"这不是你的责任。"小弱叫起来，"你应该把真相告诉银盾军团！"

"你觉得他们会相信？"安洁西看向小九，就连小九这件事她都没解决，现在又被阴鱼事件缠身，她怎么可能说得清。

"西西说得对，要是去找银盾军团的话，他们会先把她送上绞架。"小九接口道，"然后才会开始研究对策。"

小弱咧着嘴："你这话说得真恶心。"

"本大爷向来只说实话。"小九纵身跳到安洁西的膝上,"其实去圣族也没有你们想象的那么可怕,你们手里不是有地图吗?"

安洁西愣了愣。

对了,她之前从小弱手里买到的溪西大陆的地图还在。

那张地图是小弱从银盾军团里偷出来的,可以说上面标注得相当详细了。

安洁西展开地图,小九用爪子指给他们看。

"兽族的车队经常出入圣族,经过他们的领地就能最快到达圣族,如果能混在他们的车队里,我们就不必担心会被圣族盘查,再说西西手里不是还有那枚戒指吗?"

安洁西掏出紫水晶戒指,那是冯斯伦留下的圣族皇族的象征。

"我们也许可以利用下这位皇室成员呢。"小九用爪子摸着下巴,一副坏坏的表情。

他们的冒险之路即将再次展开,这一次,他们的目的地是圣族!

十日后,兽族领地内,通往圣族的崎岖的山路上。

铁脚犀迈着沉重的脚步,在它身后的锁链上,拴着长长的一串队伍,锁链上拴着每个人的手脚,人们衣衫褴褛,一个个无精打采地低垂着头。

他们是要被兽族人贩卖到圣族去的人族奴隶。

安洁西无奈地看向远处,前方就是地底的夹缝,充斥着灼热的火焰与永远的黑夜,此为圣族的发源之地。

真的是出师不利,她无声叹息,同时跟随着前面奴隶的脚步。

她跟小弱一行原本是混迹在兽族的走私队伍里,谁知途中出了差错,小弱和小九两个不靠谱的家伙居然逃掉了。

唉,早知道她也逃好了。她心里抱怨着,脚下步子却不敢有丝毫犹豫。对于胆小的虫族来说,能陪她到圣族去,已经是很英勇的壮举了。还好,她在入兽族领地前把矮人三角架留在了人族的城市,不然她很可能将要面对三

个逃兵的残酷现实。

前方传来兽族人不满的低吼。

一些奴隶脚步慢了,他们想要停下来歇一歇,但引路的铁脚犀脚步不停,他们停下来的话只能被拽倒,然后导致身后的人们一个跟着一个摔倒。

走在安洁西前面的人脚步踉跄,一头栽倒在地,险些把她带倒。

兽人不满地看过来。

安洁西原地站定,一脸无辜的表情。

她不是不肯上去帮助那个跌倒的人,这一路走来,死在路上的人已有半数,在这种吃不饱又超级劳累的状态下,每一个人都随时可能死去。

她利用这片刻的时间站在那里喘着气,尽量让自己恢复体力。

兽人用脚踢了踢倒下的那个人。

没有动静。

兽人咕哝着,解开那人脚上的锁链,就像丢破布一样地把那人丢下了深不见底的深渊。

头顶上,代替太阳的烈焰之球正徐徐落下。

"走快些。"兽人催促着铁脚犀。

安洁西的目光从无底的深渊中收回,幽暗的光线中,她的眼睛就像灿烂的繁星,熠熠生辉。

这就是残酷的现实,在圣族的奴役下,人族脆弱得不堪一击。

必须找回阴鱼!不能让天族的力量落到圣族手里!

"嗷嗷呜……"

野兽的咆哮划过天际,就连空气都被撼动,人们的耳膜被震得嗡嗡作响。

兽人们瞬时骚动起来。

"是叛军!戒备!戒备!"兽人们拎起各自的武器,空气中危险的气息凝结。

铁脚犀被驱赶到一旁,奴隶们蜷缩在一块,不少人倒下就累得再也无法站起。

安洁西顺着兽人们警戒的位置望过去，就像劈开黑暗的利剑，两只魔角龙突然自黑暗中跃出，咆哮着掀翻了一名兽人。

其他兽人见状纷纷挥舞着手里的武器迎上去。

魔角龙全身覆盖着坚硬鳞甲，它们虽然没有翅膀，也没有龙那样庞大的身躯，但是速度极快，它们灵敏地躲避开兽人的攻击。

越来越多的魔角龙从黑暗中现身，骑在它们背上的战士们戴着黑色的面具。

魔角龙在人族的世界非常罕见，只有人类中的贵族才配使用它们当坐骑。

一只魔角龙压低了脖颈，俯冲过来，骑在它背上的蒙面男子身上裹着深蓝色的披风，宛如夜的鬼魅，他挥剑砍断了铁脚犀背上的锁链。

安洁西眼睛一亮。

她听说过圣族内存在叛军的事：那些人反抗圣族的统治，并为谋求与人族和解而努力着。

先不管他们这些人是不是真的叛军，她只要趁这个机会逃走，接下来她就能想法子尾随这支兽族的队伍到达圣族城市。

叛军们砍断了奴隶们的锁链。

奴隶们沸腾了，不顾一切地四散奔逃。

"到这边来！"为首的蒙面男子似乎想要聚拢起逃跑的奴隶。

但是人们吓坏了，根本没有人听从他的召唤，很快，有人坠下无底的深渊，有人自光滑的岩石上滚下，掉进滚烫的岩浆湖里。

安洁西焦急地扯着锁着她的链子。

蒙面男子向她走过来。

快些，快些……

她在心里默默催促着。

那人的面具下面露出一双细长的眼睛，他看到她，似乎有些惊讶。

安洁西也愣了一下。

这个人……有些眼熟。

正当那人举起剑来准备砍断她的锁链时，一名兽人扑了过来，挥舞着巨大而沉重的武器，攻向蒙面男子。

"后退。"蒙面男子对安洁西低声喝道，同时侧身用剑强挡了一下对方的武器，让她趁着这个机会退得远些。

安洁西拖着脚上的锁链，踉跄着跑到铁脚犀的身边蹲下，一颗心怦怦乱跳。

那人的声音也是她熟悉的。

在日暮古域外遭遇劫持，在日暮古域里的合作……如果她没有猜错，这个人应该就是……

冯斯伦！

"呜呜……"远处响起号角声，打断了她的思绪。

兽人们听到这个声音士气大振。

"是圣族的外城巡防军！"

"灭了这些叛军！"兽人们咆哮着，与蒙面的叛军们械斗时，他们手中的武器肆意地挥舞，将那些没来得及躲闪的奴隶们打倒。

剩下的还没有逃走的奴隶们瑟缩成一团，更有不少人被吓得失去控制，尖叫不已。

很快，圣族的巡防军赶来了，他们的加入很快让兽人们稳定了战局，叛军们开始撤退。

安洁西躲在铁脚犀的阴影底下，目不转睛地盯着蒙面男子与巡防军和兽人械斗。

巡防军释放出魔法，暗紫的微光高速爆裂，击中了魔角龙。

魔角龙吃痛地抖动了一下，蒙面男子被甩落在地上，手中的剑也被弹飞，插落在安洁西的面前。

雪亮的剑刃倒映出黑色面具下那双微带红色光芒的眼睛。

安洁西吃了一惊。

纯正圣族血统的人，在愤怒时眸光会变成红色。

他……果然是真正的圣族皇室成员！

安洁西被自己的发现惊住了，完全没有注意到对面巡防军再次释放出的魔法，魔法余波向着她这边袭过来。

"闪开！"

被魔法击中的瞬间，她似乎听到冯斯伦的声音。

魔法击中她的身体，扩散的雷击火花在地面上跳跃，向四面铺散开来。

铁链传导着电花，不断延伸，所有被铁链锁住的奴隶，包括那头铁脚犀都遭到了雷击魔法的洗礼。

在魔法释放出的闪电和爆鸣中，安洁西蹲下抱住了自己的头。

待青烟散去，锁在这条链子上的所有生命全都消失了。

除她以外。

安洁西缩着身体，躲在铁脚犀的尸体后面，紧紧捂住嘴，努力不让自己发出任何声音。

这便是她与众不同之处，也是当初她的父母强行将她送出村子的原因：她的身体天生能够免疫圣族魔法。

因为她实在是太特别了，以至于村里人都说她是圣族的私生子，有好几次在她父母不在的时候，村民们险些将她处死，她的父母只好将她抛弃。

说是抛弃，倒不如说是将她卖了。

银盾军团每年都会招募一些特别的孩子，训练成为王国的勇士，所以她的父母便把她卖给了银盾军团。

"叮！"一声细微的脆响吸引了她的注意，黑色的面具掉落在地上，裂成了两半。

安洁西顺势抬起头，正对上冯斯伦关切的目光，没了面具，他那双微红的眼睛就像半透明的水晶，折射出动人心魄的光华。

在看到她完好无损的时候，冯斯伦眼中闪过一丝笑意，似乎还夹杂着些许歉疚。

以为刚才那一下我就玩完了？安洁西不露痕迹地瞪了他一眼，倔强地扬起下巴。

哼，上次与他面对面用魔法对峙时，她就胜出了，还用训诫之术把他变成了大青蛙。

这时巡防军聚拢过来。

"撤吧，不能等了！"叛军成员催动魔角龙靠了过来。

冯斯伦本想替安洁西把锁链斩断，但是兽人们也围了过来，他犹豫了一瞬，用披风遮住了自己的脸，看了一眼安洁西，然后头也不回地跳上同伴魔角龙的背，与其他叛军一起杀出重围，消失得无影无踪。

哎，真的走了？

安洁西瞪着眼睛，神情无奈。

兽人并没有追击叛军的打算，他们先是重新聚拢那些逃逸的奴隶，然后在原地稍作休息。

他们把安洁西与其他活着的奴隶重新锁在一起，继续上路。

半日后，他们来到圣族城市。

奴隶们一个个被牵上高台，等待着圣族人来购买。

安洁西与几个跟她一般大的少女拴在一起，铁链锁着她们的手脚，走起路来沉重得连步子都迈不开。

兽人们粗暴地拉着链子。

前面的一位少女失去平衡摔倒。

"磨蹭什么？"兽人不满地踢过来。

人类的躯体哪能承受住兽人的力量，少女惨叫着滚到一边。

安洁西压低身体，尽量减少自己的存在感，她深知在这种情况下，如何保住自己的生命。

圣族们聚在台下，挑选他们看上眼的奴隶。

安洁西缩在角落里，无人看得上她这种看上去又瘦又小的女孩子。

烈焰之球升到最高处，兽人们开始休息，掏出装着酒水的皮囊和肉饼。

奴隶们则无人看管，仍然留在高台上，因为得不到食物和水而显得气息奄奄。

安洁西轻轻舔着嘴唇，目光扫视周围。

台下，兽人们还在继续喝酒。

她深知兽人的习性，在人族的世界当中，兽人是人族的奴隶，他们会被人拴上铁锁，就跟她们现在一样。

可是现在世界颠倒了，兽人为了摆脱人族的奴役与圣族结成了联盟，但就算是联盟也改变不了他们嗜酒贪吃的习性。

安洁西耐心地潜伏在奴隶群中，手指缓缓从鞋底抽出一小段细铁丝，利用其他奴隶身体的掩护悄悄拨弄着自己脚上的铁锁。

在银盾军团抚养院，她从同伴那里学到了不少不入流的小技巧，像开锁这种，对她而言容易得就像是呼吸。

只须轻轻拨弄几下就能打开。

铁锁发出"咔嗒"一声。

她停下手上的动作，不动声色地将纤细的脚踝从锁链中抽出。

就在这时，台下刚好过来了几个圣族，他们选中了两个奴隶。

兽人们只好放下酒囊上前招呼。

安洁西趁着众人视线不在她身上，突然一跃而起，从高台的一侧跳了下去。

"奴隶逃了！"不知谁吼了一声。

安洁西头也不敢回，心脏剧烈地跳动，脚下狂奔不停。

她的机会，只有一次，生命，也只有一次！

她冲入街巷，险些撞到迎面飞过来的魔角龙。

"抓住她！抓住她！"

身后不断传来兽人的怒吼。

安洁西身法灵活得像只鸟，专门挑选庞大身躯的兽人无法顺畅通过的狭窄街巷。

她越跑越快，终于，身后嘈杂的声音越来越远。

她只能听到自己急促的呼吸声。

再远些，再远些就好。

她不断告诉自己。

就在她刚刚穿出一条街巷之时，前方突然亮起一道刺目的光华。

是魔法！

她迅速闪向一侧。

雷鸣夹杂着青白色的球状闪电呼啸而至，在她的面前炸开一个巨大的深坑。

烟尘散去，安洁西被爆炸的余波掀翻在地。

一队圣族的巡防军站在那里。

完了！

她闭了闭眼。

不管是圣族也好，兽人也罢，他们绝对不会轻饶一个"叛逃"的奴隶。

巡防军中一人抽出剑来，锋利的剑尖正抵到安洁西的下颌。

剑刃清晰地倒映出安洁西的下颌，以及那双满含着懊悔与绝望的眼睛。

"等一下。"不远处，传来一个男声。

剑刃一顿，停在了安洁西的喉间。

剑尖刺破了她的皮肤，殷红的血溢了出来。

巡防军转头看过去。

只见一辆由两只魔角龙拉着的车驾停在他们身后，车门打开，车里的人向外递出了一样东西。

为首的巡防军看到那东西后吃了一惊,向着车驾施了个圣族之礼。

"这个奴隶,我买下了。"车内男子的声音听上去十分傲慢,极像是一个贵族。

安洁西禁不住睁大了眼睛。

是她的幻觉吗?为何这个声音那么熟悉?就在半日前她还曾见过他,怎么回事,难道这真的是她的错觉?她眼睁睁看着车里的男子递出来三枚青色米拉币,下意识地想要撇嘴:她就值三个青色米拉币的价钱?

巡防军恭敬地接了,挥手示意,让他的手下放开安洁西。

"这个奴隶已经属于您了。"巡防军将安洁西拽到车前。

"知道了。"

微风吹过来,车帘一角被掀起了一道。

安洁西瞥见车里男子熟悉的侧脸时紧张的心情一松。

果然是他。

车内的男子缓缓转过脸来,微扬着傲慢的下颌,细长的眼睛里带着淡淡的笑意,清澈地倒映出她的影子。

安洁西心头猛地一跳。

"现在,你是属于我的奴隶了。"男子开口道,嗓音中带着贵族特有的优雅与不屑,但是他的那双眼睛却透着一丝戏谑。

要不是有别的圣族人在跟前,安洁西真的很想照着他的脸结结实实地来上那么一下子。

冯斯伦,这么玩有意思吗?

第7章　圣族幽居，冯斯伦的身份

魔角龙拉着车停在一处山脚下。

安洁西抬头望过去，目之所及，到处都是幽深的山峦，周围长满了树林。

圣族的树木并非像人界那般苍翠，它们外形奇特，树叶更像是结晶形成的，锋利的边缘就像利刃。

她伸出手指，想要试着去触碰一片叶子。

"当心有毒。"身后传来冯斯伦的声音。

安洁西手上的动作一顿，停在那里。

"这是我新买回来的奴隶，把她带去姑姑那里，顺便让她熟悉熟悉环境，免得碰了什么不该碰的丢了小命。"冯斯伦吩咐迎接在那里的管事。

谁是你的奴隶？安洁西在他身后不忿地瞪着他。

冯斯伦突然回过头，猝不及防地，她被抓了个正着。

四目相对，他眼中的笑意更加明显了。

细长的眼睛，融入黑夜的发丝末端带着点点银光，与此形成鲜明对比的是他的脸，皮肤仿佛是久不曾见到阳光的白皙。

果然是标准的圣族贵族样貌。

万恶的圣族！

安洁西厌恶地移开了目光。

冯斯伦在看到她眼中毫不掩饰的厌恶时，眼底的微光暗了暗。

管事带她进入圣族幽居。四壁全部都是由紫色魔晶构成的空间内，魔法火焰是这里唯一的光源。

安洁西小心翼翼地跟着管事往前走，脚下的魔晶清晰地倒映出她的影子，整个走廊处处都能折射出她的身影，恍如梦境一般。

"爱丝夫人，这是殿下新买回来的奴隶。"管事把安洁西带到一个中年夫人跟前。

殿下？

安洁西在听到这两个字时，神经一下子就绷紧了。

普通的圣族绝不可能被称为殿下，看来她的猜测没有错，能拥有那枚戒指的，绝对不是普通贵族，冯斯伦就是圣族中最最尊贵的皇室成员。

她悄悄摸了摸藏在身上的那枚紫色水晶戒指。

唯一让她觉得奇怪的是，冯斯伦如果是圣族皇室的话，为何会混在圣族的叛军之中，与圣族为敌？而且……他把她买下来后，为什么要带她到这里来？

她想不出答案。

爱丝夫人看上去就像个守旧的妇人，极其傲慢，她挑剔地打量了安洁西一番。

"殿下买这种无用的奴隶回来做什么？脏兮兮的……真是恶心，带她去洗干净，顺便换好衣裳再来见我。"

爱丝夫人把安洁西交给一个人类的女奴隶。

"这是什么地方？"趁着没人，安洁西小声询问那名女奴隶。

"这里是冯斯伦殿下的幽居。"

"冯斯伦就住在这儿？"

女奴隶惊慌地捂住她的嘴："不能叫殿下的名字，你以后见到他要称他为主人。"

呸呸呸，她才不会说出这两个字呢。

女奴隶看到她不屑的表情，认真提醒道："这里是圣族，你如果不想死

就老实些,不要招惹麻烦。"

安洁西露出无辜的表情:"我能招惹什么事?"

只要有机会,她就会逃出去,她才不会做谁的奴隶呢。

不过在逃走之前,她觉得有必要与冯斯伦好好谈一次,也许从他那里能得到阴鱼的消息。

安洁西洗了澡,换上了干净的衣裳,趁着没人,她把一直藏在身上的紫色水晶戒指拿出来,脱下鞋子,她把戒指套在了自己的大脚趾上。

嘿嘿,藏在这里应该不会被人发现吧,她得意地欣赏着自己的"杰作"。

要是冯斯伦知道自己的东西被她套在脚趾上,不知会是怎样的一副表情。

整理好衣服出了门,女奴隶带她重新去见爱丝夫人。

"你叫什么名字?"安洁西小声地询问女奴隶。

"丽。"女奴隶回答,"你叫什么?"

"安洁西。"

丽带着她穿过复杂的走廊,两侧墙壁上的魔法火焰散发着诡异的微光,她们的影子投在墙上,拉得老长。

"这里虽然是冯斯伦殿下的幽居,但殿下不常回来,这里都是由爱丝夫人打理,她是冯斯伦殿下的姑母,也是决定你在这里生死的人。"

"殿下是贵族吗?"安洁西不断套话。

丽愣了愣:"你不知道?"

安洁西眨巴着眼睛,一副乖宝宝的样子。

"殿下他就是圣族的皇子啊,以后他是要继承圣族的王位的。"

安洁西一个趔趄,差点儿摔在地上。

"你没事吧?"丽吓了一跳。

"没事没事……不小心踩到裙子了。"安洁西拍打着裙摆,努力掩饰着自己脸上的惊讶。

他居然是圣族的皇子！

这怎么可能？如果他是皇子的话就更不可能会成为叛军。

试问将要成为圣族的王，怎么会化身成反对自己的人，而且他也在寻找阴鱼的下落。

库拉不是将阴鱼卖给圣族了吗？如果冯斯伦是圣族皇子的话，应该很容易就能得到阴鱼，为何他还要隐姓埋名地四处寻找阴鱼？

安洁西揣着一肚子的疑问，跟着丽往前走。

前方出现了一个大厅，半空中悬挂着插满蜡烛的水晶吊灯，四周墙壁上每隔几步就悬挂着人物肖像。

安洁西逐一看过去，最后目光停留在一个中年男子的画像上。

那人的模样与冯斯伦极其相似，冷不丁看上去会让人以为那就是冯斯伦中年时的样子。

"你先在这里等一下。"丽在离开前警告她，"我不回来的话，你不要随意走动。"

安洁西点头，其实并没有往心里去。

丽进了旁边的一扇门，安洁西则继续端详着墙上的画。

对于圣族，她了解得并不多，她只知道他们是光明阵营的敌人，因为他们征服了天族，导致天族彻底从这个世界上消失，世界才混乱成现在这个样子。

如果天族还在的话，世界应该就能完好如初了吧。

她胡思乱想着，不知不觉走进了更深处的走廊。

魔法火焰越来越暗。

"沙拉……沙拉……"

奇怪的声音响了起来。

安洁西停下脚步，向着幽暗的走廊深处望去。

她什么也没有看到。

走廊向远处延伸，紫色水晶反射着稀疏的火光。

"沙拉，沙拉……"声音更近了。

安洁西提高了警惕。

"谁在那里？"她开口问了句。

可惜她现在手边既没有短剑护身，也没有法杖可供她使用。

"咝咝……"走廊的顶部传来奇怪的声音。

安洁西向后退了一步，从她头顶的位置，伸下来一只覆盖着甲壳的长脚，紧接着，另一条长脚落了下来，只不过位置是在走廊的另一侧。

安洁西屏住呼吸，再次后退。

然而她的背却撞到了什么。

转头，只见她的身后也立着一条长脚，正好挡在了路中间。

"咝……"

幽暗的光线中，一张丑陋的虫面若隐若现地从走廊顶部的紫色水晶中浮现出来，数十只复眼散发出绿莹莹的光，直盯着安洁西。

是虫族！

安洁西站在那里一动也不敢动，只有急促的呼吸暴露了她此刻的紧张情绪。

虫族内拥有智慧的生物并不多，但是它们却有着极有耐心与喜欢黑暗的特性，所以千年的战争中它们选择了圣族作为同一阵营。

除了像小弱那种胆小又有脑子的虫子外，还有一种虫子最令人族心惊胆战。

它们并没有很多的智慧，甚至可以说是完全在凭着本能行事。

然而，它们却有着对饲主的绝对忠诚。

就像狗……

修长的虫脚一只跟着一只落在了地上，安洁西宛如置身于钢铁的囚笼当中。

丑陋的虫脸慢慢贴近她。

安洁西想要避开，但是虫脸紧跟着她，突然咧开嘴，露出两只锋利的獠牙。

安洁西紧抿着嘴唇，不让自己发出一点儿声音。

正当她准备缓缓将自己身体后移之时，黑暗中响起了一个熟悉的男声。

"住手。"

虫子的獠牙停住了，与她之间的距离只有一指，黏糊糊的口水几乎要滴到她的脸上。

安洁西紧张得连呼吸都忘记了，虫子缓缓闭上了嘴，长脚移动，离开了她的身边。

"到我这里来。"冯斯伦的身影出现在她的面前，向她伸出了手。在街上的时候他一眼就认出她来，没想到这个女孩的胆子有天大，居然敢混进圣族城市来。

安洁西并没有握住他的手，而是带着倔强，小心翼翼地避开了虫子，退到他的身后。

"有没有受伤？"冯斯伦问，细长的眼睛打量着她身上穿着的裙装和白色围裙，出乎意料地，他觉得这身衣服跟她很配。

女孩子嘛，就要打扮得温温柔柔的，不过她那副假小子的扮相也很有特色，至少不会在她冒险时被人惦记上。

"承蒙殿下关心。"安洁西讽刺道。

冯斯伦听出她话里带刺，但是并没有生气："这是幽居里的虫卫兵，它还不认识你。"他打了个响指，虫子抬起一条细长的腿，轻轻放在他的手掌中。

"这是新来的奴隶，不是你的食物。"他郑重地道。

安洁西看着冯斯伦与虫族"亲切"交谈，只觉得背后直冒凉气。

"你叫什么名字？"冯斯伦转头看向她，并向她偷偷眨了眨眼睛。

明知故问！

第 7 章 圣族幽居，冯斯伦的身份

安洁西愤愤的,却没有办法生气。

"安洁西。"

冯斯伦重复了一遍她的名字,向她伸出手:"请把你的手伸过来。"

安洁西犹豫了片刻,因为他的用词里带了个"请"字,所以她还是把手伸了出来。

冯斯伦握住她的手,放在虫子的长脚上。

安洁西只觉得虫子腿上的纤毛在她掌心蠕动,感觉恶心得要命。

"它会记住你的气味,下次再遇到你就不会把你当成食物了。"冯斯伦解释道。

安洁西没有说话,她感觉到对方手指轻触在她手背上,她下意识地想把手抽回去。

"怕了?"冯斯伦脸上带着若有若无的笑意,高深莫测的感觉令她觉得不安。

"怕个鬼。"她故意装出满不在乎的样子,嘀咕着,就算她真的害怕,也不会在圣族的面前表露出来。

人族中经常流传着这样或那样的故事,故事里都提到圣族擅长戏弄人族,你越害怕,他们就越兴奋,所以她绝对不会在敌人的面前屈服!

冯斯伦挑起一侧的眉毛,惊讶地看到眼前的少女很快就恢复了自信,她甚至还主动地摸了一下虫卫兵的长脚。

"殿下!"爱丝夫人带着女奴隶丽走过来,脸上带着愤怒与不满,眼睛死死地瞪着安洁西。

安洁西迅速低头。只眨眼的工夫,她就摆出恭顺的姿态,就连冯斯伦都被她的这种突然间的变化弄得不知所措。从最初的惊慌无助,到接下来的沉着自信,再到现在的顺从恭敬,这个少女就像只狡黠的小狐狸,掩饰着自己真实的一面。

想起那日在兽人押解奴隶的队伍中,魔法肆虐的瞬间,他在她的身上看到的金光……还有在日暮古域外，他的魔法落在她的身上后被反弹出去的瞬间……

冯斯伦眼底光华越加深邃。

就在冯斯伦走神的工夫，爱丝夫人严厉的声音将他唤醒。

"殿下为什么还在这里？圣族长老楚世狄已经在书房等您很久了。"

"知道了，姑母，我这就去。"冯斯伦礼貌道，同时深深看了安洁西一眼，然后与众人错身而过，向着远处的楼梯走去。

虫卫兵慢悠悠摆动着长脚，退回走廊的幽暗当中，最后消失得无影无踪。

"这种地方可不是低贱的人族能来的。"爱丝夫人高傲地扬着下巴，藐视众人的姿态。

接下来的时间里，安洁西只能耐着性子听爱丝夫人的唠叨。

好在她在银盾军团抚养院的时候，早就练出来了左耳朵听，右耳朵冒的本领。

很快，她就摸清了爱丝夫人的脾气秉性，只要她表现顺从，满足了爱丝夫人身为圣族的骄傲，她便不会再揪着她不放。

丽却是吓得不轻，生怕她再闯祸，一直在她身边盯着，寸步不离。

时间很晚了，安洁西的肚子饿得咕咕直叫，然而爱丝夫人仍然没有让她们这些奴隶去休息的打算。

"把茶点送到殿下那里。"爱丝夫人命令道，同时她用怀疑的目光打量了安洁西一番。

安洁西硬着头皮在她的视线当中走过，直到她们上了楼梯爱丝夫人才移开视线。

托盘里放着点心，虽然与人族的食材不同，而且看上去外形怪模怪样的，但是味道闻起来还不错，安洁西的肚子更饿了。

趁着丽不注意，她飞快地拿起最小块的点心塞进嘴里。

丽一路竟然都没有发现她的小动作，以至于安洁西一路上连续不断地偷

第 7 章 圣族幽居，冯斯伦的身份

吃，等来到房门前，趁着丽上前敲门，安洁西准备再拿最后一块点心时，她惊讶地发现，碟子里只剩下了一块。

好吧，接下来就得看她的表演了。

她目测了一下自己的位置。

丽上前敲门，她则做好了表演的准备。

只要门一打开，她就假扮摔倒，这样的话他们就不会注意到盘子里的点心了。

厚重的木门打开。

安洁西摆好姿势，准备开始她的"演出"。

就在这时，门里传来一个愤怒而苍老的男声："殿下，您不能再这样下去了，您是要成为圣族之王的，您这样做的话会让族人失望的！"

安洁西的"演出"被迫终止，丽低着头，把点心送进去。

冯斯伦看了一眼自己面前只装着一块点心的碟子，转头向着门外看过来。

安洁西缩着脖子，尽可能地想要减少自己的存在感。

冯斯伦嘴角边闪过一丝笑意。

安洁西索性站在那里扮起了木头人，直到丽退出来后将房门关上，这才阻断了他们两人的视线。

安洁西想走，丽却用眼神警告她：她们不能走，要站在门外随时听从"主人"的召唤。

真是垃圾主人！

安洁西心里暗骂。

时间一点点过去，就在她站得不耐烦的时候，房门再次打开。

一位头发花白的老者走了出来，锐利的眼睛闪烁着野兽般的光芒。

安洁西本能地察觉到危险。

她迅速低下头，将自己隐藏在阴影里。

老者扫视了一眼周围，见那些奴隶都规规矩矩的，这才收回了不善的目光。

"丽，送楚世狄长老出去。"冯斯伦也出了门，脸上带着温和的笑意。

安洁西偷偷瞥了他一眼。

刚才那长老在屋里骂得那么凶，亏得他还笑得出来。

丽恭敬地带着圣族长老离开了。

冯斯伦一直站在门口望他们的背影，脸上的笑容渐渐消失。

"殿下，晚餐好了，爱丝夫人询问现在就送过来吗？"一名奴隶询问道。

"不用了。"冯斯伦摆了摆手，突然他看到门边站着的安洁西吞了下口水。

"那就先送过来吧。"冯斯伦改了口，"安洁西，你跟我来一下。"

"哎？"安洁西愣了一下，但还是跟他进了房间。

房间里悬挂着各种武器，细剑、宽剑、盾牌等一应俱全，关上门后她恢复了以往的自在，大大方方地成了参观者。

冯斯伦坐下来，两脚随意地搭在一旁的小桌上，目不转睛地看着她。

这时的她才是真正的安洁西吧，狡猾得像只小狐狸，就连他如果稍不加防备也会被她咬上一口。

安洁西随手抓起一把宽剑，手指轻轻敲打着剑刃，试着它的硬度。过了一会儿，有人送来了晚餐，热腾腾的饭菜，还配着一大块煎肉排。

安洁西的眼睛一下子亮了。

送饭的奴隶退出去后，冯斯伦把晚餐推到她跟前："吃吧。"

安洁西眨着眼睛："你呢？"

"我刚才吃过了点心。"冯斯伦故意加重"点心"二字的语气。

他是在嘲笑她之前偷吃点心的举动。

"既然你请客，那我就不客气了。"安洁西坐在他的对面，大口吃起来。

看着眼前的女孩子狼吞虎咽，冯斯伦露出微笑，十指指尖顶在一起，悠

闲地欣赏着她的吃相。

白色的围裙衬着她的小脸更加白皙,而且她的皮肤近距离看的时候会有种清透的感觉。

冯斯伦一直等到对方吃饱了,放下盘子,他这才重新开口。

"吃饱了?"

点头,安洁西嘴巴周围全都是油。

"那就还给我吧。"冯斯伦伸出手掌。

"什么还你?"安洁西装起了糊涂。

"我的东西,还我。"冯斯伦柔声道,"我的戒指还我。"

"这可难办了。"安洁西皱着眉,"你觉得我到圣族来会随身带着这种东西?"

冯斯伦目光上下扫视她,安洁西被他盯得有些不自在。

"你想干什么?"她警惕道。

"我又不吃人,你站得那么远做什么?"冯斯伦忍着笑。

"防止你杀人灭口啊。"安洁西极不信任地盯着他,"圣族信誉很差,我不得不防。"

"难道我们上次的合作还不足以让你信任我吗?"

安洁西抱着肩膀,似乎在认真思索这个问题。

"你找到阴鱼了吗?"她试探他。

冯斯伦眯起眼睛:"你是来圣族找阴鱼的?"

"我才没那么无聊。"安洁西耸了耸肩膀,"我是来救雷狼的。"

冯斯伦盯着她的眼睛,极力想从中分辨出真伪。

"我说的是实话,雷狼是我的同伴,他被亚虎卖给了兽人,虽然雷狼也是兽族,不过人贩子这行向来是不讲什么情面的。"安洁西叹息着。

"需要我帮忙吗?"冯斯伦问。

安洁西笑了笑,笑容就像只狡猾的小狐狸:"好呀。"

"那我的戒指……"

"你帮我找到雷狼后我就还给你。"

冯斯伦目光再次落在她的身上，停留了一会儿，他随手抽出一旁剑鞘里的长剑。

"跟我来。"

他推开房间内侧的小门，一阵风吹了进来，夹杂着田野的气息。

这道门通往外边？

安洁西认真观察着地形，把这一切记在脑子里。

外面是一道盘旋的木质楼梯，一直通向后山。

天空中用来照明的烈焰之球已落下，现在的时间是圣族的"夜晚"。

冯斯伦提着剑来到荒野上的一处平坦高地。

夜风咆哮，撕扯着他们的头发。

"真是有趣，我居然要帮助一个奴隶。"冯斯伦嘀咕着。

安洁西狠狠地瞪了他一眼。

她才不是奴隶。

"如果我帮你找到雷狼，你也要还我的戒指，还有……"他顿了顿，"在我弄到他消息之前，你给我老实地待在这里，不要惹事。"

"我能惹什么事？"安洁西愤愤不平。

"你能惹的事还真不少。"冯斯伦笑起来，细长的眼睛眯起来，煞是好看。

"你看好了，我的时间不多，只能演示一次给你看。"他转头向着虚空发出一声呼喝，"虫卫兵！"

黑暗中很快出现骚动。

长脚锋利如同长枪般的虫族卫兵出现了。

安洁西向后躲了躲。

她本能地觉察出自己与对方的差距，特别是在她手上没有武器的情况下，刚才她甚至都没有发现那些虫卫兵是从什么地方冒出来的。

"攻过来。"冯斯伦发出命令。

安洁西再次向后退了退。

圣族的人果然都是疯子,闲来无事跟这种可怕的虫族打斗。

在她后退的同时,虫族卫兵按照冯斯伦的命令对他发起了进攻,三条长脚闪电般投下。

冯斯伦以宽剑抵挡,弹开一条长脚的攻击,同时跃到一侧避开另外两条长脚。

虫族卫兵的长脚落空,地面的土石被贯穿,留下一道可怕的痕迹。

安洁西看着冯斯伦干净利落的招式,眼中流露出羡慕的神色。

她原以为他只是个魔法师,不承想他身手竟这么好,上次在日暮古域外的时候,看来她能得手完全是因为侥幸。

她胡思乱想的工夫,前方的冯斯伦已经完全舍弃了防御,在数次与虫族卫兵交锋后既不后退,也不躲避,宽剑上泛起魔法的波动。紫色的魔法元素附着在宽剑上,整把剑好像被虚化扩大了数倍。

冯斯伦猛地挥动武器,锋利的剑刃砍碎了虫族卫兵的四条长脚。虫族卫兵身体失去了平衡,栽倒在地上。宽剑继续前进,魔法的波动震碎了虫族卫兵表面的外壳,剑尖直击其心脏部位。

安洁西屏住呼吸。就在最后一刻,冯斯伦的剑停住了,充斥着冷酷与暴怒的剑刃停在了虫族卫兵的心脏前。

魔法余波散去。

冯斯伦长出一口气,恢复之前的样子,面带微笑,优雅而不失高贵。

"看清楚了?"他收起剑,"它们的身体很强悍,就算腿被斩断,几天后也会长出新的来,除非你击中它们的心脏,不然它们是不会死的。"

安洁西看着瘫倒在地上的虫族卫兵,虽说她一点儿也不怜悯这些丑陋的虫子,正是因为它们与圣族勾结,才使人族生灵涂炭。

不过她也不喜欢以肆意伤害别人性命为乐。

她抬头看着冯斯伦："你为什么要告诉我这些？"

冯斯伦笑了："你觉得呢？"

如果有一日她要逃离这里的话，势必要先逃过这些虫族卫兵的防守，只要知道了它们的弱点，就不难对付。

安洁西知道他是在提点她，可面上却故作不屑，嘀咕道："谁知道呢，圣族到处都是谎言与欺骗。"

冯斯伦脸上的表情有一瞬间的僵硬，但很快就恢复了正常："人族中就没有谎言与欺骗吗？拿了别人的东西不还……"

安洁西脸色瞬时变得难看，这个家伙……他明明是在讽刺她拿了他的戒指不还。

当晚，安洁西被安排睡在堆满杂物的储物间里。

离开了爱丝夫人那挑剔目光，丽也显得多了些人情味，她从裙兜里掏出半块粗面包给安洁西。虽然之前在冯斯伦的书房里她早就吃过了，她还是道谢后接过面包。

如果她要实施逃跑的计划，就要有食物的储备，所以她是不会拒绝这种"礼物"的。

"这几天你只能睡在这里，没有多余的空房间给你了。"丽向她解释着每日的工作流程，"早上要先把自己整理好才能出去，打扫干净楼梯和各处地面，等爱丝夫人检查过后才能吃早饭。"

"早饭有什么？"安洁西故作期待地向丽眨着眼睛。

"豆汤和干面包，都是爱丝夫人和冯斯伦殿下晚上吃剩下的。"

安洁西暗暗撇嘴。

好吧，这就是贵族的特权，就是在人族的世界里也是同样，没有身份地位的人，想吃口饱饭都要仰人鼻息。

"对了，过几天糯糯小姐要回来，你最好小心点。"丽警告道，"她是爱丝夫人的独生女，从小与殿下一起长大，她不喜欢我们这些人盯着殿下看。"

第 7 章 圣族幽居，冯斯伦的身份

如果让她发现你和殿下亲近，她会把人做成练习魔法的靶子。"

安洁西黑着脸，小声嘀咕了句："谁愿跟圣族关系亲密。"

人族和圣族可是天生的死对头，如果有人族藏匿了圣族人，特别是圣族的女子，一定会遭到审判和火刑的惩罚。

在人族的一些传说里，圣族女子是引发人类罪恶的根源，也是诱惑人们犯罪的罪魁祸首。

她才不想得罪一个圣族的女子呢！

睡到半夜，她被一声细微的声响惊醒。

"吱嘎……"

地板在响。

安洁西猛地睁开眼睛。

"吱嘎。"地板的声响近了些。

她随手抓起身边的一把木铲，那是她在睡前寻来作为防身之物用的。

黑暗中，亮起两盏明灯，圆圆的。

安洁西掂量着手里的铲子。

"不想被我误伤就快点儿出来，别装神弄鬼的。"她不耐烦道。

"呜呜呜，西西姑娘，本大爷找你找得好辛苦。"

白狗小九从黑暗中现身，飞扑向她。

"鬼才信你啊，每次有危险的时候你跑得比兔子还快。"安洁西双手抓住白狗。

"哦……真是让人伤心，本大爷可是忠心耿耿，为了找你把爪子都磨破了，你看……"说着小白狗抬起爪子给安洁西看。

安洁西点起身边的半截蜡烛头："你饿了吗？我这里有……"她刚想把丽送给她的半块粗面包拿出来，突然她看见小九吃得鼓鼓的肚皮。

"看来你日子过得不错啊。"她斜眼讽刺道。

"哪有？自从离开你本大爷吃不好睡不香……吸溜。"说着小九舔了舔嘴巴。

"小弱呢？"安洁西知道小九的真身是银盾军团的绝世秘宝，出门在外，从没见它亏待过自己。

可她一直没弄清它到底是种什么生物。

说它像狗，可它会说话，还鬼精鬼精的，活像个混迹于市井的小混混。

"小弱被我留在后山了。"小九道。

"后山？"安洁西惊讶道，"后山上全都是虫族的卫兵，你就把他一个人扔在那里了？"

"没关系，他身体轻得很，我让他待在树梢上，那些虫族卫兵体形超大，它们爬不到树上，也闻不到他的气味。"

安洁西仿佛看到抱着树干被抛弃在树顶哭哭啼啼的小弱。

她问起小九是如何找到她的。

可惜的是，这只狗哪里都好，就是说起话来没个正经，弄得她听到最后再也忍不下去了，只想将它扔到外面去。

"本大爷的威风吓得兽人们跪地求饶……"小九说得口沫横飞，都快溅到安洁西的脸上了。

安洁西皱着眉单手把它提了起来。

"说完了吗？"

"还没……"

安洁西在它的头上重重敲了一下。

"完了完了，说完了。"白狗小九马上缩成一团，可怜兮兮地望着她。

"你知道怎么逃出去吗？"安洁西问。

"这种事怎么可能难得倒本大爷。"小九得意地晃着尾巴。

安洁西拿起半截蜡烛："我们走。"

"现在走？"小九意外，"你不打算让冯斯伦帮忙查雷狼的消息吗？"

安洁西抓着它的后颈的皮将它提起来："你是怎么知道冯斯伦住在这里

的？"

小九似乎被她审讯似的严肃吓到了，毛都立了起来。

"冷静，冷静，西西姑娘你要冷静。"

"你知道我讨厌什么？"安洁西抓着它摇晃着。

她最讨厌被人背叛，也最讨厌被人抛弃。

这源于她儿时的遭遇，尽管她一直都不肯承认自己是被父母抛弃的。

小九一脸委屈："我和小弱其实一直都跟在兽人车队后面，那只鼻涕虫虽然弱了些，可是却很听话，他一直跟着我所以没有被人发现，再加上半路我们遇到了个圣族人，我们合力把他解决后小弱变成了他的样子，我们才得以进了城……找到了这里，还打听到了阴鱼的下落。"

安洁西突然放手，小九掉回到地上。

"我们走。"

"喂，你真的现在就走，不打听雷狼的事了？"

"不是还有你吗？"安洁西来到房门口，先侧耳听了听外面的动静。

"西西姑娘，这样可不好，你不能这么依靠我，虽说本大爷风流倜傥玉树临风……"

安洁西一把按住它的头，强行让它闭嘴。

其实她也可以留在这里，等着冯斯伦为她提供消息，这样总比他们在外面冒着风险闯来闯去的强。

可是冯斯伦的幽居内貌似也不太平。

强势的爱丝夫人，还要做那些伺候人的活……光是想想就让她觉得头疼。

"幽居和后山上都有虫族的卫兵，你能分辨出它们的位置吗？"安洁西将房门打开一道小缝，压低声音问小九。

小九点着脑袋："我闻得到它们的气味。"

安洁西笑了笑。

这是个好兆头，至少可以让她避开最危险的虫卫兵。

他们出了门，在圣族幽居内穿行。

四周的紫色水晶倒映着她手里微弱的烛光，将他们的身影折射出无数个印在墙上。

走廊就像迷宫，小九时不时低头这里嗅嗅那里闻闻，其间还停下来几次在房间门口撒尿。

安洁西又是无奈又是紧张，生怕它再惹出麻烦来，好在一路都有惊无险。

来到楼梯前时，她手里的蜡烛燃尽，熄灭了。

安洁西停了片刻，以适应视线中的黑暗。

"离外面还有多远？"安洁西问。

"快了快了，下了楼梯再穿过前面那条走廊就是了。"小九欢腾着跑下楼梯，可是它刚跑到走廊的入口处就停住了，"等一下，我听到了……"

安洁西在楼梯上走了一半的距离："什么？"

走廊另一端隐隐传来脚步声，越来越近。

"小九，快回来！"安洁西急了。

真是倒霉，正巧有人从外面进入幽居，出逃的路被那些人堵住了。

安洁西飞快地跑下楼梯，抓起还在地上磨蹭的小九，躲到了楼梯背面。

脚步声更近了，而且杂乱无比。

小九和安洁西顺着楼梯的间隙向外张望。

五名圣族士兵走了进来，在他们的身后跟着圣族长老楚世狄。

"快去把殿下叫起来。"长老身边的一名护卫模样的男子冷声吩咐士兵，"审讯叛军时殿下需要在场。"

楼梯底下，安洁西睁大了眼睛，听着外面的动静。看来圣族捉到了叛军，准备审问。

圣族除了建立黑暗阵营，与以人族为首的光明阵营敌对外，他们内部也充满各种势力纷争，其中圣族叛军就是一支极让圣族头痛的势力。他们来历

第 7 章 圣族幽居，冯斯伦的身份

不明、身份不明，有实力也有装备，圣族长老曾几次下令肃清叛军，但是全都失败了，叛军就像提前得到消息，每次肃清的队伍派出来后，他们就消失得无影无踪。

圣族长老并没有上楼梯，他身边的男子在空地上来回踱着步子，身上穿着的厚重披风上刺绣的精美花纹闪闪发光。突然他停下步子，转头往楼梯这边看过来，英俊的脸上，一双锐利的目光就像老鹰，阴森而肃杀。

安洁西屏住呼吸，慢慢将身子向后移，远离楼梯的缝隙。

那人目不转睛地盯着楼梯，并迈步往这边走过来。

安洁西屏住呼吸，小九不安分地扭着身子，她生怕小九发出声音来，一把将它塞进怀里。

安洁西紧紧捂着自己的嘴，尽量不让自己呼吸出声。

"殿下到。"楼梯上传来士兵的声音，打断了圣族长老楚世狄前进的脚步。

冯斯伦穿着圣族的贵族服饰，靴底敲打着楼梯，遮挡住了安洁西的视线："无寂将军，这么晚了还要亲自审讯？"

无寂向冯斯伦欠了欠身，行了礼："殿下，因为抓到的是叛军首领，所以希望殿下能同去。"他眯起眼睛，眼底闪烁着寒光。

"原来是这样。"冯斯伦严肃地点了点头。

圣族士兵簇拥着冯斯伦、圣族长老以及无寂将军离开了，躲在楼梯底下的安洁西吓得好半天才敢长出一口气。

她觉得这些圣族人有些好笑，真正的叛军首领就是冯斯伦，他们是从哪里抓来的另一个"首领"？

圣族幽居内出现了奴隶四处走动的身影。

安洁西叹了口气，看来天亮了，她逃跑的计划只能暂时搁浅。

回到自己睡觉的杂物间，她把小白狗藏在了那里，小九没有精神地耷拉着耳朵。

安洁西叮嘱了它一番，让它不要随便出去。

小九一百个不高兴，最后她不得不把丽送给她的那块干面包给了它，小九这才乖乖地钻进了杂物堆里面，藏起来。

圣族幽居里的气氛有些异常，想来这些奴隶也都听到了些风声。

在深陷圣族的日子里，人族的奴隶把圣族叛军当成了他们唯一的希望，就连做梦都在盼望着有朝一日能把自己救出去，回到人族的世界当中。

安洁西却没有像那些奴隶一样心怀期待，她悄悄把玩着冯斯伦的水晶戒指，谋划着下一步该怎么走。

从小九那里她听到了一个令人沮丧的消息。

从商人库拉那里购得阴鱼的人竟然是圣族长老楚世狄。

她还记得第一次见到圣族长老时的情形。

真的是一个很难缠的家伙。

就是单独遇到他，她都没有把握敢对他下手，本能地，她能感觉到来自他身上的危险气息，与冯斯伦给她的感觉不同。

把玩着水晶戒指的手顿了顿，安洁西竟被自己的想法吓到了。

真是奇怪，她为何总会想到冯斯伦那里去。

他身为圣族皇子才应该是人族的最大敌人，为何她竟然会对他放松了警惕？

一连几日冯斯伦都没有回到幽居。

安洁西也不急着行动，在没有完全的把握前，她是不会轻易冒险的，她跟小九商议过，认为现在他们几个就算是找到了阴鱼也没办法把它顺利弄到手。

如果他们能先救出雷狼的话，就能得到一个强大的帮手。

所以安洁西每日做着奴隶的工作，等着冯斯伦的消息，顺便观察周围的情况。

只是苦了藏在后山的小弱。

不过好在每天都由小九偷偷跑出去给小弱送吃的。

这天早上,她正跟着丽在清理楼梯,忽然听到楼梯下方传来器具的碎裂声。

一名奴隶摔倒在地上,楼梯上到处都是打碎的瓷器碎片。

一位衣着华丽的少女,提着裙子,怒气冲冲地瞪着地上的奴隶:"卑贱的人族,看看你干的好事!"

奴隶们吓得噤若寒蝉。

"是……是糯糯小姐回来了……"

奴隶们缩着身子垂头立在楼梯两侧。

安洁西和丽正好站在楼梯最上层,她好奇地打量着糯糯小姐。

从年纪上看,糯糯与她差不多大,皮肤白皙,带着与爱丝夫人相同的傲慢,但是并不沉稳,显得很浮躁。

女奴隶跪伏在她的脚下,瑟瑟发抖。

糯糯小姐扬起手来,一枚魔法戒指闪耀着微光,魔法的波动在她的指尖弥漫。

丽不忍地扭过头去。

"啊!"一声凄厉的惨叫响起。

爱丝夫人匆匆赶到。

"发生了什么事?"

糯糯小姐厌恶地用手帕擦着自己的裙子,一向娇生惯养的她决不允许别人弄脏自己的衣裙,瞬间用魔法击中了女奴。

"母亲,这个卑贱的人族居然碰到了我的裙子,太恶心了。"糯糯小姐撒娇似的上前挽住了爱丝夫人的胳膊。

爱丝夫人板着脸:"糯糯,这里是殿下的幽居,我提醒过你多少次,不能在这里使用魔法!"

"知道啦。"糯糯小姐顽皮地吐了吐舌头,"下次我注意就是了,对了,冯斯伦在吗？"

"要称呼殿下。"爱丝夫人纠正。

"知道啦，我先去房间洗个澡换身衣服。"说完糯糯小姐轻快地提着裙摆跑上楼梯。

丽慌忙拉了一把安洁西，在糯糯小姐经过时，她们低垂下脖颈。

糯糯小姐经过她们身边，连看都没有看她们一眼，径直跑上楼了。

"来人，把这里清理干净！"爱丝夫人严厉的声音响了起来，"丽，安，你们过来，把垃圾送出去。"

垃圾？

安洁西看着死去的女奴隶，就在几分钟之前，她还是活生生的。

现在她死去了，却被圣族称之为"垃圾"。

第 7 章 圣族幽居，冯斯伦的身份

第8章 关入大牢

丽面无表情地上前抬起死去的女奴,并催促着安洁西。

她们抬着女奴离开,安洁西发现丽竟然带着她出了幽居的后门。

"我们去哪儿?"这意外的发现令她激动不已,如果这里安全的话,她可以选择带着小九从这里逃出去。

"爱丝夫人让我们扔垃圾。"丽冷漠道。

"你看起来一点儿也不伤心。"对丽的这种麻木不仁的样子,安洁西非常不爽。

"伤心又怎样?总有一天,我们都会成为这样的垃圾……"

安洁西沉默了。

乱世中,谁会在意他们的命运呢?命如草芥,身似浮萍。

如果天族还在就好了。

可惜,残酷的现实是天族早就消失不见了。

她们合力将女奴抬到了后山上。

"丽,你有没有想过有一天离开这里?"安洁西向身后看了看,发现没有人监视她们,一颗心怦怦直跳。

丽麻木地望着地上的女奴:"这里是圣族,没人能逃掉……糯糯小姐不在的时候还好些……冯斯伦殿下其实很和善,从来不会为难我们这些人族,但糯糯小姐就不一样了,她在的时候,每天都会有人被丢在这里。"

"为什么不逃走,比如……就像现在?"安洁西小心翼翼地试探她。

像这样的机会可不是天天都有的。

"逃到哪里去，山上吗？"丽露出一个古怪的笑容，"你是新来的所以不知道，山上才是最危险的。"

安洁西沉默了。

后山上有虫族卫兵，她有小九，所以可以避开大部分危险，而那些普通人族就没这么幸运了。

她们会变成虫族的食物。

"回去吧，不要想这些没用的。"丽弃了女奴开始往回走。

安洁西有些不情愿，但现在是白天，她也只能跟着丽回去。

"沙沙沙……沙沙沙……"

山林中传来奇怪的声音。

安洁西辨认着声音传来的方向。

原来是大片的虫族在暗处蠢蠢欲动。

"虫族与圣族结为了联军，在圣族到处都有虫族的身影，安……放弃吧，你逃不掉的。"

安洁西望着面无表情的丽，突然间她好像明白了什么。

也许她的内心与自己一样，渴望着离开这里，希望回到人族的世界，但是残酷的现实却击碎了她的信心。

她只能用麻木将自己伪装起来。

"回去了。"丽强横地拖拽着她的胳膊往回走。

安洁西一步一回头，看着这些疯狂的虫族，她的脑海里突然间冒出一个狂妄而大胆的念头。

如果她有能力的话，她想把这些被困在幽居里的奴隶全都救出去。

她并非要当什么拯救者，而是她能体会到她们内心的绝望，如果她有这个能力的话，为什么不做些什么呢？

自己的命运只能握在自己的手中。

第 8 章　关入大牢

晚餐时，安洁西终于见识了什么是真正的"难伺候"。

以前只有爱丝夫人和冯斯伦的日子，简直像天堂一样。

糯糯小姐不但习惯古怪，而且性格刁蛮，所有奴隶都不得触碰她的身体，也包括她的衣裙等。

伺候在她身边的奴隶莫不是胆战心惊。

安洁西因为是新来的，所以轮不到她来伺候糯糯小姐，丽则服侍在爱丝夫人身边。

就在安洁西认为两人都逃过一劫之时，糯糯小姐抬手挥出一道魔法，对身边的女奴隶喝骂："你们站远些，离得这么近害得我都没胃口。"

爱丝夫人不满地看过来："糯糯，我说过……"

"知道啦，在幽居里不准用魔法。"糯糯小姐满不在乎道，"我控制了力量，你看她们都还活着，不是吗？"

魔法的力量虽然不大，却令近处的几名奴隶受了伤。

就连安洁西也被魔法的余波波及，一侧的衣袖被撕裂开，露出了里面的肌肤。

爱丝夫人让受伤的奴隶们退下去，轮到安洁西的时候，糯糯小姐突然开口道："你站住。"

安洁西站住脚步。

"转过来。"糯糯小姐冷冷道。

安洁西犹豫片刻，恭顺地转过身，一副谦卑的模样。

糯糯小姐绕着安洁西的身体转了半圈，并嫌弃地命令一旁的奴隶抬高安洁西的手臂。

破碎的衣袖挂在安洁西的胳膊上，但是她的胳膊却完好无损，她可以免疫圣族的魔法，但是她的衣服却不能。

糯糯小姐的目光闪了一下："你叫什么名字？"

"安洁西。"一种不祥的感觉升腾起来，安洁西在心里暗暗叫苦。

糯糯小姐唇边划过一丝冷笑,她向着安洁西伸出食指,魔法的波动凝聚在她的魔法戒指上……

糯糯小姐的指尖与安洁西近在咫尺。

安洁西甚至可以清楚地看到糯糯小姐食指上的戒指。

那是一枚紫色的水晶戒指,与冯斯伦的那一枚极其相似。

魔法释放出灼热的气息,火焰,将要从对方的指尖跳跃而出……

"糯糯,停下!"爱丝夫人怒声喝道。

指尖的魔法波动并没有消失,糯糯小姐挥手,一道火焰紧贴着安洁西的侧脸掠过,火焰舔舐着她的头发,却没有伤到她分毫。

"轰隆!"

偏离的魔法击中了墙壁,冒出一股黑烟,奴隶们惊呼着纷纷躲避。

安洁西回头看了一眼焦黑的墙壁,难掩心底的惊惶。

她知道,自己的秘密被人发现了。

"糯糯,我说过多少次了!"爱丝夫人发怒了。

"母亲,她是人族的奸细!"糯糯小姐指着安洁西,声音尖锐。

安洁西闭了闭眼。

她还能怎么办?

反抗?只会坐实她奸细的罪名。

那么剩下的便只有一个法子了,那便是……逃!

就算小九现在在这里,她也没有把握在这么多人的眼皮子底下逃得出幽居,再说这里还有虫族的卫兵。

爱丝夫人冷厉的目光转向她。

"母亲,我绝对不会弄错,刚才她免疫了我的魔法!"糯糯小姐满眼兴奋,"把她抓起来,也许她就是叛军的人,能混到这里来,绝对不可能是普通的人物。"

听了这话,安洁西有些无语。

第 8 章 关入大牢

她该怎么解释？她真的只是个普通的人物，不过从某种意义上说，她确实和叛军有关系。

谁让你家的冯斯伦殿下就是叛军的首领呢？

"把她抓起来！"爱丝夫人喝道。

安洁西在一瞬间权衡利弊，面对着爱丝夫人的呼喝，她大胆地选择了放弃反抗。

因为她知道此时她的反抗换不到任何的好处，只会让她的处境更加艰难。

几个奴隶拥上来把安洁西抓住了。

"我要先把她的这双眼睛挖了，我看着她这双眼睛就觉得讨厌。"糯糯小姐娇滴滴地向爱丝夫人撒娇，骇人的话语和她的乖乖女的神态截然相反，"那么漂亮的眼睛根本不配生在一个低贱的人族身上。"

安洁西心中不由得一紧。

就在这时，丽从爱丝夫人的身后走出，恭敬道："糯糯小姐……这个奴隶是殿下买回来的，是不是先等殿下回来了再……不然殿下会不高兴。"

糯糯小姐目光瞬时一转，露出狠毒之色："这种事不用你这低贱的奴隶提醒，滚远些！"

丽唯唯诺诺地退回爱丝夫人身后。

爱丝夫人吩咐奴隶："先把她关到地牢去。"

安洁西被几个奴隶反扭着胳膊，临走时她回头看了一眼面无表情的丽。

不可否认，刚才丽是在帮她，用她自己的方式……

安洁西弯了弯眼睛。

谢了，朋友。

从始至终，丽没有抬头向她这边看一眼，直到安洁西消失在门口，她的脸上始终没有任何的表情变化。

安洁西被带进了地牢。

黑漆漆的地牢被分割成好几个房间，仅有的一支火把是这里唯一的光源。

奴隶们把安洁西推到一个房间后将她的双手锁在了铁链上。

安洁西压低声音，试图与这些奴隶沟通。

但这些人族就像是失去了灵魂，麻木地执行着爱丝夫人的命令，一张张严肃的面孔就像戴着面具。

奴隶们最后锁上门离开了。

安洁西叹了口气。

因为恐惧，人族奴隶已经彻底放弃了他们的自我，他们变成了只会听从圣族主人命令的"工具"。

安洁西背靠着墙壁听着地牢外的声音。

虫族卫兵的巨大身影被火把的微光投射在墙上，宛如鬼魅一般，无声地穿行在地牢四周。

也不知过了多久，一个小小的黑影穿过牢房的栏杆，钻了进来。

"西西，你想饿死本大爷不成，连晚饭都不给我送来。"白狗小九的眼睛闪亮着，就像黑夜里的两盏明灯，它抱怨了半天也不见安洁西吭声，它凑到近前。

"咦，你被锁住了？"

"嘘……"安洁西看向一侧。

虫族卫兵正好在附近经过。

小九"嗖"地跃起，安洁西抬脚麻利地将它挡住了，顺势一脚踩住。

小九脸朝下，安静得就像贴了张狗皮在地上。

虫族卫兵转动着它脸上众多的复眼，瘆人地往牢房里面瞧着。

安洁西静静地保持着一动不动的姿态。

过了好一会儿，虫族卫兵才收回了它恐怖的"虫面"，缓缓走远了。

小九猛地抬起头，吐出嘴里的稻草，"呸呸！西西姑娘，你怎么能这么

对我……你伤了本大爷的心……"

"别废话了,快过来帮我开锁。"

小九愤愤地吐着嘴里的草渣,跑过来吭哧吭哧啃着铁锁。

也不知它的狗牙是什么炼成的,竟然真的被它把铁锁啃开了一只。

安洁西一只手臂恢复了自由,抬手从耳后的头发中抽出一小根细铁丝,拨弄着剩下的一只锁。

很快锁就被打开了。

"现在我们去哪里?"小九问。

安洁西打开牢门,望着幽暗的地牢走廊:"当然是逃出去,我们最好先祈祷后山树上的小弱还活着。"不过这一次她不打算走正门。

她已经拿定主意,最危险的地方往往才是最安全的,她要先进入冯斯伦的书房,从那里进入后山,她把主意和小九说了,远远地,虫族卫兵又过来了。

安洁西压低声音问白狗小九:"这里一共有几个卫兵?"

"三个,这边这边和这边。"

安洁西敲了一下它的头。

"哦,是那边那边和那边。"小九纠正道。

安洁西咬牙。

小九瞪着一对无辜的眼睛:"我想不起来了,如果西西你能对我好一点儿的话,我可能会想得起来。"

"好啊!"安洁西发狠似的点头。

"真的,你答应了?"小九一脸谄媚。

安洁西狡黠地看着它那滑稽的样子,突然拎起它,丢向外面。

小九"嗷"的一声被摔在了地上。

三名虫族卫兵听到声音,迅速向小九这边靠拢。

小九吓得一个激灵爬起来,灵巧地躲避着它们尖锐长脚的攻击。

"西西……我恨你……"小九一路哀号着,消失在地牢的走廊尽头。

虫族卫兵追在后面，也离开了地牢。

安洁西"呼"地长舒一口气，顺利地出了牢房，沿着她记忆中的走廊前往冯斯伦的书房。

进了冯斯伦的书房，里面空无一人。

这几日冯斯伦未回幽居，所以此时书房里连个打扫的奴隶都没有。

安洁西轻手轻脚地把门关上，听了听门外没有什么可疑的动静，这才放心地打量起书房来。

她先是从武器架上抽出一把细剑来，在手里掂量了几下。

在银盾军团抚养院，她学过些剑术，虽然称不上高手，但她动作灵活，当时还得了副团长的夸赞。

后山上有虫族潜伏，虽说她身边有小九跟着，可以避开虫族，但她总要提防着万一。

现在她只要等小九回来，然后带着它一起从书房的后门离开就行。

隐约间她好像听到了走廊里传来声音。

是小九回来了吗？

她再次走到门口确认，结果不小心撞到了小桌子，桌上放着的东西骨碌着到了桌边，眼看就要掉下去。

她猛地伸手将东西接住。

好险，要是弄出声音来被外面的奴隶发现可就糟了。

把东西放回桌上时，她注意到桌上摊着的一张图纸，纸上画着一黑一白两块玉片饰物，外形就像一条……呃，像是鱼的模样。

安洁西一把抓起图纸。

这个玉片的形状她永远都不会忘记，幼年时，她就是因为在自家的旧阁楼里发现了这样一块白色的玉片，结果在触碰后才拥有了可以免疫任何圣族魔法的能力。

看向一侧图纸上记录的文字。

遗憾的是，那上面是圣族的文字，她看不懂。

安洁西看着手里的图纸，忽听房门外传来沙拉沙拉的挠门声。

是小九。

她来到房门口悄悄将门拉开一道缝，白狗小九像个球似的滚了进来。

"西西，本大爷受伤了。"小九耷拉着耳朵，可怜兮兮地望着她。

"伤在哪……我看看。"安洁西放下手里的细剑，蹲下去。

其实她会利用小九引开虫族卫兵，完全是因为她信任小九的能力。

这只狗绝非凡物，她觉着几个虫族卫兵根本伤不了它。

她蹲下身准备查看小九的伤势，小九嘴里还嘀咕着："本大爷受伤的是心……西西姑娘你太无情了，居然把我扔出去当诱饵……心都要碎了……"

走廊里传来了一阵声响，小九像个球似的一滚就爬了起来，警惕地盯着门口。

安洁西抓起细剑，蹲下身体，藏在桌子的阴影里。

书房门开了，一个女奴隶走进来，手里端着托盘。

虽然没有看到对方的脸，不过安洁西却已经认出对方来：是丽！

丽将托盘放在桌上时，似乎发觉了什么，愣在那里。

安洁西暗叫不妙，她在偷走图纸时忘记把桌子收拾好，上面的东西乱七八糟地堆在那里。

按说这书房里经常会有人收拾，怎么可能这么乱？

安洁西暗暗叫苦，她看向小九。

小九正躲在桌子底下打哈欠呢。

真的是一点儿危机感都没有的家伙。

安洁西悄悄握紧了手里的细剑。

她不想伤害丽，可如果真的被对方发现了，她也绝不会束手待毙。

因为无论如何，她都要逃走，回到人族的世界中去。

丽先是收拾了桌子，目光缓缓顺着桌沿侧面往下看……

安洁西握着剑柄的手又紧了三分。

就在这时，门外突然传来糯糯小姐欢喜的声音："冯斯伦回来了！"

丽扭头看向门口。

与此同时，一把锋利的剑刃架在了她的脖子上。

"别动。"安洁西果断出手，用剑抵住对方。

丽侧面对着安洁西，面无表情，她甚至都没有转过脸来看她一眼。

"当心，剑刃很锋利。"安洁西压低声音，警告道："乱动的话很可能会丢掉性命。"

"逃不掉的。"丽似在喃喃自语，"没人能逃掉。"

"我不信。"安洁西挟持着丽，抬脚去踢桌子底下快要睡着的小九，"我们走。"

小九这才打着哈欠站起来，跟着安洁西来到书房内通往后山的小门前。

"没用的，后山上全都是虫族，没人能逃掉。"丽机械地重复着，像是在说给安洁西听，也像是在说给她自己听。

走廊外响起杂乱的脚步声，看来真的是冯斯伦回来了。

安洁西不能再等下去了，推开门，后山的风吹进来，撩起她的一缕秀发。

"丽，要不要跟我一起走？"风中，安洁西的双眸闪闪发光，带着对自由的向往，以及野性的活力。

丽惊住了，呆呆的，说不出话。

离开这儿！离开这里！

她的心发出这样的声音，然而她的双腿却像生了根，一步也迈不出去。

无边的恐惧侵蚀着她。

不，她不能。

留在这里她还有机会活下去，逃走的话一定会被爱丝夫人抓回来，到时就连死都成了奢望……不，她不能……也不敢走。

"要不要跟我一起？"安洁西又问了一次。

第 8 章 关入大牢

丽望着远处长满有毒晶体的山林，眼中渐渐透出恐惧。

安洁西读懂了她眼中的神色，剑刃缓缓离开她的脖子。

"抱歉。"她低低地说了句，撇开丽，带着白狗小九如风一般冲下木质楼梯，向着后山的方向头也不回地狂奔。

丽被风吹得睁不开眼睛，眼中不知为何溢出些水雾。

她使劲把它擦去，最后看了眼安洁西远去的背影，将门重新关上。

丽刚把通往后山的门关上，书房的大门就打开了。

冯斯伦和糯糯小姐一前一后走进来。

糯糯小姐叽叽喳喳的像只欢乐的小麻雀，纠缠着冯斯伦。

冯斯伦表现得很有风度，耐心地听着她的话，只不过眼角眉梢带着难以散去的阴郁。

糯糯小姐并没有注意到他的表情，心情极好地说着话。

冯斯伦在看到丽的时候愣了一下。

丽低下头，向他行了个礼，然后就像往常那样，收回桌上的托盘，往门口走去。

"站住！"糯糯小姐的声音响了起来。

丽紧抿着嘴唇，站住了。

"你在这里做什么？"她质问道。

丽悄悄深吸一口气，转过身，用她那麻木的表情望着对方。

"我按照爱丝夫人的吩咐，来书房送东西。"

冯斯伦看了看桌上放着的几样点心，目光忽地落在杂乱的桌面上。

他的那张画着阴鱼和阳鱼的图纸不见了。

"丽，你动了桌上的东西吗？"冯斯伦问。

"没有，殿下。"丽垂下眼睛。

糯糯小姐神色不善地盯着丽。

冯斯伦沉默了片刻，对丽道："你出去吧。"

丽又行了个礼，转身往外走。

冯斯伦突然看见他身边的糯糯抬手，指尖汇聚了魔法的波动，指向丽的背影。

"住手！"冯斯伦呵斥出声的同时，抓住了糯糯的手腕。

魔法被强行打断了，魔法的余波在糯糯的指尖浮动，爆出一串串火花。

"你干吗阻止我？"糯糯叫起来，"你不知道这样做很危险吗？"

强行中断魔法会被元素之灵反噬，会给施法者本身带来危险。

"我有告诉过你，不能在我的幽居内使用魔法。"冯斯伦不悦地警告她。

"我只是想教训教训她而已，又不会在这里使用大范围的魔法……"糯糯扭着自己的手腕，试图从他的手里挣脱。

可惜的是，她的力量不敌冯斯伦，使了半天的力也挣不脱。

"这是我的幽居，你只是个客人，教训奴隶的工作就不要做了。"冯斯伦的目光落在糯糯的手指上，盯着她戴在手指上的那枚紫色水晶戒指。

冯斯伦皱了皱眉，顺手抓住糯糯的手指，似乎想把她的戒指摘下来。

糯糯吓了一跳，下意识地施放出火焰的魔法，正巧击中了冯斯伦的左手。

丽尚未走出书房就被身后"砰"的一声巨响吓了一跳。

"殿下，您的手……"丽惊呆了，她看到冯斯伦的左手一团焦黑。

冯斯伦连眉头也没皱一下，他从容地挥了挥手："你出去吧。"

丽心惊胆战地出了门，关上门的那一刻，她两腿发软，险些瘫倒在地上。

糯糯盯着冯斯伦的手吓坏了。

"你……你没事吧？"

冯斯伦冷着脸不理她，随手抄起桌上的红酒瓶，倒在烧焦的左手上。

糯糯不安地扭着手指："我刚才还以为……你要动我的戒指……那是我们的订婚戒指，我从没摘下来过……"

冯斯伦眼中闪过一丝怅然。

"以后不准在我这里使用魔法，如果你做不到，就请回去吧。"

"回去……回哪里？"糯糯歪着头，露出天真的表情，"这里就是我的家啊，等我们成亲后，我会帮你打理幽居的。"

"谁说我们要成亲？"冯斯伦语气烦躁。

糯糯娇羞地笑着："是母亲说的，她说让我这次回来就和你成亲。"

冯斯伦掏出块手帕，将受伤的左手简单地包扎起来。

"在我继承王位前，我不想谈婚事。"他冷冷道，"你先出去吧，对了，顺便把安洁西叫进来。"

糯糯脸上的笑容瞬时凝住了："你和她是什么关系？你该不会看上一个人族的奸细了吧？"

"什么奸细？"冯斯伦一时没有反应过来。

糯糯露出得意的表情："你还不知道吧，我发现那个奴隶居然能免疫我的魔法，所以我把她抓了起来，我觉得她应该是人族的奸细，一定是叛军派她来的，为了从你这里探听消息，或是准备刺杀你也说不定。"

"你把她抓起来了？"冯斯伦的眼底泛起点点寒光。

"对啊！我本来想把她的眼珠子挖出来，可是……"还没等糯糯把后面的话说完，冯斯伦猛地站起身，推开她头也不回地出了书房。

"冯斯伦！你给我站住！"糯糯提着裙子不满地跟在后面追出来。

冯斯伦吩咐门外的奴隶："去把安洁西带过来。"

糯糯盯着冯斯伦，表情哀怨。

"冯斯伦，你生气了？"

"没有。"冯斯伦看也不看她，他满脑子装的都是那个拿去他戒指不还的人族的女孩子。

狡黠的眼睛，明明她从来都没有怕过自己，却总是在人前装出一副恭顺的样子。

是他大意了，既然早就知道糯糯要来，就应该把安洁西另作安排……

他正胡思乱想着，忽见奴隶慌慌张张地跑来。

"殿下，不好了，地牢的虫卫兵被人杀死了。"

冯斯伦眼底闪过一丝微芒，跟着奴隶前往地牢。

地牢内，关押犯人的牢房空空如也。

虫卫兵的尸体倒在走廊上，巨大而怪异的身体看起来有些瘆人。

冯斯伦蹲下来查看，发现每个死去的虫卫兵身上都只有一处伤口，全部都是一击毙命。

脑海中，闪过他带着安洁西在后山观看他与虫卫兵交手的画面。

果然是个聪明的小家伙，看懂了他给她的暗示……只不过，她太心急了。

而且这么危险的事，她是怎么做到的，打败三只虫卫兵，还没有惊动任何人地从这里逃走……

冯斯伦突然像是想起什么来似的，起身匆匆回到书房。

他关上大门，反身来到通往后山的小门，猛地把门推开。

风迎面吹来，撩起他的短发。

他在风中微眯起眼睛，眺望着不远处的后山……

如果他没猜错，那个女孩应该是从这里逃走的。

他仔细地在书房里查看了一番，发现除了那画着阴鱼和阳鱼的图纸不见了，还有一把细剑也消失了。

"……有奴隶逃走了……快些……"

"虫卫兵！虫卫兵！"

书房外的走廊上，传来杂乱的脚步声，其间还夹杂着糯糯的声音。

冯斯伦本没想把事情闹大，听到这声音，他狠狠地捶了一下桌面。

该死，他的计划又被糯糯给打乱了！

幽居后山。

安洁西和白狗小九潜伏在一个山坳里。

头上就是晶体状的树叶，尖锐的边缘带着诱人的寒光，像是一颗颗宝石。

安洁西忍住想要伸手去触碰它们的想法。

因为冯斯伦曾说过,它们是有毒的。

"怎么样?虫族离开了吗?"安洁西低声问小九。

"还有两只,不过我们在下风处,它们闻不到你身上的气味。"小九满不在乎道。

气味?

安洁西皱眉奇怪地闻了闻自己的身体。

没有什么气味啊。

小九凑过来深深地吸了一口气:"西西姑娘的味道还是这么芬芳。"

"少拍马屁。"安洁西推开它的狗脑袋。

从这只狗嘴里说出的话,只有一半能听的,另一半最好还是把它忽视,不然会让你哭笑不得。

安洁西换了个舒服的姿势。

只要避开虫族,她就能从后山穿过,然后再想办法离开圣族。

这时候,想必冯斯伦已经发现她逃走了吧。

把玩着手里的紫水晶戒指,安洁西独自出神。

冯斯伦没能要回他的东西,一定会被气疯,还有那个叫糯糯的女孩子……她的手指上也有这么一枚紫水晶戒指,虽然式样有些不同。

不知为何,对这件事安洁西总觉得有些在意。

虫族走远了,小九这才带着安洁西继续上路。

没等他们走出多远,身后幽居方向传来低沉的号角声。

小九露出警惕的表情。

"糟了,圣族巡防军介入了,我们快跑!"说完,小九一个纵跃,跳过了前方的一道深沟。

安洁西紧紧跟在后面,身法灵敏地也跟着跳过去。

号角声越来越近。

安洁西时不时向后回望。

是冯斯伦把巡防军找来的吗？她有些不敢相信。

如果落到巡防军的手里，只怕就不是被关进地牢这么简单的事就能解决的了。

还是……爱丝夫人下的命令，或是糯糯搞的鬼？

权衡利弊，安洁西觉得这件事应该与冯斯伦无关。

就算她拿走了他的戒指，他至少不会如此声张地派人抓捕她。

因为她知道他的另一个身份……圣族叛军的首领，就算她说出去也没人相信，冯斯伦也会有些忌讳。

她正想着，忽听前面小九大声嚷着："西西，这边！"

她回过神来，只见前方的树上忽地坠下一只怪模怪样的虫族，尖锐的长脚朝她袭来……

虫族突然从树上坠下，向着安洁西袭来，白狗小九灵敏地从虫族的身侧钻了过去，并没有停下来帮安洁西的意思。

安洁西也没有唤它帮忙，提起细剑，她的脑海中回想起冯斯伦给她的暗示：虫族的弱点……心脏！她无视了虫族向她伸出的坚硬的虫脚，身体向前方跃起，细剑挡在身前作为掩护，径直向着虫族的身体正中冲去。

小九跑远些后停下脚步，回头望着安洁西跃起的英姿。

虫族的长脚紧贴着安洁西的身侧擦过，划破了她的衣裳，在皮肤上留下了数道极细的伤口。

安洁西连眼睛也没眨，就像感觉不到自己受到的伤害。

她的目标只有一个，虫族的心脏！

"喝！"她发出一声清喝，细剑的剑刃正中虫族的心脏部位，剑刃深深地刺进去。

片刻，虫族的身体瘫软下来，身体里流出绿色的血。

"干得漂亮！"小九在不远处撒欢地蹦着。

安洁西将剑从虫族的尸体上抽出来，甩净上面的血。

第 8 章 关入大牢

"呼。"她长舒一口气。

她的剑技是在银盾军团的时候学到的，可以称得上是正统的剑术，然而她却总喜欢依着自己的风格随意出招，为此她还曾被副团长训斥过好多次。

不过自从她开始了逃亡的生涯以来，她发觉还是依着自己的本心出招才是最简单的。

不需要什么花哨的招式，她要的只是结果。

好在她的身体轻，速度又够快，脑子也不算笨。

"快一点儿，其他虫族很快就会闻着味道过来啦！"小九催促道。

可是虫族聚拢过来的速度比他们想象的要快，周围响起一片窸窸窣窣的声响。

危险在靠近！

"快上去！"小九跑到一棵树下，急急地摇着尾巴。

白狗小九挑选的是一棵枯死的树，树叶的晶体大多已经变了颜色，而且不少都已经脱落。

枯死的晶体很脆弱，一碰就碎，根本伤不到她。

"喂，鼻涕虫，你在上面吗？还活着吗？"小九大叫。

突然树上传来一个陌生的男声，声音带着哭腔："大姐，我还以为你们不要我了……呜呜呜……大姐……"

虽然这个声音安洁西没听过，不过之前小九已经和她说过，小弱又换了个身体，所以现在他又变成了男人的模样。

小弱的尾巴从树上伸了下来，轻轻缠绕在安洁西腰间。

安洁西手腿用力，直接爬了上去。

"等一下，别忘了本大爷！"小九往安洁西的身上扑，"把本大爷带上去！"

一人一狗在小弱尾巴的帮助下爬到了树上。

一个模样英俊的圣族巡防军坐在被晶体遮蔽的树枝上，哭丧着脸："西西，我还以为你们把我忘了。"

安洁西用剑身抵在对方的脸上，逼迫对方离自己远一点儿。

小弱不解地望着她。

"离我远点儿，我暂时还不认识你。"

"是我啊，小弱。"男子都快哭出来了。

安洁西以手扶额："我知道，你给我点儿时间，我要适应下。"

她实在是难以接受眼前坐着的圣族巡防军，就是以前那个小弱。

"反正他这张脸是变化来的，你要是不喜欢等回去了让他再变个兽人好了。"小九提议。

"我才不要变成那么野蛮的形象！"小弱气愤地抗议。

"你们两个都给我闭嘴。"安洁西没空搭理他们，她拨开晶体树叶，望向树下蜂拥而来的虫族。

它们正在疯狂进食同类的尸体。

"看来一时半会我们走不了啦。"小九感慨道。

小弱有些不安："那我们该怎么办？"

"还能怎么办，等着啰。"小九打了个哈欠，抬起后腿搔着耳朵。

树上的空间并不大，小九抓挠耳朵的时候总会碰到安洁西。

搔完耳朵后它又开始啃自己的前爪。

安洁西被它弄得烦躁不已："你能不能安静一会儿？"

"西西姑娘，本大爷已经好几天没洗澡啦，为了找到你，我先是和这个鼻涕虫一起混在兽人的车队里，还在装麦子的桶里睡了几天，身上到处都痒得要命，要不……你给我抓抓？"

安洁西伸手摸向细剑，笑容带着些邪气："好啊！"

小九瞥见她的剑，立马换了态度："不用了，本大爷怎么舍得劳烦西西姑娘呢。"

安洁西眼角抽搐，真的很想把它丢下树！

第8章 关入大牢

幽居内，冯斯伦默默地看着巡防军的头目向他行了礼，带着他的手下进入后山。

"你不用担心，天黑以前一定会抓到她的。"糯糯不知什么时候进了书房。

冯斯伦脸色不太好看："是谁把巡防军叫来的？"

"我告诉母亲,说那个叛军派来的奸细逃走了，所以母亲就把他们找来了。"

冯斯伦从衣架上取下他的披风，转身往外走。

"冯斯伦你要去哪里？"糯糯跟出来。

"到后山去。"

"你用不着亲自出马的。"糯糯露出轻松的表情，"就算那个奴隶能躲到天黑，可是天黑之后她就会成为虫族的食物，我已经和巡防军说了，不论死活，都要把她带回来。"

冯斯伦一边披上披风，目光冷冷地瞥过糯糯的脸。

"干吗用这种眼神看我？"糯糯不高兴了。

冯斯伦系好了披风的扣子，不再看她，疾步下了楼梯。

"喂，冯斯伦你给我站住！"糯糯在他身后高声叫道。

冯斯伦没理她，下了楼梯，沿着走廊往前走。

前方转角处，爱丝夫人突然出现了。

"殿下要去哪里？"她问。

"后山。"冯斯伦脚步不停。

他身后的走廊上，仍然不断传来糯糯的声音："冯斯伦，你站住……"

爱丝夫人转过身，望着冯斯伦的背影："殿下，外面的事有巡防军他们处理，您不需要跟去，再说我有事要跟您商量。"

冯斯伦站住，"什么事？"

"殿下跟糯糯的婚事也该定下来了。"

冯斯伦皱了一下眉："糯糯还小，我不想耽误她。"

"她不小了，再说你们从小就在一起长大，她最适合你。"

"在我继承王位前,我不想谈婚事。"冯斯伦直接拒绝。

"糯糯等了你这么多年,你却把婚事一推再推,难道就不怕伤了她的心?"爱丝夫人表情严肃,糯糯是她的宝贝女儿,她最担心的就是他们之间的婚事。

"姑姑若是觉得我和糯糯不合适,那便另给她安排一门婚事好了,我还有事,失陪了。"说完,冯斯伦转回身,披风微微扬起,擦过爱丝夫人身边,如同一阵风一般消失在她的视线之中。

第9章　鹰眼将军的威力

后山上，圣族的巡防军散布开来，在山上搜寻着逃走的安洁西。树下，到处是同类相食的低等虫族，在它们的眼中，只有食物、食物！

枯死的树上，安洁西和白狗小九、虫族小弱，舒服地靠在树杈上，欣赏着天空徐徐转斜的烈焰之球。

天就要黑了，如果他们还不能脱身，只怕今晚就真的得待在树上过夜了，圣族的夜晚很冷，她出来得匆忙，根本没有穿御寒的外套。

"也不知道它们什么时候才能吃完。"小弱喃喃道。

白狗小九打了个哈欠，抓挠着耳朵："反正它们总会吃完的，有这时间咱们不如好好计划下接下来咱们如何行动，这里是圣族的地盘，本大爷一个人的话很容易就能回到人族去，可是现在带着你……你们还要寻找阴鱼，如果能顺便把那个兽人救出来当然更好啦，哎呀，真的是好麻烦。"

听着小九的抱怨，安洁西皱了皱眉。

如果不是糯糯小姐发现了她的秘密，她现在很可能已经从冯斯伦那得到兽人雷狼的消息了。

哎，真的是只差一步。

安洁西烦躁地咬着指甲。

"对了，溪西大陆的地图你还带在身上吗？"小九问小弱。

"哦……在这……"当初他们分散开时，安洁西见自己没有逃脱兽人的追捕，于是在关键时刻将溪西大陆的地图丢了出去。

小九寻回后这才由小弱保管着。

小弱把地图摊开，小九把狗脑袋凑过去，两人装模作样研究着。

安洁西突然想起她从冯斯伦书房里"拿出来"的那张图纸。

"对了，你们谁认识圣族的文字？"她把图纸掏出来展开。

"这个难不倒本大爷。"小九得意道。

"我也懂一点儿。"小弱居然也认识，这让安洁西不禁有些汗颜。

一个虫族都认识圣族的文字，顿时让她感到些莫名的压力。

"他活的时间比你长，会懂这些并不奇怪。"小九抬爪拍了拍她，以示安慰。

然而它却得到了安洁西冷冷的眼神。

"咦，这就是阴鱼？"小弱惊讶道。

"啧啧，没想到圣族还有这种东西。"小九叹道，"我还以为自从天族消失后，再也没人知道它们长什么样了。"

"你知道这个？"安洁西问。

"当然啦，本大爷可是什么都知道。"小九得意地扬着头，"这是阴鱼和阳鱼，在这一对玉片内藏有天族遗留的力量，圣族想要得到它估计也是想得到上面的力量。"

安洁西看着图纸上面画着的两块玉片，越看越觉得其中白色的那块像她小时候看到的那块。

"这是天族的遗物？"她问，"天族不是消失了吗？它们又是从哪来的？"

"这个我知道。"小弱抢着答道，"其实不光是圣族在寻找天族，每个种族都在寻找天族消失的秘密，虽然有人说天族是被圣族灭绝了，不过圣族并没有承认这一点，所以各族都会派人前往通往天族的入口——昆虚山，希望能通过那里，重新进入天族的地界。"

安洁西一边听着，一边极力回想。

她小时候住过的村子就在昆虚山附近。

小时候她确实听说过不少人上山探寻天族的秘密，只不过进入昆虚山的人十有八九都是回不来的。

有些就算是回来了，也会失去意识，变得疯疯癫癫。

小弱继续说："后来听说人族的国王派了银盾军团前往昆虚山，他们成功地找到了天族的圣殿，然而那里的路却被堵死了，没人能进入圣殿，不过在他们回来的时候带回来了一对天族的遗物。""那就是阴鱼和阳鱼？"安洁西问。

"没错。"小弱点头，"可惜的是阳鱼在运送过程中不知为何失踪了，有人说是被偷了，也有人说是银盾军团监守自盗……反正最后人们一直没有找到阳鱼，阴鱼被送到了银盾军团保护了起来，听说这些年银盾军团出现了不少杰出的战士，他们都是得到了阴鱼里的力量所致，要不然人族也不会与圣族抗衡了好多年……"

安洁西深深吸了口气。

她不知道阳鱼为何会出现在她小时候生活过的村子里，也不知道它是怎么跑到旧阁楼的箱子里去的。

她的命运就是在碰到它的那一刻发生了改变。

现在她又要去寻找阴鱼……

一瞬间，安洁西有些晃神。

"有人来了，你们小心点儿。"小九提醒道。

安洁西迅速回过神来，小心翼翼地将图纸收好，然后透过树叶的晶体向着地面张望。

不远处有点点火光，向着这边过来。

"是巡防军。"小九压低声音，"太可惜了，你的衣服要是深色的就好了。"

安洁西低头看了一眼自己身上穿着的衣服：奴隶的打扮，浅色的裙子。

巡防军举着火把，围拢过来。

安洁西缩了缩身子，一动也不敢动，突然她看到了一个熟悉的身影：英俊的面孔，鹰隼一般的眼睛。

是那晚在幽居里见到的无寂将军！

安洁西谨慎地屏住呼吸。

无寂带着士兵在树下走过，经过树旁时他脚步顿了一下，士兵们走过去，他却停了下来，蹲下身，借着火光仔细查看虫族尸体的残骸，周围的巡防军都不敢过来打扰他，齐齐地守在他身后不远处。

无寂伸手在泥土上捻了一下，然后站起身。

"你们去前面找找。"他命令道，巡防军举着火把继续向前，他站在原地没有动，直到所有巡防军全都离开他的视线，他缓缓张开手掌。

在他的掌心，躺着一小块碎布，布上还沾着淡淡的血迹。

安洁西盯着树下，一颗心渐渐收紧，她不确定他是不是觉察到了她的存在，她不敢掉以轻心，因为这里是圣族的地盘，到处都是她的敌人。

就在她盯着树下看的时候，树下的男子突然扬起脸，锐利的鹰目望向树顶。

安洁西缩了缩身体，但此时她已完全确定对方发现了他。

"怎么办？"小九小声问她。

安洁西咬牙，她有的选吗？要么战，要么逃。

"我突然感觉肚子有点儿不舒服。"小九扯谎。

"我也是……"小弱附和。

"记得都滚远点儿，别给我碍事。"安洁西握紧手里的细剑，她不介意小九和小弱在这时候逃走，因为就连她自己都没有把握能顺利脱身。

树下男人缓缓抽出剑，锋利的剑刃在虚空劈了一下。

安洁西只觉得一股无形的力量直冲上来，把晶体状的树叶炸得粉碎，她同时借着这股"风"跳到了地面上。

第9章　鹰眼将军的威力

小九在第一时间"逃之夭夭"，小弱晚了半拍，他没有勇气直接跳下来，仍然死死攀着树干，反而爬得更高了。

安洁西看也不看逃走的小九，她紧绷着神经，死死地盯着眼前的男人。

她虽然弱小，却能感知到敌人的强大，但此刻眼前的这位无寂将军却带给她不同寻常的感觉。她根本觉察不出他的危险程度。本能告诉她，这个男人很危险，可她无法感知他身上散发出的力量与气息，他就像一个收敛了自己气息的野兽，在挥出利爪的前一秒，始终保持着无比的冷静。

"你果然在这里。"无寂将军对着她，露出笑容。

锐利的鹰眼，再配上无害的笑容，安洁西凝视着对方，只觉得毛骨悚然。这个人的笑容相当和善，但他的眼神却在时刻向外散发着莫名的寒意。

"那天晚上，躲在楼梯下面的奴隶就是你吧。"无寂打量着她身上的衣服。

原来他那晚真的发现她了，但是他却没有点破。

安洁西握紧剑鞘，只要对方往前一步，她就会把剑抽出来。

"你会剑术？"无寂煞有介事地歪着头。

安洁西一动不动，她不是小孩子，不会因为对方语气和善就心思动摇。她目测与对方之间的距离，衡量着如果她发动突然袭击，然后趁对方不备逃走……应该会有三分胜算。

可是只有三分，太少了。

她很可能会在逃走的瞬间被对方的剑刺中，在逃亡途中负伤可不是件愉快的事。

无寂将军缓缓将手里的剑指向她。

安洁西还没反应过来，右侧身体突然受到剧烈冲击，"砰"的一声，她被弹了出去。

真是让人难以置信，她还什么都没看清，就遭到了攻击。

落地后她迅速爬起来，做好防御姿态。

无寂仍然站在原地，剑尖甚至都没有动过，"反应挺快。"他赞叹道。

安洁西暗暗咬牙，她根本连反应的机会都没有，对方完全就是在戏弄她。

她告诫自己要冷静，剑术并非她的强项，她还有冯斯伦的戒指，可以使用魔法，不过不到万不得已她不想用，因为那是她的撒手锏。

无寂再次缓抬剑刃。

安洁西集中注意力。

她似乎看到一股气息从对方的剑刃上散发出来，"咻"地冲向她。

看到了！

她看到的同时，那股气息已然来到她的面前，她想躲已经来不及了，她只好把细剑收在怀里，尽量减轻对方给自己带来的巨大冲击力。

"砰！"她再次被弹了出去。

可恶！

安洁西翻身起来直接拔腿狂奔，她才不傻呢，打不过为什么还要强拼。

对方显然没料到她会逃走，等到反应过来时安洁西已经融进夜色里。

"想跑？"无寂冷笑着追着安洁西的足迹，从始至终他都没有理会过躲在树上瑟瑟发抖的小弱。

安洁西在黑暗中狂奔，她对地形不熟，几次险些摔进土沟里。

身后有不祥的气息传来，她果断卧倒，巨大的冲击力从她头顶掠过，前面数棵树木被齐齐斩成两段。

她倒吸了口凉气，刚才这下要是真招呼到她身上了，只怕当场就得玩完。

爬起来她换了方向逃，就在身后再次袭来巨大的冲击力时，黑暗中伸出来一双手，一下子抓住了她。

"别动。"耳边传来男子低低的声音，夹杂着不稳的喘息。

这个声音……是冯斯伦！

她惊讶地抬起头，眼前却是一暗，有什么盖住了她的脸。

"待在这儿别动。"冯斯伦再次警告她。

她不敢动了,任由黑暗罩住她的头,冯斯伦放开她,脚步声渐渐远去。

安洁西趴在地上一动不动,此刻她只能听见自己的心跳声。她不知道冯斯伦为什么来,也不知道他要去做什么,在这个时候,她只能选择相信他。

"殿下!"远处传来巡防军的声音。

"这种小事怎么好意思劳烦无寂将军。"冯斯伦语气不屑,"不过是幽居里逃了个奴隶,这附近全都有虫族埋伏着,就算不管她,想来奴隶也是活不到天亮,也许这会儿她已经被虫族吃掉了。"

安洁西心情复杂。冯斯伦是圣族的皇子,他是人族的敌人,按说她如果能寻机会杀了他,以后人族很可能就能取得最后战争的胜利。

然而,冯斯伦却并不像人们想象中的那么可怕。她与他有过交锋,也有过合作,从某种方面说,他是个相当理智而守信的人。

哎,看来拯救人族世界什么的果然不适合我,安洁西默默地叹息着,听着杂乱的脚步声越来越远。

冯斯伦利用他皇子的身份,强行把无寂将军还有其他人支开。

"西西姑娘,你怎么样了?"白狗小九不知从哪里钻出来,用嘴咬住盖在她头上的东西。

安洁西露出脸来:"巡防军真的全走了?"

"是啊,希望鼻涕虫没有被他们抓去。"小九道。

很快小九带她找到了新的藏身处,那是一块岩石的狭缝,安洁西钻进去时才发现自己的手上拿着一件披风。

之前冯斯伦就是把它盖在了她的头上,夜晚寒冷,有了这件披风她真是好过不少。

凑合着待了一晚上,第二天早上醒来的时候,天空中的烈焰之球已经升得很高了。

小九打了个喷嚏,抓挠着狗耳朵从披风底下钻出来。

"早安,西西姑娘。"

安洁西睁开眼睛,第一件事就是环视周围,山林里很安静,只能偶尔听得到几声怪异的鸟鸣。

在小九确认周围安全之后,安洁西走出藏身之处,他们返回去寻找小弱。

好在小弱还在树上挂着,像条死鱼似的,都冻透了。

"大……大姐……"小弱哆嗦着。

安洁西把小弱从树上救下来,他们不敢停留直接走出后山。

快到中午时分,白狗小九蹲在地上不走了。

"本大爷肚子饿啦。"

安洁西没接话,其实她也早饿了,只不过她要先确定自己已经到了安全地带,才有工夫考虑肚子的问题。

"咦,那里有车队经过。"小九耳朵动了动,跳起来。

安洁西知道动物的本能是很强大的,特别是小九这种超级能吃的大吃货。

一人一虫一狗沿着小路向前,远远地出现了车队的影子。

安洁西停下来,警惕地打量着前方的车队。

这里是圣族,她的人族身份很难在这里讨到好处,弄不好还会被人抓起来重新当成奴隶卖掉。

"这是叛军的车队。"小九胸有成竹地说。

"你怎么知道?"安洁西惊讶。

车队渐渐接近,那是由十辆车组成的车队,拉车的都是铁脚犀,车上堆满了木桶,目测是运送粮食用的。

"因为我和小弱在来的时候曾经搭过他们的车。"小九欢呼着,冲下小路,向着车队奔去。

安洁西想把它唤回来,但是已经迟了,小九汪汪地叫着,就像一只真正的小狗那样,欢蹦乱跳地冲向车队。

走在车队最前面的两名男子看到小九,诧异地停下来。

"哎，这只狗，我好像见过。"其中一人说。

"我也好像有些印象。"

白狗跑到他们的身边，不断地欢跳着，还用身体蹭他们的腿。

就连后面跟着的安洁西都觉得尴尬：为了口吃的，它还真是够拼的。

一名男子弯腰逗弄着白狗："看来它是饿了。"

就在这时，另一名男子用手肘碰了碰他："你看那里。"

男子抬头，顺着同伴的视线望过去。

土路上走来两个人。

其中一个身材瘦小的像是个女孩子，身上系着披风，将头整个罩在披风的兜帽里，遮住了她大半张脸，不过就算这样，也难以遮掩她那双动人的眼睛。

另一个是成年男子，衣服的样式明显是圣族上流社会才有的。

两名男子奇怪地盯着安洁西手上提着的细剑。精致的剑鞘上刻着繁复的花纹，还镶嵌着细碎的宝石。

再看她的披风也是用的上等料子，看那样式便知是贵族才穿得起的，特别是披风的扣子，是由一枚完整的宝石雕刻而成。

两名男子对视一眼，彼此都在对方眼中读到了疑虑。

"你是……人族的奴隶？"其中一名男子询问，"这条白狗是你的？"

"是的，我替主人出门办些事情，可我对这里不熟……迷了路，我们可以跟你们的车队一起走吗？"

偶尔也会有人族的奴隶得到主人的信任，会外出替主人办事，她身边有圣族的人随行也不算是特例。

就算主人再信任，人族充其量也不过是个奴隶，身边总是要有人监视着。

"你的主人是谁？"两名圣族男子打量着她，眼神复杂。

安洁西故作神秘地耸了耸肩，"这个……我主人有些忌讳……你们懂的……"

两人再次对视一眼。

他们当然懂得某些贵族的一些忌讳，只不过他们的车队可不会随便接受外人同行。

就在这时，对面的女子伸出手来，在她的大拇指上，戴着一枚紫色的水晶戒指，正面刻着字母B，背景是魔龙图案。

两名男子眼中瞬时露出惊骇的表情。

"这是我主人的信物，可以允许我跟随你们的车队同行吗？"安洁西眨了一下眼睛，隐去眼底的狡黠。

安洁西和小弱坐在车上，腿垂在半空，白狗小九蜷缩在她身边，低头啃着一块骨头。

它时不时抬头看向安洁西手里拿着的麦饼，有好几次它试图偷偷咬向麦饼，都被安洁西及时发现，把它的狗嘴推开了。

"老实吃你的骨头吧。"安洁西低声警告，"当心让他们发现你会说人话，把你炖成狗肉。"

小九默默龇牙表示抗议。

傍晚时分，车队停下来休息，男人们聚在一起，围着火堆烤着火。

火堆的架子上还烤着麦饼和大块的生肉。

有人悄悄看向坐在暗处的安洁西。

"她手里的那枚戒指……该不会是假的吧？"

"我也觉得应该是假的，那么重要的东西，首领怎么可能会把它给别人。"有人附和道。

"你觉得会有多少人认得那枚戒指？"不知谁冒出一句。

大伙瞬时全都沉默了。

没错，这枚戒指的重要之处并非因为它的材质有多珍贵，做工有多精致，而是它代表的身份。

在圣族，这身份是唯一的存在。

"会不会是她偷来的？"有人猜测。

有人低低地笑起来："没想到首领也会被美人迷惑。"

"别胡说，首领不是那种人。"

大家半真半假地开着玩笑，笑声时断时续地传入安洁西的耳朵里。

不管怎么说，他们只要允许她跟着车队同行就好了，等到达下一处城市后，她就会离开这些人，去打听雷狼的消息以及阴鱼的下落。

就算这些人会把她的事告诉冯斯伦，等到冯斯伦追来的时候，想必她早就跑得不见踪影了。

如果不能顺利把阴鱼夺回来，就算把它毁了，也不能让它落到圣族的手里。

拉了拉头上罩着的兜帽，安洁西将自己整个隐在黑暗中，借着远处火堆的微光，她再次展开地图，盯着地图发呆。

"你在看什么？"小九不知从哪里钻了过来，拱进了她的披风里。

因为夜晚有些冷，所以她没有拒绝它靠过来。

"没什么，随便看看。"安洁西淡淡地道。

小九从她的怀里钻出来，只露出小脑袋："你想不想去寻找消失的溪东大陆？"

"我才没有那么无聊。"安洁西"哧哧"地笑，她才不是那种天天做着不切实际美梦的"孩子"，现实是残酷的，她早就懂得了这一点儿。

"西西姑娘，你一点儿都不可爱。"小九咕哝着。

安洁西毫不介意地继续看着手里的地图。

她才不会在乎那些没用的"夸赞"，她又不是贵族，美貌啦，可爱啦什么的从来都不适合她。

她伸出一只手拉着小九的脸，让它的脸变成奇怪的形状。

"这世上怎么有会说话的狗，你到底是个什么来头？"

"本大爷可是货真价实的宝贝呢，当年我刚出生的时候，溪东大陆上的天族还在。"

安洁西撇了撇嘴。

"你这是什么眼神，你不信我？"小九不高兴了。

"信你才怪，你真以为你是什么圣物了，你如果真的见过天族，你现在就不会在这里了。"

一人一狗正说着话，忽然安洁西用披风将小九的头盖了起来。

"别说话，他们过来了。"头顶传来安洁西低低的声音。

小九马上不动了。

一名男子走过来，递过来烤制的食物。

"要吃吗？"

"谢谢。"安洁西接过食物，向对方露出一丝微笑。

她的微笑赢得了对方的好感。

"你今年多大？"男人打量着她。

"能不回答你这个问题吗？"安洁西故意眨了眨眼睛。

男人笑了："那么换一个吧，你准备到哪去，我的意思是……我们可以派人送你去。"

"不用了。"

"你知道，人族的身份在这里很难独自行动。"男人试图说服她。

"我知道，谢谢，但是不用了，我还有同伴。"她指了指不远处圣族模样的小弱。

男人看了看小弱，眼中带着警惕："好吧，你随意，我只是问问。"

安洁西勾了勾唇角，低头吃着食物，不再说话。

男人站在那里看了她一会儿，突然冒出一句："你是在哪儿偷到的戒指？"

安洁西舔了舔嘴角的油，看向对方："你真会开玩笑。"

男子盯着她的脸，好像生怕错过她脸上一丝一毫的表情变化，然而他看

第9章　鹰眼将军的威力

了半天,也没有发现任何破绽。

"是的,我是开了个玩笑。"他尴尬地点了点头,"抱歉。"转身,他离开了。

小九从披风下面钻出来:"他们已经开始怀疑你了。"

"没关系,只要到达城中我就会离开他们。"安洁西继续吃东西。

小九突然张口咬住了她手里的烤饼,转眼大半都被它吃下肚了。

"等回到人族,我还是把你送回银盾军团好了。"安洁西惆怅道。

"为什么?"小九不解。

"会饿死的。"安洁西幽幽地道。

"没关系,本大爷会自己想办法,不会让你为难的。"小九用爪子拍着她。

"不是,我的意思是,我会饿死的。"

"……你嫌弃我就明说好了。"小九斜眼。

车队进行了两天,前面远远地出现了另外一处圣族城市。

"太好了,等到进了城,我们就能离开车队了。"小弱嘟囔着,最近几天,他一直被车队里的众人排斥,用小弱自己的话来说,就是他太过英俊,引起了别人的妒忌。

安洁西知道并不是因为这个原因。

这支车队是属于叛军的,小弱的这身装扮又很像巡防军,对方没找机会把他弄死已算他命大了。

"进城后我们先去哪里?"小弱问。

"如果能打听到雷狼的消息最好先把他救出来。"安洁西思索着。

就在这时,车队突然停了下来。

"怎么回事?"小弱伸长脖子往车队后方看去。

只见小路上扬起烟尘,一只魔角龙正以极快的速度接近车队。

在安洁西看到魔角龙身上的骑手时,"唰"地变了脸色。

"冯斯伦?"

小九也凑过来，伸着脖子："哪里哪里？"

魔角龙很快来到众人面前，车队的人迎上去。

"麻烦了。"安洁西迅速把身子缩回车里，她第一件要做的事就是先从手指上把紫水晶戒指摘下来。

然而越是着急越是出错，戒指不知怎么的，就像是卡在她的手指上，摘不下来。

冯斯伦突然出现在车厢外，脸上虽然戴着面具，但那双细长的眼睛里分明闪耀着驱之不散的怒火。

冯斯伦突然出现在车厢外，直视着车里的安洁西。安洁西不由自主地缩起手指，想把手上的紫水晶戒指藏起来。

"你挺厉害的嘛。"冯斯伦狠狠道。

安洁西很快镇定下来："你是谁？"

冯斯伦深吸一口气，像是在努力控制着心里的怒火。

"别跟我装傻。"他猛地摘下面具。

安洁西吓了一跳，她本以为冯斯伦在外是不敢把面具摘下来的，因为他的身份比较特殊，要是被人知道了他的真实身份，怕是会引来杀身之祸。

"看清楚了，嗯？"冯斯伦咬着牙。

安洁西往后挪了挪身子，嘀咕着："干吗这么凶？你要咬人啊？"

冯斯伦嘴角抽动两下，他都快被她气死了，她竟然还没心没肺地跟他开玩笑。

他伸出手来，抓住了她身上的披风。

安洁西瞪大眼睛："你干什么？"

冯斯伦也不理她，手臂用力，直接把她拽出了车厢。

安洁西吓了一跳，惊呼出声。

"小九！"她招呼白狗帮忙。

谁知等她往车厢里看去时才发现，小九早不知跑到哪里去了。

第9章 鹰眼将军的威力

浑蛋，没义气！安洁西愤愤地在心里骂着。

小弱缩在车厢里，抱着身边装麦子的木桶，整个人就像雕塑。

看不见我……看不见我……

安洁西横了他一眼，放弃了向他寻求帮助的打算。

冯斯伦拉着她离开车厢，转身往路边一片无人的野地走去。

"喂，你放开我，不然我不客气了！"安洁西警告他，同时捶打着他的肩膀。

"好呀，我倒要看看奴隶是怎么个不客气法的，竟敢要挟主人。"冯斯伦嘴上说着，脚步不停。

"谁是奴隶？"安洁西最不爱听的就是这个词了，她摸向腰间的细剑。

谁知冯斯伦动作更快，把细剑摘了去："如果我记得不错，这把剑也是从我那里偷的吧。"

安洁西狡辩："是借用。"

冯斯伦质问道："你胆子不小，竟敢用我的戒指招摇撞骗。"

安洁西不屑地拍打着披风上的浮尘："我骗他们什么了？再说这是你默许的。"

"我……"冯斯伦正要反驳，目光忽地落在她身上的披风上。

这是他那晚故意留在树下的，因为他早就觉察到那时她就躲在附近。

当时巡防军太多，他实在是没有办法救下她，所以他唯一能做的就是把巡防军引到别处，同时留下一件能御寒的披风。

她说得没错，从某个角度上说，她的出逃得到了他的默认。

冯斯伦死死地瞪着她。

"怎么，说不出话来了？"安洁西悄悄往后退了一步，与他之间拉开些距离，可惜她现在身上没有法杖，不然这个距离是最佳的施法距离。

"你为什么擅自出逃，不是说好了等我的消息吗？"冯斯伦闷声问道。

安洁西冷笑了声："等你？等你回来我大概都成了化石了。"

要不是当时有丽替她说话，糯糯还想要她的眼睛呢。

冯斯伦皱眉，糯糯的性子他很清楚，不过安洁西也不是普通的人族，就连他还曾在她手里折过面子。

"你总会有办法的。"他辩解道，"只要等我回来，我就可以妥善处理此事，就算是糯糯也不能……"

"她会听你的？"安洁西笑了，笑容里充满讽刺，"我的办法就是先逃走，保命要紧，我只是个胆小的人族，没什么深谋远虑，所以遇到危险当然要第一时间逃走了，你该不会觉得糯糯真的会听你的话吧，还有……你的手是被自己烫伤的？"

冯斯伦一只手上还缠着绷带，虽然他掩饰得很好，但是骑乘魔角龙是一件耗费体力的事，他的绷带早就散开了，露出里面焦黑的皮肉。

冯斯伦无奈地打量着自己的手，最后只能自嘲地一笑。

这个人族的女孩说得不错，糯糯的性格实在是太过骄纵，就算她能听他的话，也不代表她私下里会安分。

"我的戒指呢？"他问。

安洁西将手背到身后："不是说好了吗？你帮我打听雷狼的消息，然后我才把它还给你。"

"雷狼的消息我已经打听到了。"冯斯伦淡淡地道。

安洁西眼睛一亮："他在哪里？"

冯斯伦叹了口气："先进城再说。"说着他拉着她往回走。

"等一下，你先说……"

"他也在这座城里，我们先进城安顿下来再说，我赶了一路快饿死了。"

"我的剑……"

"是我的。"冯斯伦警告似的瞥了她一眼，重新戴上面具。

安洁西忍不住翻了个白眼，从不知道圣族的皇族也这么小气。

本以为冯斯伦还会捉弄她，谁知冯斯伦竟真的把剑丢还给她。

"我会跟车队的人说你是我的奴隶,你自己小心些,别说漏了。"

安洁西接过剑来,小声地顶了他一句:"谁是奴隶?"

冯斯伦听见了,却装作没听见的样子。

回了车队,众人围拢过来,冯斯伦简单和他们交代了两句,车队再次向前进发。

"西西姑娘,你回来了?"小九不知从哪里冒出来,亲昵地上前蹭着安洁西的腿。

安洁西一把揪住小九的皮毛,把它提起来。

"刚才你去哪里了?"她咬着牙,一字一顿。

小九吓得背毛都竖起来了:"我我我我我……我尿急。"

车队顺利进了城,来到一处客栈才安顿下来。

车队表面上是贩卖粮食的,不过他们既然是圣族叛军,显然就没这么简单了。

不过不管这支车队是做什么的,安洁西都不感兴趣。

她要做的是找回阴鱼,或是……毁了它。

只不过当着冯斯伦的面,她不能把实话说出来,因为她知道冯斯伦也在找这东西,在目前这种情况下,她还不想与他正面为敌。

所以现在她只能摆出一副营救伙伴的架势来。

"雷狼被圣族的一位贵族买了去,就在前面那座幽居里。"冯斯伦带着安洁西在城中转悠,安洁西扮成奴隶跟在他的身边。

安洁西跟着冯斯伦在城里转了大半天,傍晚时分回了客栈。

"兽族不是与圣族结盟了吗,为何还会有兽族奴隶?"安洁西问。

冯斯伦挑了挑眉:"只要沦为奴隶,对方是什么种族的无关紧要。"

安洁西沉默了一瞬。

圣族原本就是个六亲不认的种族,她居然还可笑地跟圣族的皇子讲道理。

"不过甘心为奴的兽族人并不多，他们大多身强力壮，孔武有力，所以逃跑的情况屡有发生，相比之下，除个人喜好兽人奴隶外，大多数圣族人更喜欢用人族的奴隶。"

听了这话，安洁西低了头。

人族的奴隶"听话""懂事"，明明用的是赞美之词，此刻却带着深深的羞辱之意。

"我让人打探过了，雷狼并不顺从，曾先后三次逃跑，结果都被抓回来了，现在被关在那所幽居的地牢里。"

"地牢有多少守卫？"安洁西头也不抬地问。

冯斯伦愣了一下："你打算劫牢？"

"不然呢，你还有别的办法？"

冯斯伦优雅地靠在椅背上："我本以为你是打算把他赎回来。"

安洁西抬手亮了亮手指上的紫水晶戒指："是个好主意，等我把它卖了就去赎雷狼回来。"

两人针锋相对，谁也不让谁。

"头儿，终于找到阴鱼……"突然间房门被人从外面撞开，一个男人闯进来，但当他看到安洁西时立即闭了嘴。

冯斯伦瞥了眼安洁西，安洁西现在还是一身奴隶的打扮。

"这里没你事了，退下吧。"他用吩咐奴隶的口吻道。

安洁西垂着头，鞠了一躬，却没有动地方。

"还有什么事？"冯斯伦揉着额角。

这丫头一装乖他就知道准没好事，她从来都不是绵羊的角色。

"我肚子饿了，能给我些钱吗？"安洁西问。

刚闯进来的男子惊讶地看着冯斯伦从口袋里掏出三枚青水晶米拉币，放在桌上。

"能多几个吗？"安洁西抬头向着冯斯伦眨了眨眼睛，末了还顽皮地露

第9章 鹰眼将军的威力

出笑容。

猝然出现的笑脸让冯斯伦回不过神来。

男子看到他们的头儿动作僵硬地从口袋里摸出一把米拉币,也不管什么成色的,全都堆在桌面上。

"谢啦。"安洁西笑嘻嘻地上前把钱堆拢起,用裙子兜住,愉快地走出门去。

"头儿……"男人不解地看着离开房间的安洁西,"她真的是您的奴隶吗?"

"啊!"冯斯伦回过神,含糊地应了声。

男人笑起来:"头儿,我怎么看着她都不像是奴隶,倒是像个讨债的。"

冯斯伦惆怅地抚着额头,他也觉着安洁西像个讨债的。

"像她这样有趣的女生真不多。"男子道,"虽说她只是个奴隶,要是头儿以后不要她了,能不能把她送给我?"

他这边话音刚落,冯斯伦突然冷了脸色。

"说正事!"

"哦。"男人愣了愣,也收了嬉笑的表情,"找到阴鱼的下落了,长老派人要把它转运到……"

门外,安洁西把耳朵贴在房门上,屏住呼吸听着房间内的动静。

直到走廊上传来其他人的脚步声,她这才遗憾地离开。

"哪来的钱?"回到房间,小弱盯着她裙子里兜着的米拉币眼睛亮了。

安洁西没回答,她把钱倒在桌上,仔细收好。

小弱几次伸出手来,都被她准确地敲中手背,疼得他把手缩了回去。

"救出雷狼后我们就要离开冯斯伦他们,身上没有钱的话你打算睡野外?"安洁西把钱收好,并把剩下一小部分推到小弱跟前,"这些放在你那里。"

小弱不好意思地笑了笑,把钱收下了。

"我们要劫牢吗？"小九问。

"先去看看情况再说。"安洁西思索着，"今天晚上行动。"

小九默默地转身想要溜出去，后颈却被安洁西抓住，提了起来。

"你去哪儿？"

"我……我出去转转……"小九心虚地耷拉着耳朵。

深夜，街巷内闪过两个人影。

"就是这里。"安洁西浑身包裹在披风内，白狗小九从她的怀里探出头来。

小弱一副巡防军的打扮，站在那里两条腿不住地哆嗦，"你……你……你们能不能快一点儿……"

"大爷你怎么了？"小九挖苦着。

"闭嘴。"安洁西拎起小九，扬手就把它丢了出去。

小九四爪乱抓，总算是在幽居的外墙上停稳，它向着安洁西他们龇牙，无声咆哮着发泄着它的不满。

安洁西才不管它高不高兴呢，用手势告诉它：快去。

小九蹬着腿，钻进了窗户。

小弱的腿仍哆嗦着，整个人就像装了弹簧。

"你能不能别抖？"安洁西看他这样子也觉得要跟着抖起来。

"我，我尽量。"小弱哭丧着脸，"你们来就来……为什么要拉上我……"

"谁让你现在的外貌像个巡防军？如果被人查了，你也能替我们挡一下。"

"可是……你觉得我真的能行吗？"有抖成这样的巡防军吗？

安洁西恨铁不成钢地踹了他一脚，结果小弱直接瘫软在幽居的外墙上，就跟镶嵌在那里似的，唯一的好处是他不抖了。

世界总算清净了。

两人等了一会儿，小九又从窗户里钻了出来，纵身一跃，稳稳地落在地

第 9 章　鹰眼将军的威力

上。

"怎么样？"安洁西问。

小九张嘴，吐出一把钥匙来。

安洁西眼睛一亮："干得漂亮，等回去了给你买好吃的。"

小九得意极了："本大爷要吃双份的。"

安洁西收好钥匙，一把抓起瘫软在墙上的小弱，"你能上去吗？"她问。

"为什么要上去？"

"你的尾巴爬墙很管用。"

小弱欲哭无泪，他的尾巴明明是用来变化外形的好吧，现在却沦为爬墙的工具。

幽居牢房内，黑暗中偶尔能听见几声牢房内囚犯的呻吟声。

雷狼靠墙坐着，他的四肢被粗重的铁锁锁住，既不能站，也不能躺下，他盯着牢房上方狭小的窗口。

如果他的外形如同人族那般纤细，他就有机会从那个窗口逃走。

但是很可惜，他是个兽人。

第 10 章　劫牢，全员归来

牢房外，两名看守无聊地打着哈欠，发着牢骚。

"看守这种事为什么不交给虫族的卫兵？"

"那些没有脑子的虫子只会吃，让它们来守门，怕是会把这里所有的犯人都当成食物吃掉了……"

黑暗的牢房内，看守的话显得格外清晰。

雷狼挪动着僵硬的身体，他被锁在这里已经五天了，而且在这五天里，他什么也没吃。

并非是圣族的人不给他饭吃，而是他拒绝了所有的一切：水和食物。

他是骄傲的战士，他不会成为任何人的奴隶，哪怕沦落到尘埃里，他也绝不会低下高傲的头颅。

看守的说话声时低时高，雷狼意识有些恍惚，渐渐地，他陷入一种半睡眠的昏迷状态。

"垃圾！"

"垃圾，滚远点儿。"

"兽族的垃圾，不配成为最强大的战士，快滚去人族吧！"

雷狼紧闭着双眼，眉头不断地皱起。

好像有无数的声音在他耳边响起，谩骂、嘲讽、无情的冷眼，一次次地碰壁，他要成为最强大的战士，他要向世人证明，就算是一个血统不纯的兽人，也能有一番作为。

不错，他一定会成功的。

他拥有强有力的手臂，他有着一颗勇敢而忠诚的心，然而人们却只看到他兽人的外貌，从不给他机会证明自己。

看守说笑的声音逐渐大了起来，雷狼被这声音吵醒，挪动身体时墙壁上的铁锁发出哗啦哗啦的巨大响声。

"该死的，又不消停。"看守骂骂咧咧的，举着火把过来查看。

"还想逃？"其中一名看守拿着根长长的铁钩从牢房的栅栏间伸进去，勾住了雷狼结实的肩膀。

雷狼呼吸粗重，却连吭都没吭一声。

"这家伙是个大块头，感觉不到疼的，主人说了，下次他再逃就把他的脚砍下来，看他还敢逃不。"看守们不怀好意地笑起来。

雷狼呼哧呼哧地喘，宛如野兽般的眸子瞪着他们。

看守们戏弄了一会儿雷狼，发现他一直都不吭声，更别提什么惨叫求饶了。

"真是无聊透顶，兽族的都是些蠢家伙，一点儿也没有意思。"两人正说着话，忽听头顶传来"咻"的一声。

两人同时抬头往上看，只见一个人影从天而降。

那人手中的利刃直接刺中一名看守，同时将另一名看守踢倒在地。

雷狼隔着牢房的栅栏看得清清楚楚，那人身上裹着披风，兜帽罩在头上，遮住了大半张脸，从身形上看，又瘦又小，像个孩子……

突然一只白狗从天窗跳下来，将剩下的一名看守再次扑倒在地。

细剑突刺，另一名看守也被解决了。

雷狼屏住呼吸盯着那只白狗。

他见过那只狗，在日暮古域的时候，它还曾夜入大牢，好像专门为了寻找他，如果他没记错，这只狗的主人就是……

头上罩着兜帽的人抬手把帽子掀了起来，露出一张稚嫩的面孔。

安洁西!

雷狼定定地看着眼前的小丫头,她蹲下来摸索着两名死去的看守,从他们身上找到钥匙,将牢门打开。

"没用的,这铁锁的钥匙不在他们身上。"雷狼的声音又干又涩。

安洁西跨进牢房,麻利地从身上掏出把钥匙来,向他咧嘴顽皮地一笑,"你说的是不是这个?"

雷狼目瞪口呆。

要知道锁着他的这把铁锁是特制的,钥匙是放在圣族贵族手里的,只要他不肯屈服,不肯放下自尊做一名奴隶,圣族的贵族就不会把锁链打开。

安洁西麻利地把锁打开,雷狼的身体一下子失去平衡,摔倒在地上。

安洁西想要伸手去扶,然而雷狼的重量实在不是她能承受的,她用了半天力也扶不起对方来。

好家伙,重得就跟山一样。

"你能自己走吗?"安洁西无奈地问。

"能……"雷狼闷声道,不过他跪在地上半天没起来。

"小九,你去找找有没有水。"安洁西吩咐白狗。

白狗马上跑掉了,很快它叼着个装水的牛皮袋跑回来。

"这是在看守的屋里找到的。"白狗把水袋递给安洁西。

安洁西把水袋打开,递给雷狼:"快喝,喝完好有力气走路。"

雷狼呆呆地接过水袋,眼睛却是仍然盯着小九,"它……"

"什么?"

"它说话了?"雷狼觉得一定是自己的脑子坏掉了,或是他太累,出现了幻觉。

"哪那么多废话,本大爷又不是第一次见你。"没等安洁西开口解释,小九已经不耐烦了,"你快点儿,鼻涕虫还在外面等着呢,你们出去晚了他就要吓哭了。"

"鼻涕虫是谁？"雷狼觉得自己的脑子真的不够用了。

"就是小弱。"安洁西抓住水袋，强行灌进雷狼的嘴里，"有什么话出去再说。"

雷狼一口气把水喝光，这才勉强支撑着身体站起来。

安洁西打开牢房大门，就在这时周围响起低低的哀求声。

"求求你们……放我们出去吧……"

"放我们离开这里……"

安洁西看向黑暗中，无数牢房内闪亮着一双双渴望的眼睛。

小九蹲在牢房门口，歪着头看着安洁西："你想救他们吗？"

安洁西的手里有牢房的钥匙，她可以打开这里所有的牢门。

"求求你们啦……"

"放我们一条生路吧，我们宁死也不想做他们的奴隶！"

安洁西犹豫了一瞬，转身走向那些牢房。

小九咧着嘴，脸上带着讽刺的笑。

雷狼觉得自己一定看错了，一只狗怎么会露出这种讽刺的表情？

安洁西很快把牢内所有的人都放了出来，就在她准备带着雷狼离开时，那些人围了上来。

"姑娘，你带我们出去吧。"

"是啊，姑娘，外面也有守卫，我们这些人手无寸铁，怕是逃不远啊。"

安洁西愣住了。

刚才在牢里还苦苦哀求着她的那些人，转眼间全都露出各自的算计。

"姑娘你别怪我们这些人赖上你，谁不想要活着啊，我们也是没有法子……"一位年长些的人族苦着脸，"我们看你身手不错，还有这个大个子……你们只要带我们逃出去就行，我们的要求真的不高。"

被安洁西放出来的奴隶们围拢过来。

"你是战士吗？你有武器，一定能带我们逃出去的。"

"你是不是圣族叛军的成员？"

"我想回人族去……"

人们你一言我一语，说个不停。

安洁西重新把兜帽拉起来，遮住自己的面孔。

雷狼利用这段时间恢复着自己的体力，因为他是兽族的关系，恢复的能力也比常人要强，这么会工夫已经能自己站起来了。

"想跟我走可以。"安洁西环视众人，"但是要听我的指挥，而且……我不能保证你们都活着逃出去。"

听了这话，人群中顿时骚动起来。

"求求你了，我们想活着回到人族去。"

"是啊，姑娘，我们不想死。"

"圣族叛军的成员不是有军队吗？他们会在外面接应你的，带我们一起……"

安洁西心里莫名地涌上一阵烦躁。

看到这些人，让她想起了冯斯伦幽居里的女奴隶，丽。

丽也想得到自由，却没有勇气迈出步子，所以安洁西才会把这些人放出来，因为她觉得他们也和丽一样，只要帮他们去掉枷锁，他们便能奋勇向前。

但是现在，她突然意识到自己的想法太天真了。

她转过头去看向白狗小九："你有什么好主意吗？"

以往这个小家伙主意最多了，可是现在它却一声不吭，它这样子有些奇怪。

听到她的问话，小九没有回答，反而像普通的小狗那样抬起后腿挠弄起耳朵来。

"小九？"

挠挠挠……小九不断地抓着耳朵。

"姑娘，你就别再敷衍我们了，你好人做到底，帮帮我们吧。"人们哀求着。

安洁西目光闪了闪："那就走吧。"她抽出细剑，带头出了牢房大门。

牢房外不远处站着两名守卫。

安洁西伏低身子，隐在一侧的建筑后，众人也都跟在她身后躲起来。

她向后看了一眼，发现那些人的手上全都空着。

就算是逃跑，总应找些趁手的武器，他们却什么都没有拿。

"姑娘，你还在等什么？快点儿上啊。"身后有人催促着。

"对啊，一会儿要是被他们发现就晚了。"

"不是有圣族叛军在外面接应你吗？你快一点儿。"

安洁西嘴角浮起一抹带着邪气的微笑："好，那就快一点儿。"她提起小九的后颈，做出投掷状。

小九抬头朝她翻了个白眼。

这已经不是她们第一次合作了，安洁西心里有什么打算，小九清楚得很。

安洁西用力一抛，小九飞了出去。

"什么人？"守卫听见动静高声呼喝。

小九落地后，灵敏的身子扭了几下，很快就跑得没了影。

"站住！"

守卫们看到白色的影子，纷纷追过去。

安洁西站起身快速从牢房门前撤离。

来到幽居最外侧的通道内，安洁西再次停住了，通往外面的一道窗户前守着一个诡异的身形：虫族卫兵！

奴隶们发出绝望的哀鸣。

"闭嘴。"安洁西头也不回地训斥道，"不想死的就别出声。"

"不行……我们逃不掉的。"

"这些虫子吃人。"

"姑娘，你不可能斗得过虫族。"

安洁西将后背紧贴在通道的墙壁上，伸头瞄了一眼窗户前的虫族。

突袭的话，她的机会还是很大的，只是……虫族的速度很快，她必须要快过对方才能突袭成功。

"傻大个，你干什么？快回来。"身后有人急急地叫起来。

安洁西回过头，只见雷狼靠过来。

"对了，不如就让他去把虫族引开吧。"有人提议。

"对，他块头这么大，就是藏也藏不住，不如让他去……"

安洁西看了雷狼一眼："你想做什么？"

"只要把虫族的守卫引开，你们就能逃出去了。"雷狼闷声道。

"我知道，所以呢？"安洁西问。

"所以……由我来引开它。"

安洁西忽然笑了，雷狼被她笑得莫名其妙。

"喂，雷狼，你做我的伙伴吧？"

"啊？"雷狼愣住了。

"做我的伙伴吧，然后我们一起回人族去，洗清那该死的罪名。"

雷狼呆愣在那里："可是亚虎他……"

"亚虎死了。"安洁西舔了舔嘴角，"你的卖身契我也拿回来了。"

雷狼眼睛亮了起来。

"看在我做了这么多的分上，你难道就不想跟我一起活着回去吗？"安洁西用下颌指了指远处的虫卫兵，低声和他耳语了一阵。

雷狼咧开嘴，笑了。

在身后众人惊讶的目光里，他把安洁西抱了起来。

"你要干什么？"人们惊讶地看着雷狼将手里的女孩高高举起，然后……猛地投向远处的虫族。

"啊！"人群里不知谁发出一声惊呼，远处虫卫兵猛地转向这边。

"它发现我们了！"

"快逃！"

人群一哄而散，只剩下雷狼还站在原处。

虫族卫兵迅速冲过来，然而从它的头顶上突然掉下来一物，银光一闪，正中它的心脏。

虫卫兵的身子一下子瘫软了，倒在地上。

安洁西的身体飘然跳落在地上："雷狼，走了。"

与此同时，通道中白狗小九甩着舌头呼哧呼哧地跑来。

"别把本大爷忘了！"

安洁西微微一笑，第一个跃出窗户。

雷狼来到窗户前，停了一下，等着小九跑过来。

"算你够义气。"小九赞叹道。

"别废话，快点儿来。"窗外安洁西伸出胳膊。

小九跳进安洁西的怀里。

雷狼这才注意到他们并不是直接落到地面，而是往幽居的上面去的。

就在这时，通道里响起刺耳的哨音，这是守卫们发出的警报，显然他们发现了奴隶的出逃。

"雷狼，快点儿！"安洁西消失在窗外。

窗户上方垂下一条软趴趴的绳子。

雷狼一把抓住，那条绳子就像有生命似的，反过来缠住他的胳膊。

"喂，等一等我们！"远处，刚才逃走的奴隶们返了回来。

雷狼看了一眼那些正奋力逃向窗户的奴隶，在他们的身后跟着幽居的守卫。

他深吸一口气，跃出窗户……

奴隶们扑向窗户，一窝蜂似的往下跳。

哨音不断，幽居里的守卫们呼喝着，通道中时不时闪亮起魔法的光波。

逃出幽居的人们四散奔逃，一些人在跳落到地上时摔折了腿，跟跄着，还没等跑出几步就被魔法击中了。

"哎呀，好惨。"幽居的屋顶上，小弱望着下面的战场，倒抽着凉气，"好惨好惨。"

安洁西等人全都匍匐在屋顶，一动不动。

"西西姑娘，你不准备救他们吗？"小九从安洁西的怀里钻出来，戏谑地问。

安洁西紧抿着唇角，一语不发。

她是想救他们的，但是他们却一次次让她失望，她甚至怀疑当初想要救他们的想法根本就是错的。

如果他们现在还留在牢里，就不会丢掉性命了吧。

"你后悔了？"小九问。

安洁西沉默着。

"拯救者没这么好当的。"小九咧嘴偷笑，"你想救他们，可是他们却只把你当成可以利用的工具。你信不信，要是你也在他们中间，他们会毫不犹豫地把你推出去？"

对于小九的讽刺，安洁西保持着沉默，就算她不想承认，可现实摆在这里，如果她真的在那些人中间，他们真的会把她推出去……

"感谢你救了我。"雷狼的声音将她的思绪拉回来，兽人向她伸出宽厚的手掌。安洁西看了看他的手，终于也伸出手去，跟对方握在一块。

"安洁西，我欠你一条命。"雷狼认真道，"以后但凡有用得上我的地方，你只管开口。"

安洁西笑了笑，眼底的迷茫退去："先别高兴得太早，咱们还没成功逃走呢。"

众人相视一笑，一旁的小弱焦急地催促着："你们还有心思聊天，快点儿离开这里！"

"走吧。"安洁西最后看了眼下方四散奔逃的奴隶，站起身。

他们沿着幽居的顶部，从一个屋顶跳向另一个屋顶，然而有一件事是安洁西始料未及的，那便是雷狼的身体，超重！她和小弱以及小九安全着陆，雷狼跳过来的时候脚下却发出一声巨响。"轰隆！"幽居的屋顶塌陷，雷狼两腿被卡住了。

　　"我的天哪！"小弱吓得脸都绿了，"你们快点儿把他拉出来，要被他们发现了！"安洁西冲过去帮助雷狼，但屋顶碎裂得越来越大，雷狼的小腿都陷进去了。

　　"你们快走。"雷狼推开安洁西。

　　"喂！"安洁西差点儿被他推倒，"你这么大的力气就不知收敛点儿？"她假意抱怨，重新上前试图将他拉出来。

　　"对不起。"雷狼也觉着很抱歉，他只是不想连累他们几个。

　　安洁西抓住雷狼的胳膊使劲往上拉："有这工夫废话你还不如使点儿力气。"

　　这时幽居里的守卫发现了他们，有人吹响哨子，虫族卫兵出现了，它们爬上屋顶，向这边围拢过来。小弱急得不行，上前扯着雷狼的胳膊奋力地拖拽。

　　"小九，快点儿来帮忙！"安洁西喊道。

　　小九扬着鼻子嗅了嗅："有人来了。"

　　小弱骂道："废话，我们都长着眼睛呢，下面来的不光有圣族的守卫还有虫族的卫兵，它们一会儿爬上来会把我们切成一片一片的。"

　　"你不是虫族的吗？怕什么？"小九不屑。

　　"它们可不会因为我是它们一族而手软！"小弱咆哮着，使出吃奶的力气拖拽着雷狼，"它们会毫不留情地吃掉我！"

　　安洁西突然愣了一下："确实有人来了。"

　　话音刚落，从对面的屋顶上跳过来一个男子的身影，他落到众人面前，二话不说，上来就帮着拖拽雷狼。看着他脸上戴着的黑色镂空面具，安洁西惊讶得说不出话来。来的人居然是冯斯伦！身为圣族的皇子，他竟然会来救他们这些异族者。

幽居屋顶不断发出咯吱咯吱的声音，听着就像要倒塌似的。冯斯伦从腰间抽出长剑，剑刃刺进下陷的碎石当中，"傻姑娘别发呆了，准备好了吗？"他喝道。安洁西深深看了他一眼，无须多言，她已然明白对方的意图。

"来吧。"她抓紧雷狼的胳膊。

不远处，三只虫族卫兵爬了上来，小弱吓得头发都快立起来了。安洁西仍然很冷静，雷狼也没有慌张，屋顶上唯独少了白狗小九的身影。

"小九呢？"小弱惊恐地问。

"谁知道呢？"安洁西苦笑，她相信就是他们几个全都被抓了，小九那家伙也会平安无事。

它可是逃跑专家呢。

冯斯伦手中长剑撬断了一块屋顶的晶石。圣族居住的建筑多由一种紫色的晶石构成，它们极其坚硬、耐寒，但因为这些晶石会导致居住光线变暗，所以也被称为"幽居"。

冯斯伦撬断晶石的同时，雷狼借着安洁西和小弱拖拽的力量挣脱了出来。"快走！"冯斯伦挥剑隔开扑过来的虫族卫兵，安洁西等人跳到对面的屋顶上。

"快跑，不要回头！"安洁西叮嘱小弱，她自己却忍不住转回头看向对面屋顶，冯斯伦此时已被三个虫族包围，下方还不断有圣族的守卫向他释放魔法。

安洁西脚步渐渐放慢。她不能就这么走了，他是为了救他们才被困住的，要是被人发现他圣族叛军首领的身份，那些人怕是不会放过他的。也许……会杀了他，就算他是圣族的皇子。

安洁西咬了咬牙，她很想帮冯斯伦，可是她现在手上没有法杖，再优秀的魔法师也没有办法空手施法。就在这时，她脑海中突然闪过当初在冯斯伦幽居中的一幕，当时糯糯小姐的手上就没有法杖，但她却借着手指上戴着的那枚紫色的水晶戒指施放出了火焰魔法。难道冯斯伦的那枚戒指也有这种功能？安洁西毫不犹豫地将鞋子脱下来，从脚趾上把紫水晶戒指取下来。

跑到远处的雷狼正好回头看到这一幕："她在做什么？"他问小弱。

小弱扭头看到停在远处的安洁西，急得直跳脚："你难道看不出来，她鞋子里进沙子了！"

安洁西刚把戒指戴到手上，听到小弱的这一嗓子差点儿喷出口老血来：虫族的脑子果然不能用正常人的来衡量。

她伸出手臂，食指指向冯斯伦的位置，戒指渐渐汇聚起魔法的波动。安洁西心中大喜，太好了，这玩意果然能当魔法杖使用。

"喂！"她大喊了声，引起对面屋顶的冯斯伦注意。冯斯伦好不容易躲过了两只虫族的攻击，虫族尖锐的长脚划破了他的衣服。

"我不是让你快跑吗？回来是想陪我一起死？"他朝她吼。

"谁愿陪你一起死。"安洁西笑骂，"你陪它们去死吧，闭眼！"冯斯伦愣了一瞬，一道强光自他身后逼来，他马上闭上了眼睛。

三只虫族卫兵就在他的面前，可以说他现在的这个举动完全是自杀行为，但是他却选择了相信她。强光宛如潮水般涌来，吞没了三只虫族卫兵，也吞没了那些扬着头观望屋顶战斗的圣族守卫，所有人的眼睛都被强光刺得睁不开。

"冲击术！"冯斯伦仿佛听见身后传来女子清脆的嗓音。原来是这个招式，冯斯伦闭目微笑。

当初在人族的时候，他就是败在了她的这一招魔法之下，附带有刺目强光的冲击术，可以在击倒敌人的同时，让人短暂致盲。

"走啦，别傻站着了。"安洁西向他喊道。

冯斯伦睁开眼睛。倒在他脚下的是三只虫族卫兵，它们虽然被冲击术击倒，却没有受到致命伤害，它们四脚朝天地倒在那里，长脚抽搐着。

安洁西与冯斯伦一前一后跃上对面的屋顶，身后的嘈杂人声渐渐被他们甩开。

"走这边。"冯斯伦见安洁西打算跳到右侧的屋顶时提醒她。

"你确定？"安洁西瞥了一眼略显明亮的街巷，她原本是想从右侧的街巷逃走。

"你不信我？"冯斯伦回头望了她一眼，然后纵身跳下屋顶。安洁西愣了一下，也跟着他跳下去。前面的雷狼和小弱看见他们从左侧下去，于是也纷纷离开屋顶。

"那只会说话的白狗呢？"雷狼不断向身后张望。

"不用管它。"小弱不屑地哼着，"就是我们都被捉住它也不会有事。"

"它这么厉害？"雷狼显然误会了小弱话里的意思。

"逃跑的技术它可是一流的。"

"你的逃跑技术也不弱。"远处的安洁西听见他们的对话，丢下一句。

小弱涨红了脸："今天我就没有逃跑！"

安洁西强忍着笑，没接话。小弱自觉找回些面子，得意极了，大伙跟着冯斯伦跑出街巷，巷口停着一辆货车。

"全都上去。"冯斯伦命令道。

只有他们几个还好办，雷狼的身形实在是太过显眼，这时候他们没有别的选择，鱼贯上了车。冯斯伦最后一个跳上车，催动拉车的铁脚犀。就在车子拐出两条街后，一个白色的影子突然从天而降，直接砸在车顶上。

"什么声音？"小弱吓了一跳。

在外面驾车的冯斯伦回过头，只见白狗小九四脚摊开趴在车厢上面。

"西西姑娘，你们好狠的心，怎么也不等等我……"

安洁西等人全都陷入了沉默。小九在车厢顶上号了一阵，见没人理它，于是悻悻地钻进了车里。

"刚才实在是太凶险了，本大爷差一点儿就玩完了……"小九滔滔不绝。

外面驾车的冯斯伦听着白狗小九的话，眉梢不自觉地挑了挑：一只会说

第 10 章 劫牢，全员归来

话的狗？好吧，在这个女孩子的身上他总能不断地发现令人意外的"惊喜"。

他们还没有走出多远，街上便响起巡防军警戒的哨声。"是巡防军，这下麻烦了。"小弱偷眼往外看。

一队巡防军拦住他们的车，雷狼紧蹙着眉头，如果巡防军要搜查，他们就只有束手就擒的份儿。

"实在不行，你们就把我交出去。"雷狼镇静道，"就说我劫持了你们。"

"你觉得他们会信？"安洁西翻了个白眼。

"这样至少你们脱身的机会大一些。"雷狼老实道。

"算了吧，冯斯伦还在外面呢，他没死，咱们就不会有事。"安洁西抱着肩膀，舒服地靠向后面，开始闭眼小憩，她刚才使用了魔法，所以她要尽快把消耗的力量补回来。

众人见她自信满满的模样，于是也都不说话了，事已至此，外面全都是巡防军，他们就算是想逃也逃不走，只能听天由命。

一队巡防军围住他们的车，众人竖起耳朵，隐隐地听见冯斯伦在与那些人交涉。众人连大气都不敢出，唯有安洁西睡得安心。也不知冯斯伦和那些人说了什么，很快巡防军散开了，还在路边列队向他们行了圣族的致敬礼。

小弱眼睛睁得老大："他们真就这么放我们过去了？"

雷狼也是惊诧不已，他看向安洁西，却发现安洁西睡得正香，身子微微向一侧倾斜，眼看着马上就要倒下去。雷狼迟疑了一瞬，伸手扶住了她。就在这时，货车压到了石头，猛地颠簸了一下。安洁西睁开了眼睛。雷狼的手还扶着她的身体没有放开，两人视线撞在一处，雷狼慌忙把手收回去。

"你别误会，我刚才是见你要倒……抱歉……"

安洁西眨巴了两下眼睛，似乎还处于半睡半醒的状态："为什么要道歉？"她不解地嘀咕着。

"因为……我是兽族人。"他不是纯血统的兽人，从很小的时候他就意识到了自己的不同，在人族的眼中，他们只是孔武有力的"奴隶"。

安洁西撇了撇嘴:"兽族人有什么了不起的,小弱还是虫族呢。"雷狼觉得安洁西应该是没有理解他话里的意思,她继续低头呼呼大睡,他也只好保持着沉默。

货车在街上绕来绕去,最后停在了客栈门前。众人躲进客栈,冯斯伦站在楼梯上看着安洁西打着哈欠最后走上来。

"你跟我来一下。"他上前扯住她的披风。

"哎,我要回去睡觉。"安洁西烦躁地皱着眉,想要挣脱他的手。

谁知冯斯伦却不打算放过她,拉拉扯扯地把她拽进了他的房间。

小弱伸着脖子看着冯斯伦重重关上房门:"小九,西西姑娘不会有事吧?"

"她能有什么事?"小九满不在乎地跳上床,身体蜷缩成一团,"有冯斯伦在,你就放心吧。"

"真想不通,身为圣族的皇子他为什么会和我们搞在一起?"小弱嘀咕着。

"废话还是少说为妙。"小九警告道,同时看了对面的雷狼一眼,"我肚子饿了,鼻涕虫,你去弄点儿吃的来,记得要多弄些,这个大块头估计能吃不少。"

小弱这才想起他们现在身边又多了个兽族的伙伴,雷狼身上还带着伤。这边几个伙伴在房间里大吃大嚼,完全把安洁西抛在脑后。

冯斯伦的房间内,安洁西不得不面对冯斯伦那张阴沉的脸。

"有什么事不能明天再说吗?我困了。"刚才在马车里她只睡了一会儿,这会仍是哈欠连天。

冯斯伦的房间要比他们的都舒适,椅子上还垫着厚厚的皮毛垫子,桌上放着盛水的罐子,旁边的两只碟子里还放着些饼干、点心之类的。安洁西毫不客气地抓了一块塞进嘴里:"长话短说,快点儿。"

冯斯伦瞪着她:"你胆子不小。"

安洁西啃着饼干,含糊地"嗯"了声,她的胆子当然是不小了,不然她

也不会跑到圣族来。

"你知道自己在做什么吗?也不跟我商量……要是你被他们抓住,你觉得自己能活到天亮?"

安洁西淡然一笑:"没想到你会来帮忙,谢啦。"

看着眼前笑眯眯的可爱女孩,冯斯伦气得青了脸,她知不知道他是冒着多大的风险去救他们,她一句轻飘飘的"谢啦"就能把一切摆平?要知道因为此举暴露了他的行踪,他接下来要做的事很可能功亏一篑。

他傍晚才接到消息,圣族长老楚世狄派人要将阴鱼转移,他正安排人手准备将其拦截,不想回到客栈时发现安洁西不见了。

看着安洁西懒洋洋地啃着饼干的模样,冯斯伦恨得直咬牙。真是个没心没肺的家伙,胆子大得没边不说,还不知道收敛,他已经答应会帮她,她却自己带人跑去圣族贵族幽居里救人。

"我的戒指呢?"他瞪着她。

安洁西吃点心的动作一滞,眨巴着眼睛:"唔,你这点心真好吃,还有吗?"那戒指居然可以当成法杖使用,这么好的东西她都有点儿不想还给他了。

冯斯伦气得上前把装点心的碟子夺了去。安洁西舔着嘴唇,好像被他粗鲁的举动吓到了:"你干吗啊?不让人家吃直接说声就是了……"

"阴鱼的图纸?"冯斯伦脑门的青筋都要跳起来了,她故意装糊涂,是觉得他傻到什么也看不出吗?

"什么图纸?"安洁西眨着眼睛,一脸无辜。

冯斯伦铁青着脸:"安洁西,你当我是傻的?"

"怎么会?"安洁西啧啧有声,"谁能比得上你精明啊?又是身份尊贵的圣族皇子,还是叛军……唔?"没等她把话说完,隔着桌子冯斯伦伸出胳膊,把她嘴巴捂住了。安洁西瞪着眼珠惊讶地看着对方。

冯斯伦动作僵了僵,手掌上传来温热触感……他尴尬地把手移开。安洁西也被这突如其来的"亲密"举动弄得回不过神来。

"算了。"冯斯伦嘟囔了一句,"你回去吧。"

安洁西用眼睛瞥着被他拿走的装着点心的碟子,"那个……"冯斯伦低头看了看手边的碟子,皱了皱眉,他还真有些不忍心看她饿肚子,于是重新把它推到她面前。

他觉得自己早晚会被这个女孩子气死。

安洁西不客气地把剩下的点心抓进手里:"那我先回去睡觉了。"

她正要出门,从外面急急跑进来一个男子。"头儿,长老他们……"他猛地看见安洁西,后面的话被他咽了回去。

安洁西装作不在意的样子,径直走开。她先是去了小弱的房间,雷狼和小九他们还在大吃大嚼。

"冯斯伦他们要准备行动了。"她压低声音,"应该是阴鱼有消息了。"

小弱打了一个哆嗦:"你真的要去找阴鱼啊?"

安洁西白了他一眼:"不找回阴鱼,我们就算是回到人族也要被通缉,你可以随时换张脸,我和雷狼可没你那本事。"

雷狼愣了愣:"阴鱼是什么?"

"你们没告诉他?"安洁西看着小弱和小九。

"鼻涕虫,你来说吧。"小九一副老大的做派。

小弱没办法,只好向雷狼说了阴鱼的事,包括他们之前在日暮古域是如何对付亚虎的,以及库拉的阴谋,都简短说了一遍。雷狼听得目瞪口呆,他没想到自己竟会被卷入这么大的一场阴谋中。

"这么说咱们几个都被通缉了,那雨驰呢……"雷狼想起当初和他们一起接了护送任务的那个半精灵弓箭手。

"雨驰死了。"小弱干巴巴道,"我们找回西西姑娘后,发现他死在路边。"

雷狼沉默了。其实他早该猜到,就连他都落到这般下场,队伍中的每个

第 10 章 劫牢,全员归来

人都被亚虎坑了一把。

"冯斯伦他们已经有了阴鱼的下落。"安洁西道,"如果我猜得不错,阴鱼应该在圣族长老楚世狭的手上,他正派人转移阴鱼。冯斯伦准备带着叛军半路劫持,我们虽然人少,却也不是完全没有机会。"

"你打算怎么做?"雷狼沉声问。

"如果冯斯伦能把阴鱼夺过来,我们再……"安洁西做了个抓的动作。

"我们再把它偷过来!"小弱兴奋道。

"嗯,这么重要的事情就交给你了。"安洁西满意地看向小弱。

"啊?"小弱瞬时就蒙了,"为什么是我?"

"你对这种事最熟练了。"小九咧嘴不怀好意地笑。

"冯斯伦要是发现了会杀了我。"小弱哭丧着脸。

"找不回阴鱼,我们回到人族早晚会被人给咔嚓了。"安洁西撇嘴,"再说此事虽然危险,但也不是说完全没有机会。"

众人商议了一番,各自回房间休息。小九刚跳上床就被安洁西给揪着后颈提了起来。"你去盯着冯斯伦那边,他们要是有什么举动就来告诉我。"将门打开一道缝,安洁西把小九丢了出去。

"为什么是我?"小九嗷嗷叫着不顾一切地想往门里钻。

安洁西无情地挡住了门:"今天情况危急时,你跑到哪里去了?"

小九呆住:"本大爷当时肚子疼,去方便了。"

"方便你个大头鬼!"安洁西蹲下来,隔着门缝捏着小九的脸,"你给我盯着冯斯伦去,要是错过了机会,我回人族后的第一件事就是把你打包送还给银盾军团抚养院。"

小九的脸被她捏得变了形:"明白了,就交给本大爷吧,保证完成任务!"

安洁西放开手,小九"嗖"地一下就跑得不见影了。关上门,安洁西连衣裳都没脱,直接倒在床上。

冯斯伦很可能马上就行动,他们必须盯紧了他,不能错过这个机会。迷迷糊糊也不知睡了多久，她隐约听见外面走廊里传来脚步声，房门外小九还在挠门。安洁西一骨碌坐起来，跳下床开门。

小九从门缝里钻了进来："外面来了不少巡防军，把客栈包围了。"

安洁西一愣："他们发现咱们了？"

"不像，他们是来找冯斯伦的，看来他的身份暴露了。"小九道。

安洁西将耳朵贴着房门听着外面的动静。走廊的地板是木质的，隔音效果很差，有人站在外面说话时她可以听得很清楚。不过这会儿外面走来走去的人很多，干扰了说话声。

"……殿下，属下奉长老大人之命……"

安洁西努力侧着耳朵，但后面的话还是没有听清。冯斯伦也说了什么，不过声音很低，她一个字也没有听到。过了一会儿，脚步声渐渐远了。安洁西又在房间里等了一会儿，悄悄把门打开一道缝。走廊上空空如也，看来那些巡防军都走光了。

冯斯伦住过的房间半开着门，里面隐隐透出烛光，还有人影晃动，安洁西向小九做了个手势，命令它去偷听。

很快小九跑回来了："看来冯斯伦的计划出了差错。"

"怎么回事？"安洁西问。

"他在救我们回来时，在巡防军面前暴露了身份，圣族长老知道了，就派人来接他回去。"

安洁西皱起眉头："接他去做什么？"

"听那些叛军说是要商议什么事，冯斯伦走时让他们按原计划行动。"

原计划？也就是说这些叛军仍然要去夺取阴鱼。安洁西咬着嘴唇，这个机会她一定不能错过，冯斯伦那边……应该不会有事。她这样安慰自己。

第11章　全城通缉叛军

　　天亮后，叛军假装成的商队再次出发，安洁西等人仍然跟在队伍中。商队的货车里已经调换了货物，一只只木桶里装满了米酒，堆满了货车。

　　"头儿让我们把你们送到下个城池去。"商队中的一名男子向安洁西解释道，"在那里有兽族的商队，你如果想去人族的话可以跟着他们的商队，虽说他们的要价很高，而且有些危险……不过你们人多，应该不成问题。"说着他看了一眼安洁西身后的雷狼。

　　安洁西早就让小弱提前备好了兽族人能穿的衣服，雷狼之前虽然在牢里受了重伤，但他的身体却不像人族那么脆弱，站在那里就跟个没事人似的。

　　众人上了车，离了城。安洁西注意到，一路上车队时快时慢，有时还会突然停下来，车队里的几个人嘀嘀咕咕的。

　　"怎么回事？"雷狼警觉起来。

　　"他们应该是有了阴鱼的消息。"安洁西压低声音。就在这时，队伍突然重新上路，而且明显加快了速度，铁脚犀本就走得不快，也被那些人赶得一个劲儿向前。

　　"前面有座城池。"小弱眼尖，指着远处。

　　安洁西眯着眼睛望过去，只见荒凉的小路尽头出现了一座城池。商队急急进了城，安洁西和小九伸头往外看，盯着城门边立着的巡防军。气氛好像有些不对劲？安洁西敏锐地盯着那些巡防军。

　　"小弱，一会儿车停下来你就先带着雷狼走。"她头也不回地吩咐。

"走？去哪里？"小弱一头雾水。

"哪里都行，一定记得别停下来，不管发生了什么事，我过后会去追你们。"安洁西伸手摸了摸腰间的细剑。

雷狼身体紧绷起来："你发现了什么？"

"希望是我猜错了。"安洁西舔着嘴唇，不过依着她的经验，她总是能提前嗅到危险的气息。

商队进入城中，巡防军更多了，他们一队队的在街上经过，手放在腰间的武器上面，杀气腾腾。突然，从前面蹿出一个男子，手里拿着剑，一下刺中了一名巡防军，嘴里还大喊着："我们叛军是绝对不会认输的！"

安洁西嘴角抽搐了两下：就这种表演伎俩还敢出来丢人现眼。她抓着小九跳下车子，身后小弱和雷狼也都反应迅速地跟着跳下来。这时街上混乱起来，巡防军抓住了行刺的男子，到处都是尖锐的哨音。

"叛军！这里有叛军！"街上一片混乱。

安洁西抱着小九趁着混乱钻进了人群，雷狼那边也扯着险些被人流冲走的小弱，快速挤到路边，钻进了一条巷子。安洁西看了一眼雷狼他们消失的背影，稍稍松了口气。别人都好说，雷狼的身形实在是太过显眼，他在这里的话他们很难全身而退。

"抓住叛军！"

"放下武器！"

巡防军高声呵斥，包围了商队。还没等车队里的那些人反应过来，巡防军的刀剑已经架上他们的脖子。

"叛军行刺冯斯伦殿下，殿下如今身负重伤，长老下令全城戒严！"

听到这话，安洁西心里突然涌起一阵不好的预感，冯斯伦这次怕是要栽了。他的另一个身份就是叛军的首领，叛军怎么可能会行刺他？

回忆起在冯斯伦幽居里见到的圣族长老楚世狄，那个老家伙不管怎么看，都像是只老狐狸。

第十一章 全城通缉叛军

安洁西抱着小九神不知鬼不觉地溜进了别的巷子里。

"看来是叛军里有人走漏了风声,会不会是冯斯伦那家伙被圣族长老抓起来严刑逼供了?"小九扬着鼻子嗅来嗅去,像只狡猾的小狐狸,它为安洁西指引方向,带她去找小弱他们。

"应该不会吧。"安洁西嘴上说着,心里却有些没底,"冯斯伦好歹也是圣族的皇子,圣族现在没有王,只有他才能继承王位吧。"

"这可不一定。"小九不知嗅到了什么,打了个喷嚏,"如果他能顺利地继承圣族王位,你觉得他还会去做叛军首领吗?"安洁西沉默了,不得不承认,小九这话说得很有道理。

"那你觉得这是怎么回事?"她问小九。

"冯斯伦很可能被圣族长老控制了,也许圣族长老还想杀了他,只是他不想弄脏自己的手,所以栽赃给了叛军。"

安洁西撇了撇嘴,嘀咕了句:"还以为这世上只有我最倒霉,没想到他活得也挺惨。"

"他怎么能和你比,你有本大爷护着。"小九得意地龇着小白牙。安洁西知道这只狗一旦自恋起来,那就是天老大,它老二。她懒得理它,跟着它重新与小弱和雷狼聚在一块。

"先找间客栈落脚再说。"安洁西安排道,"这事小弱去办。"

小弱现在是圣族男子的模样,在城里行走还是很安全的。在客栈安置下来后,安洁西又让小弱和小九出去打探消息。

"城里戒严,就连城门都封了。"小弱回来道,"圣族的巡防军四处抓人,听说他们已经抓了一百多名叛军成员。"

冯斯伦准备抢夺阴鱼,自然会安排不少人手,只是没想到最后这一步他还没来得及动手,就全军覆没了。

"我怎么感觉……是咱们把冯斯伦坑了。"小弱嘟囔着。

众人齐齐沉默。其实这话不用小弱说,每个人心里都有数,要不是为了救他们，冯斯伦也不会暴露身份。

"哎，只能说冯斯伦是个笨蛋。"小九一向没心没肺，"他要是真的死了，以后圣族就再也没有正统的皇室血脉了，人族会开心的，是吧，西西？"

安洁西横了小九一眼。若是当初刚认识冯斯伦那会，她绝对是这个想法，可是现在她却迟疑了。

"阴鱼要抢回来，冯斯伦那边……如果能帮，最好帮一下。"她思忖着，"这城里一定还有其他叛军，巡防军不一定能把他们一网打尽，我们先想办法联系上他们，冯斯伦这个人情我是不想欠，你们说呢？"她抬头去看雷狼。

雷狼是个直爽的："你说吧，怎么干？"

第二天早上安洁西拉着小弱和雷狼出去了。

"真的没问题吗？"小弱一副圣族巡防军的打扮，别看他身材修长英气威武，内里却是个绣花枕头，经不起任何惊吓。

"顺利的话，应该不会有事。"安洁西检查了身上携带的细剑，还有冯斯伦的那枚紫水晶戒指，在没有法杖的情况下，这枚戒指很有可能成为保命的利器。

"咱们还是回去吧，要是失败了怎么办？"小弱不安地嘟囔着。

安洁西没有理会小弱的不安，接着道："我之前说的话你都记住了？"

小弱无奈地点头。

"那么就开始吧。"安洁西迅速把自己的披风弄乱，头发也拨弄得散乱开来。

小弱硬着头皮抓住安洁西的披风，扯着嗓子大声吼："看你这叛军还往哪里跑？"

安洁西拼命挣扎，一副可怜兮兮的模样，早晨这时候外面的行人比较少，他们的声音显得分外响亮。小弱一个没抓住，安洁西从他手里挣脱开，顺着小巷往前跑。就在这时，小巷的一扇窗户突然打开，从里面跳出两个男人来，提剑就往小弱身上砍。小弱吓坏了，转身就跑。

"雷狼，救命啊！"他没出息地叫着。雷狼早就在巷子口准备好了，听见小弱的声音马上赶过来。

两名男子见状迅速停下脚步，转身拉着安洁西逃走了。安洁西跟着他们一直跑出小巷，转进另一条小路。

"这边。"他们带着她钻进路边一间不起眼的店铺里。安洁西靠在门口喘着气，好像累得不轻。

"你们是……"她茫然地望着跟前的两名男子，好像被吓坏了。

"你是人族？"其中一名男子问。

"是……你们也是叛军？"

听了安洁西的问话，两名男子上下打量他："你是哪里的？我们以前怎么没有见过你？"安洁西迅速掏出冯斯伦的戒指。看到戒指后对面两人眼中露出惊诧的神色。

"你等一下。"他们中一人进了屋，过了一会儿出来招呼道，"你进来吧。"安洁西走进屋中，只见屋里聚着不少人，见她进来全都露出警惕的表情。

"你叫什么名字？"突然有人发问。

安洁西定了定神，循声望去，只见桌后正中坐着一个年轻人，身上穿着圣族贵族的服饰，不过他的皮肤却不像冯斯伦那般白皙，他的长相更像是人族。

"安洁西。"她佯装不安，"你是谁？"

"你的戒指给我看一下。"他望向她。安洁西伸出手指，却不肯把戒指摘下来。

"这是殿下的东西，不能交给你们。"她握住细剑，并保持着戒备姿态，"你们为什么不去救殿下？躲在这里是做不成任何事情的。"听了这话，众人相互交换了一下眼神。

"你们先出去吧。"男子开口对其他人道。众人纷纷起身，鱼贯着从安洁西身边经过，离开了。

"我叫蓝德。"男人自我介绍道,并指了指一旁的椅子,"坐吧,饿了吗?要不要吃点儿什么?"

安洁西眼睛亮闪闪的,看着蓝德起身从柜子里拿出一大块风干肉来。就在对方把肉干递给她的时候,突然一道白色的影子从桌子底下跳起来,咬住了肉干。安洁西与蓝德同时愣住,低头看过去。白狗小九正得意地叼着肉干,狗眼闪动着狡黠的光,嘴里还在啃啊啃啊……

安洁西的嘴角抽搐两下。这家伙什么时候跟来的?她怎么一点儿都没发现?

"这是你的狗?"蓝德愣了愣。

"咳,是……你要是喜欢的话就送你了。"安洁西说着提起小九的脖子,把它放在桌上。

小九惊住了,嘴里的肉差点儿掉下来:"西西姑娘,你不要我了?"它一开口不要紧,蓝德手中的利剑出鞘,一下子就抵住了小九的脖子。

"它是……会变化的虫族?"蓝德目光变得锐利。

小九无辜地望向安洁西:"西西姑娘,说好的要保护我一辈子呢,你就忍心看我被这人族和圣族的混血杀了?"

蓝德手里长剑一滞。安洁西明显感觉到对方的气息里带了杀意。人族与圣族的混血?小九这么一说,她觉得眼前这人看起来还真的有些像,因为他的皮肤实在是不像圣族那般透着高贵的白皙,眼睛也是深黑色的。

"它不是虫族,虽然它会说话,看起来有些特别。"她把小九重新提起来,放回自己怀里。

蓝德冷冷地盯着小九:"你们到底是谁?"

安洁西无奈地叹了口气,她原本是想装成叛军的一员混到他们中间,不想还没等好戏开场就被小九这个吃货给搅和了。

"怎么说呢……我是冯斯伦的……"她小心斟酌着用词。

"奴隶。"小九干净利落地吐出两个字。安洁西差点儿一口气没喘匀把自己呛到。她很想开骂,但蓝德正盯着她,她只能忍住。

"奴隶?"蓝德上下打量着她,"他怎么会把重要的戒指交给一个奴隶?"

"奴隶是暂时的。"安洁西咬了咬牙,从怀里掏出阴鱼的图纸,"殿下的行动我都知道,只是没想到在这里出了差错。"

看到阴鱼的图纸,蓝德这才缓缓放下手里的剑。"原来是你……"

安洁西一头雾水,发生了什么事?为什么对方突然一副什么都了解了的模样。她到底是谁啊?就连她自己都快跟不上这节奏了。

"殿下跟我提起过你。"蓝德露出温和的笑容,"原来你就是那个用训诫之术的魔法把他变成青蛙的人族少女。"

"这种事他也跟你说过?"安洁西惊讶极了,正常来说,这种丢人现眼的事应该没人会说给别人听吧。

蓝德笑道:"殿下对你评价很高,既然他相信你,那么我自然也选择相信你,说吧,你来找我们有什么事?"

话都说到这份儿上,安洁西索性不再拐弯抹角,"你们是打算去救冯斯伦,还是准备去拦截阴鱼?"

蓝德神情肃穆地盯着安洁西:"我们准备去救殿下出来。"安洁西扬了扬眉,叛军这些人想必也不是好惹的,有他们替冯斯伦谋划,想来他是不会有事了。

"那阴鱼怎么办?"她试探道。

"我们虽然有人手,但这次楚世狄长老准备得也很充分,我们如果不快些行动,殿下很可能会遭遇不测,阴鱼只能暂时放弃了。"

安洁西心中不由得一动。他们放弃阴鱼的话,她就能放心大胆地打阴鱼的主意了,原本她还担心抢到阴鱼后会跟冯斯伦反目。

"你们准备什么时候行动?"安洁西问。

"越快越好,只是城里巡防军查得太紧,听说就连无寂将军都出动了,我们要先想办法让一部分人出城，在城外防备他们将殿下暗中转移。"

"冯斯伦应该是被长老关起来了吧，为什么还要把他转移出城呢？"安洁西思忖着，支着下巴，"有件事我一直想不明白，圣族长老辅佐了前代圣族的王那么多年，为何会单单为难冯斯伦？"要说起来冯斯伦的举动也真的不符合圣族皇室的威严，跑去做了什么圣族的叛军，光明正大地跟圣族长老楚世狄对着干。

蓝德沉声道："殿下认为他的父皇死得蹊跷，当时他父皇并不主张与人族开战，是圣族长老楚世狄强力主战，听说他们两人间还发生了激烈的争吵。后来王去人族参加和谈会议，结果在回来的路上被人刺杀，重伤不治，没等回到圣族就死在半路上了……圣族这才正式与人族宣战……"

安洁西听得目瞪口呆，她只知道圣族与人族的种种矛盾和冲突，却从未听说过这些事。

"冯斯伦难道认为是长老杀死了他的父亲？"安洁西问。

"殿下怀疑楚世狄长老，但是没有证据，殿下跟他父亲一样并不主战。长老却总是在逼他。殿下曾说过，只要他不肯屈服于长老，早晚有一日他会死于非命，和他的父亲一样……"

安洁西愣在那里："你的意思是……楚世狄长老可能会……杀了他？"在她看来，圣族长老最多把冯斯伦囚禁起来，或是让他做个傀儡圣族王，可是听蓝德话里的意思，那个老头子野心不小，暗中宰了冯斯伦也说不定。

安洁西心里没来由地一阵烦躁。冯斯伦是为了救他们才落到这般地步的，她要是只顾着抢夺阴鱼，就算她平安回到人族，这件事也会成为她心里的一个结，永远地缠绕着她。

"你们想到办法出城了吗？"她问。

"暂时还没有，实在不行我们只能强取。"蓝德幽幽道，"不过这样一来我们会损失不少兄弟。"

"阴鱼现在也在城中？"安洁西问。

"听说被看守得很紧,也是要在明天离城运到皇都去。"

安洁西心中暗骂,圣族长老可真是只老狐狸,他安排阴鱼和冯斯伦同时离城,就是要逼得那些叛军左右为难。如果他们敢打阴鱼的主意,他就会借机弄死冯斯伦,到时还会把罪名扣在叛军的头上。不,兴许会把她也捎带上,公布说冯斯伦死于人族的刺杀。这真是个不错的主意。安洁西苦着脸,看来以后她的"威名"要响彻各族了。

"我有个主意,你要不要听一听?"她拿定了主意,黑色的眸子熠熠生辉,就连蓝德都被她那镇定自若的气势镇住了。

当天晚上,安洁西回去后与小弱雷狼等人细说了她的计划。

"就我们这几个人?"第一个跳出来反对的向来是小弱,"不行不行,太危险了。"

小九撇着嘴:"他生下来的时候忘记带胆了,他的意见不作数。"

"你这是什么意思?"小弱不高兴地叫起来,"我可比那些不长脑子的虫族伟大多了,我是会化形的虫族,是智慧的象征!"

"也是胆小的象征。"小九斜眼看他,"脑子越聪明胆子越小。"

"你……"

"都闭嘴。"安洁西烦躁地瞪了他们一眼。一虫一狗全都不敢说话了。

雷狼看着铺在桌上的阴鱼的图纸,皱着眉:"我们只有两个人,如何从圣族手里把阴鱼夺回来?"

安洁西笑嘻嘻的:"你忘了,还有小弱和小九呢,我们是四个。"

雷狼仍是摇头:"我又没有趁手的武器,虽说我这条命本是你救回来的,纵是没有退路我也不会惧死……"

"呸呸呸,谁说要让你死了。"安洁西摆着手,"我们要全身而退!"

"对方人多,我们很难混进去吧。"雷狼担忧道。

"这个不难,你们忘了小弱他会变化成别人的样子。"安洁西指向小弱,"这次就全靠他了。"

小弱惊恐地睁着眼睛，"你……你想说什么？"

安洁西郑重地拍了拍他的肩膀："大爷，这次能不能成功，就全靠你了。"

小弱腿一软，"扑通"一下坐到了地上："你……你别吓我啊，我不行的。"

"你行也得行，不行也得行。"安洁西把他从地上拖起来，"走吧。"

"去……去哪儿？"小弱都快哭了。

"明天负责护送阴鱼的圣族将军就在城里的一处酒肆里，这可是从叛军那边得到的消息，为了打听到那人的行踪，叛军损失了好几个人手，我们可不能白白浪费了这次机会。"

她拉起小弱，强行拖出门去，雷狼镇静地跟在后面。城中酒肆内，安洁西和小弱各点了杯酒，躲在不起眼的角落。小弱一杯酒下肚，整个人气势都不一样了。

"好吧，反正都是个死，说吧，那个人在哪儿？"他豪气道。

安洁西笑着把自己面前的酒推到他面前，并把坐在人群里的圣族将军指给他看。那是一个三十多岁的男子，蓄着胡须，态度傲慢，在他身边聚着四名手下，他们不知说着什么，时不时爆发出巨大的笑声。

"就是他。"安洁西道，"一会儿你变成他，明天我们的行动就全靠你了。"

小弱一口气把安洁西的那份酒也喝了："你的意思是，我今天晚上要跟他们走了？"

"当然了。"安洁西道，"不过小九会在暗中跟着你，只要你冷静些，不会被他们发现的。"

小弱变成其他人的时候，就连对方的记忆也可以复制，所以从某个方面来说，他的这种能力是难以被对方识别的。除了……他的胆子太小，啊，不，是他根本就没有胆子这种东西。

就在这时，那个圣族将军站起身。

安洁西猛地碰了碰小弱的胳膊:"快点儿,跟上他。"

小弱哆哆嗦嗦地看着圣族将军进了酒肆后面的厕所。

"砰!"厕所门里响起一声闷响。小弱吓得两腿打战。

安洁西在他身后推了一下:"快点儿,一会儿要是再来人就麻烦了。"

小弱这才慌张拉开厕所的小门。雷狼那巨大的身体露了出来,几乎堵住了整个门,圣族的将军瘫软在雷狼脚下。

"……他死了吗?"小弱不安地问。

"嗯。"雷狼点了一下头,"死得很透。"

安洁西抬脚踹在小弱的身上,直接把他踢进了厕所,反手把门关上了。

"快点儿。"她催促着。

片刻之后,厕所门重新打开,从里面走出一位圣族的将军,只不过他苦着张脸,还捂着屁股。看来安洁西刚才那脚踢得不轻。

"雷狼,剩下的交给你了。"安洁西先带走了小弱。

马上就要回到酒肆里时小弱站住了脚步:"西西,有件事我觉得不太妙。"

"什么?"安洁西也停了下来,故意与他拉开些距离,因为她不想被其他人看到他们在一起违和的模样。

小弱翻了翻眼皮,他现在的外表是一个青年男子,还蓄着小胡子。

"我是从那个男人的记忆里看到的,冯斯伦他……可能不太好。"

安洁西皱着眉:"他之前见过冯斯伦?"

小弱点头:"就在今天早上。"

"冯斯伦他怎么样?现在关在哪里?"

小弱黑着脸:"圣族长老楚世狄让人给他关起来了,明天早上出城时还会再来上一刀,到时只要叛军前去营救,不管救没救出来人,冯斯伦都会伤重不治而死,到时长老就要把罪名推到叛军身上。"

小弱说的这些全部都是他从圣族将军身上复制到的记忆,安洁西不会怀疑他话的真实性。

"看来冯斯伦死定了。"小弱叹了口气,"他是个好人,我会怀念他的。"

安洁西忍住想踹他的冲动:"怀念什么,他还没死呢。"

"离死不远了。"小弱摇头,"你是没看到那人的记忆……啧啧,太惨了,真没想到圣族长老楚世狄这么狠。"

安洁西咬着嘴唇。这意外得到的消息让人措手不及。她本以为叛军一定会把冯斯伦救出来,可是现在看来,圣族长老楚世狄早就安排好了,他就是打算弄死冯斯伦,而且不想污了他自己的名声。

"我要进去了,时间久了他们该起疑了。"小弱说完也不等安洁西发话,急急进了酒肆。

安洁西在酒肆外面又待了一会儿,见小弱与那些圣族的手下继续喝酒说话没出什么差错,这才去寻雷狼,安洁西过来把他拉到无人处把刚才小弱得到的情报说了,雷狼听了也是半天说不出话来。圣族长老也太毒了吧,他这是想造反?

"有什么办法能把冯斯伦救出来?"雷狼问,"不能等明天了。"

"不……"安洁西紧抿着嘴唇,"也许还有机会。"

"你想怎么做?"雷狼问。

安洁西眨了眨眼睛:"其实我们的运气还不算太坏。"她勾了勾手指,雷狼低下头,她在他耳边嘀咕了一阵。

雷狼似有不安:"真的可以?"

"应该吧。"安洁西摸着下巴。

"你有几分把握?"

"五分。"

雷狼:"……如果失败了呢?"

"那就让小九想办法先溜进大牢里给冯斯伦送些药,让他自我了断。"安洁西嘴上这么说着,可是心里完全没这么想。她不会让他死的!

深夜,巡防军大牢底层。水珠一滴滴从牢房的顶部滴落下来,潮湿的大牢内充斥着腐朽的气味。冯斯伦缓慢移动着快要麻木的躯体，他的锁骨和手臂都受了伤，鲜血浸透了衣服，刺骨的疼痛让他既不能坐，也不能躺，只好靠在墙壁。

冯斯伦的模样看上去狼狈至极，然而黑暗中，他那双细长的眼睛却熠熠生辉。就在这时，牢房外响起脚步声，有人举着火把来到他的牢房外，幽幽火光照亮了冯斯伦的脸。

"见过殿下。"外面那人冷冷道，"我等奉长老之命前来服侍殿下。"

冯斯伦不屑地扯了扯唇角："楚世狄那只老狐狸再也不想装下去了，他不敢自己动手，只能躲在你们这些笨蛋背后。"

听了他的讽刺，对方并不恼："殿下明日便会启程，长老还在等着见您，到时您可以亲口跟长老解释有关您身为叛军首领，背弃圣族的罪行。"

冯斯伦冷冷地笑："究竟是谁背弃了圣族，楚世狄比我清楚。"

那人打开了牢房大门走了进来，另外两名巡防军则站在牢门外守着。雪亮的剑刃在冯斯伦的眼底倒映出无情的光辉，那人抽出剑来，对着冯斯伦。冯斯伦眸光猛地一缩。

"长老有令，先给殿下些教训，让您可以反省自己的罪行。"说完，那人向着冯斯伦的胸口猛刺一剑。

冯斯伦眼睁睁看着剑刃没入他的胸口，鲜血喷涌而出⋯⋯那人手握着剑柄，没有把剑拔出来。冯斯伦清楚地感觉到来自剑身的颤抖，因为双方此时离得很近，他清楚地看到对方握剑的手在发抖。

冯斯伦愣了愣。这一剑刺得很猛，但并不深，最令他不解的是那人在刺完之后还掏出块帕子来，按住他的伤口后，这才缓缓将剑抽出。

"殿下慢慢反省，我等告退了。"那人收起剑，离开牢房。

牢门外站着的两人看了浑身是血的冯斯伦一眼，锁上牢门后也跟着离开了。

冯斯伦一动也不敢动，刚才那一剑虽然刺得不深，但是以他现在的状况如果乱动的话便会流血不止。低下头，他隐约闻到淡淡的药味，刚才那人留下的手帕上面好像涂着药？

这到底是怎么回事？

就在他疑惑不解之时，黑暗的走廊上闪过一道白色的影子，远远看上去那影子的外形像是一只小狗，它轻松地穿过牢房的栅栏，钻进他的牢房。"啧啧，冯斯伦，你果然混得很惨哪！"白色的影子口吐人言，嘲讽道。

冯斯伦惊讶地看着脚下的白影："小九？"

黑暗中，白色的小狗显得格外显眼，冯斯伦真的无法想象它是怎么混进来的。

"看来你这家伙还真是命大呢。"小九扯着脖子上系着的帕子，手帕散开，掉出来一枚药丸。

"这是蓝德给你准备的疗伤药，吃了它好歹也要活到明天蓝德他们把你救出去。"小九将药推到冯斯伦跟前，"好啦，本大爷的任务完成了，你还有什么遗言没有？我好给你顺便带出去。"小九语言极其讽刺，不过冯斯伦却没有生气。

"她就没有话让你转达？"他问。

"对了，她让我告诉你，想死的话就不必吃这药了，圣族长老是不会让你活着坐上圣族王位的。"

冯斯伦扬了扬眉，抖着手好不容易才捡起地上的药丸。他的锁骨被伤到了，稍稍一动就钻心地疼，可是拿着药丸他却笑得痛快。

"小九，你能不能告诉我她是谁？"

"你问谁？"小九蹲在地上，后腿扬起搔着耳朵。

"安洁西，她到底是谁？"

"她是人族。"

"我是说她的真实身份。"冯斯伦艰难地将药丸送入口中，这确实是疗伤的好药，而且从味道上判断是产自精灵族的极品，这种药就是在圣族也是极为难得的，看来在他被关起来的时候，安洁西已经与蓝德联系上了。她一次次做出令他意外的事，每一次都没有让他失望。

"她，到底是谁？"冯斯伦一字一顿。

小九停止了搔痒，眼神有些冷厉："冯斯伦，人有时太过聪明是会让人讨厌的。"

冯斯伦却笑了："我早就发现了，她是个特别的女孩子，她可以免疫圣族的魔法，不是吗？"

"是又怎样？"小九不屑道。

"能够免疫圣族魔法的人，综观溪西大陆……只有身负天族血脉之人才能做到。"冯斯伦目不转睛地盯着小九，"你说，我猜得对吗？"

小九哼了声："我觉得你还是死在这里好了。"说完也不回答冯斯伦的问话，直接钻出牢房栅栏，很快消失得无影无踪。

安洁西真的是天族血脉？冯斯伦想得出神，不小心牵动了伤处，疼得他直吸气，不过笑容一直都没有从他的嘴角散去。

天族的消失早就成了溪西大陆上最大的谜团，而且对于人族、精灵族、矮人族还有洛克人族来说，天族更是他们崇拜与期待的目标。在不少传说中，只有天族归来才能拯救他们，拯救这个世界，停止战争。

拯救世界？就靠着那个青涩的像枝头刚结出来的果实般的小丫头？冯斯伦咻咻地笑，渐渐地，神色转为凝重。拥有天族血脉的人，天生可以免疫圣族的魔法，这一点是不会骗人的。

在人族的日暮古域外，还有他带着叛军劫持兽人车队时都曾亲眼见过安洁西免疫了圣族的魔法。那个小丫头，绝对与天族有关！

第二日，城门果然开放了，这几日被困在城里的各族行商的车队纷纷离开。蓝德竟然派人给安洁西他们送来了两只魔角龙，安洁西惊讶不已。要知道魔角龙可是非常昂贵的，就是在圣族，也不是有钱就能弄到手的。

"有了它们，我们就能跑得更快了。"安洁西兴奋道，这还是她第一次骑魔角龙，在银盾军团抚养院时她曾见过副团长有这么一只魔角龙坐骑，威武霸气，平时她连摸都摸不到。

"蓝德他们已经先出城了。"雷狼眼睛一直盯着城门口。

安洁西紧了紧披风，提着小九的脖子将它抱进怀里："我们也走。"

她与雷狼骑上魔角龙，混在出城的队伍里出了城。魔角龙不愧是溪西大陆上最好的坐骑，巨大的身躯极为有力，就算雷狼这种身形坐在上面也毫不费力。

"小九，闻到小弱的气味了吗？"在一处路口安洁西停了下来，询问怀里的白狗。

"小弱他们往右边去了，冯斯伦在半个时辰前通过左侧的路口。"小九扬着鼻子在空气中嗅闻着。

安洁西看了一眼左侧的小路，毅然带着雷狼转向右边的路。她要先夺回阴鱼。快到中午时分，安洁西发现了路上留下的清晰脚印。

"他们全都骑着魔角龙。"安洁西叹息着。

幸好蓝德给他们备了两只魔角龙，不然他们就是跑断腿也追不上这些人。

"他们在那里。"雷狼身材高大，可以眺望到很远的地方。

"他们一共有多少人？"安洁西顺着雷狼眺望的方向看去，却什么也没看到。

"差不多有十几个人，仍是巡防军的装扮。"雷狼说着俯下身，向着安洁西伸出胳膊，"你要不要亲眼看一看？"

安洁西愣了愣："可以吗？"雷狼咧嘴露出憨厚的笑容："愿意效劳。"

安洁西跳下魔角龙，踩着雷狼的胳膊，身体轻盈一跃，直接跳上了他的肩头。雷狼在魔角龙的身上直起身子，安洁西顿觉眼前视线宽广。她看到了，在远处，有一支魔角龙的队伍正逐渐远去……

"看来他们不打算停下来休息了，我们正好晚上动手。"安洁西道。

"小弱混在他们中间不会有事吧？"相处时间虽短，雷狼已经十分了解那个胆小的虫族。

"沿途没有发现他的尸体，绝对不会有事的。"小九不屑道。

这话虽然说得难听，却是事实。小弱现在化身为圣族将军，混在这些人当中，只要他冷静应对，绝对可以撑到晚上安洁西他们行动。

安洁西与雷狼远远地追着巡防军的护送队伍，一直到烈焰之球徐徐落下，周围陷入无尽的黑暗当中。圣族本就位于地表之下的深渊当中，在这里没有真正的天空，自然在"夜晚"来临时，也就没有天空的繁星。

远远地，他们可以看见巡防军生起篝火，他们在烤制晚餐，空气中时不时飘来肉食的香气。

小九忍不住一个劲儿地吸着鼻子。"饿了？"安洁西匍匐在地上，巡防军的临时营地与她近在咫尺。

若是换成以往，小九早就吵着要吃东西，或是直接开溜去敌人营地里偷吃，可是今天它异常安静地待在她的身边。听了她的问话，小九舔着嘴巴："本大爷忍得住。"

安洁西意外地瞥了它一眼："吃饱后容易犯困，我的反应会慢一些，所以你的晚饭还要再等等。"

饥饿会让她随时保持警惕，她追着这些人已经跑出好远了，不知蓝德那边有没有找到机会救冯斯伦出来。今天就必须动手，不能再拖了，她暗暗告诫自己。

就在这时，小九忽地伸长脖子，压低声音："你快看，小弱过来了。"安洁西抬起头，只见化身成巡防军的小弱大摇大摆地走向篝火堆上烤制的食物……

第12章 觉醒吧，公主殿下

安洁西与小九安静地潜伏在路边，小九钻进她的披风，遮掩住它那身雪白的皮毛。篝火旁，圣族的巡防军围坐，分食着他们的晚餐。小弱化身的圣族将军时不时抬头向周围张望。

"那个笨蛋。"小九低低地骂道。

"放心，他会成功的。"安洁西向下按住小九的脑袋，让它缩回披风中。他们又等了一会儿，坐在篝火旁的一位巡防军突然身子晃了晃，一头栽倒。

"一个。"安洁西小声嘟囔着。

其他巡防军见同伴倒了，连忙站起来，有的还想去搀扶，结果相继倒下。

"没想到鼻涕虫真的成功了。"小九兴奋地钻出披风，向着篝火堆跑去，安洁西打了个口哨，招呼躲在远处的雷狼，几个人重新聚在一起。

"阴鱼呢？"安洁西问，她顾不上外面这些被小弱下药弄晕的巡防军，她的目标就是阴鱼。

"在这儿呢。"小弱拉过一只魔角龙，魔角龙的背上驮着一个巨大的箱子，边上还有几只皮口袋，里面装着行路必备的干粮之类的。

安洁西伸手想要打开箱子，小弱却拦住了她："不能碰。"

"怎么？"

"这箱子上有魔法，碰了会被伤到。"小弱解释。

"你是说圣族在这上面施了魔法？"安洁西唇边带着笑。圣族的魔法对其他人来说是恐怖的存在，对她而言，却像是专门给她准备的礼物。小弱点

头。

"放心吧,不会有事的。"安洁西微笑道,"你去帮雷狼先把那些圣族捆起来,不然一会儿他们醒了,我们的麻烦就大了。"

小弱在他们的晚餐里放了蓝德给他们提供的"药",这才把那些人成功放倒。小弱跑去帮助雷狼,小九歪头看着安洁西,眼睛里闪烁着异样的光华:"你为什么不让雷狼他们杀了那些巡防军?"

安洁西伸手打开魔角龙背上的箱子,如她所料,圣族的魔法在她面前一点儿作用也没有。听了小九的问话,她手上的动作一顿。

"我们只要取回阴鱼就行了。"

"你忘了上次救雷狼时发生的事情了?"小九咧嘴,露出尖尖的犬齿。

安洁西默默不语,她在箱子里翻找了半天,终于找到了一只小巧的铁匣。

"应该就是这个吧。"她把铁匣拿出来,看着上面的花纹,轻轻皱了皱眉。这个图案似乎以前在哪里见过。

"西西,你应该杀了那些圣族人。"小九再次警告道。

安洁西紧抿着嘴唇。其实她何尝不懂斩草除根的道理,只是要她在没有威胁到自己生命的情况下任意杀掉别人……她自认还做不到那么冷血。

就在她抽出细剑撬开铁匣的时候,身后传来小弱的惊呼:"雷狼,小心!"

不等安洁西转过身,小九猛地扑向她身后。"啊!"她的身后,有人发出惨叫。

"西西姑娘,你看,报应来了。"小九舔着尖牙,鲜有地露出它野性的一面。

安洁西手捧着打开的铁匣转回头,她看见地上原本昏倒的几个圣族的巡防军全都醒了过来,他们抓住了小弱变化成的圣族将军,并胁迫雷狼放下武器。

"人族的小丫头,你最好把手里的东西放下。"一名巡防军提着剑走过来。

刚才被小九咬伤的巡防军也站了起来，嘴里骂骂咧咧的："这小丫头养的狗还挺凶。"

"你们……"安洁西只愣了一瞬便立即反应过来，圣族长老楚世狄果然是个老狐狸，他居然早有防备，反骗得他们入了圈套。不过有一件事显然是他们没有料到的，那便是她可以免疫圣族魔法，顺利地把阴鱼拿到了手。

安洁西将手伸进铁匣内拿出一块黑色的玉片，这就是阴鱼？她以前从没见过这传说中的天族圣物，不过这块玉的形状让她觉得有些眼熟。

黑色的玉片带着淡淡的光华，上面雕刻着精美的图案，看上去好像是……一座高塔？一瞬间，黑色玉片发出刺眼的光芒，周围众人全都眯起眼睛。

安洁西手里托着玉片，心中早是一片惊涛骇浪。这一幕将她的记忆带回了儿时，她在家中的旧阁楼上也曾发现过这么一块奇怪的玉片，在她触到玉片时，它发出强光，后来就不见了。

自从这件事之后，她才有了令村民惧怕的"不祥"的能力——免疫圣族魔法！强光过去，所有人都愣在那里，不知刚才的光来自何处。

安洁西低头惊讶地看着自己的手，刚才被她握在掌中的阴鱼不见了，她不可置信地四处打量，刚才阴鱼明明就在她的手里，怎么会不见了？

白狗小九舔着尖锐的牙齿，带着莫名激动的情绪："公主殿下，您终于醒了。"

安洁西转头看向小九，眼中满是茫然："你刚才叫我……什么？"

"现在的情况不容乐观，我们还是先打发了眼前这些碍事的家伙再说吧。"小九抖了抖脖子上的毛，身形突然暴涨数倍。

雷狼和小弱全都看呆了眼。

原本小巧可爱的小九转眼间变成了一头威风凛凛的野兽，宛如一头巨大的凶狼，牙齿锋利，脚爪有力，镶嵌在它额头与两肩处的宝石熠熠生辉。

小弱发出一声尖叫："小九，快来救我！"

第 12 章 觉醒吧，公主殿下

小九转头喷了下鼻息,刚才还信心满满的圣族巡防军转眼便陷入了无边的恐惧当中。眼前这头恶狼实在是太大了,它只须低头就能把他们咬在口中,它的爪子拍下,就能把他们砸扁。

"小九!救命啊!"小弱惨叫连连。

小九挥爪打倒了两名巡防军,巨大的身躯轻轻一跃便跳了起来。

"扑通!"它重重地落在小弱跟前,就连地面也跟着震了几震,挟持着小弱的巡防军看呆了眼。

"杀了它!"他们抽出剑,试图与小九对峙。

就在这时,一个女声响了起来。"冲击术!"刺目的强光吞噬了所有的一切,小弱与雷狼全都被强光刺得睁不开眼睛。

小弱视线中最后出现的是小九那巨大的身躯,它用嘴叼起小弱。耳边回响着巨大的轰鸣,其间夹杂着巡防军的惨叫声与魔角龙的嘶吼。也不知过了多久,小弱和雷狼才恢复意识,待他们看清周围的一切时,惊得合不拢嘴。

地面整个被铲平,除了他们,所有的圣族连同坐骑魔角龙,全都不知所终。安洁西傲然立在远处,单手举在半空,保持着施法的姿态,在她的手指上,戴着冯斯伦的那枚紫水晶戒指。

最让小弱和雷狼惊骇的是,安洁西周身的气势全变了,就像换了个人,她的目光变得倨傲、冷漠,甚至可以说是残忍。在她的眼底,浮现出阴鱼鱼图的图案,于眸光深处缓缓转动……

"这是……冲击术?"小弱觉得自己的下巴快要掉到地上去了。

这种威力完全可以用恐怖来形容,就连地面都被铲平了,什么都没留下。小九低头放下小弱,同时移开巨大的爪子,将护在当中的雷狼放开。雷狼还好,小弱吓得腿都软了,一下子瘫倒在地上。

安洁西缓缓收回手臂,她看着自己的手,紫水晶戒指在她的手指上散发着微微光华。

"安洁西?"雷狼试探地唤了声。安洁西循声望过来,目光冰冷,眼眸深处的鱼图徐徐转动，带着无形的威慑力，就连雷狼都下意识地屏住呼吸。

"这里交给你们了。"安洁西淡声道，"小九，我们走。"

小九几步来到安洁西面前，温顺地俯下身，让安洁西爬上它的背。

"哎，你们要去哪儿？"小弱从地上爬起来，"西西姑娘，你要丢下我们吗？"

安洁西没说话，小九咧嘴嘲讽似的道："哪那么多废话？能跟着公主殿下混是你们的荣幸。"

言罢，小九一个腾跃，纵身跃出老远。小弱和雷狼眼睁睁看着巨大的小九驮着安洁西跑远了。

"她真的就这么走了？"小弱一脸的失落。

雷狼却是毫不在乎："我们也走吧。"

"走？去哪儿？"

"和她会合。"雷狼看向小九消失的方向。

"你开什么玩笑，我们现在连个坐骑都没有，拿什么追上她？"

"谁说我们没有坐骑。"雷狼走进黑暗里。

小弱不安地跟着他："喂，你要去哪儿？"

经过冲击术的洗礼，篝火早就没影了，四周黑暗一片，小弱甚至分不清方向。远远地，传来魔角龙的鼻息声。

"哎，你们居然还有坐骑？"小弱惊讶地看着雷狼牵着两只巨大的魔角龙出现在他的面前。

"不然你以为我们怎么追得上你。"雷狼把一只魔角龙交到他手上。

"走了。"雷狼最先跳上了魔角龙的背。

小弱却有些犹豫："西西姑娘到底是什么人？你难道一点儿就不担心？"

"担心什么？"雷狼问。

"她的身份。"小弱握着魔角龙的缰绳犹豫道，"她和小九隐藏了很多的秘密……你一点儿也感觉不到吗？"

"那又怎样？"雷狼平静地看着远方，"谁没有秘密？"

小弱咧了咧嘴："说的也是。"他跳上了魔角龙的背，"走吧，去找安洁西她们！"

两只魔角龙加快速度，向着安洁西消失的方向追去。与此同时，另一边营救冯斯伦的叛军遇到了前所未有的麻烦。

负责押送冯斯伦的叛军表面上只有一百来人，可当蓝德带人发起突袭时才发现，对方的货车里藏着不少人，而且大部分都是魔法师。魔法的光华时不时地在黑暗中划过，发出巨大的爆鸣，炸响在众人耳畔。蓝德这边的叛军时不时有人被魔法击中，倒地。

"注意保护魔法师。"巡防军那边显然早有对策，他们将魔法师保护得很好，蓝德这边的叛军纵然不惧死却无法冲上来砍杀魔法师。魔法将蓝德等人死死地压制住。

"实在不行……先退吧。"有人向蓝德提议。

"我们退了殿下怎么办？"蓝德咬牙。

"再对峙下去我们的人就要死光了，他们的魔法师太多了，我们根本冲不上去。"

"魔法总有力竭的时候，再等等。"蓝德嘴上说着，其实心里也有些没底。他们真的能挺到对方魔法师法力用尽之时吗？不过他们若是真的退了，下次只怕再也没有机会营救冯斯伦殿下了。

"我们的魔法师呢？"蓝德问。

"只剩下四个，还有两个受了重伤，恐怕不行了。"

蓝德盯着大路中央的车驾，冯斯伦就在那里，然而他却被对方的魔法压制在这里，一步也不能前进。

"必须先把他们的魔法师清理了才行。"蓝德狠狠道，"来两个身手好的，让魔角龙在前面先挡一阵。"魔角龙是非常珍贵的坐骑，蓝德会想出这样的办法来等于是孤注一掷，没了魔角龙他们如果失败就连逃走的机会也没有了。

"蓝德，这样真的好吗？"其他叛军犹豫着。

"就算头儿不在了，我们还有你，你也可以成为首领啊。"

蓝德恨恨地咬牙，有些话他不能明说。叛军的首领可以换，圣族的王却是不能换的，叛军里知道冯斯伦真实身份的人并不多，他又没法明说……就在他纠结不已之时，忽觉大地颤动。

"扑通，扑通！"像是有什么东西逐渐靠近。

"什么声音？"

魔法师停止了施放魔法，战士们也停下了手中的剑。

"地震？"

"不像……好像有什么在接近……"

"那是什么？"不知谁喊了声。

大路上，一个白色的身影由远而近。"好像……是狗。"

"胡说，有那么大的狗吗？是狼！"

"圣族的领地里有白色的狼吗？"众人议论纷纷。

"不管是谁，都不能让他劫走殿下。"一名巡防军统领扬声提醒手下，"魔法师准备攻击！"

蓝德眼睁睁看着对面的魔法师齐齐举起法杖，指着大路上逐渐接近的白色身影。那是只体形巨大的白狼，尖尖的嘴巴，尾巴不屑地甩来甩去，神态高傲。

"狼背上好像有人？"蓝德身边一名眼尖的叛军小声道。

蓝德眯起眼睛，当他看清白狼背上的那人时惊得说不出话来：那人居然是安洁西！人族的小丫头不是去拦截阴鱼了吗？她怎么会出现在这里？还是……他们失败了……

蓝德心里乱糟糟的。他知道冯斯伦对这个人族的女孩子格外照顾，要不然他也不会把自己重要的戒指留给她，可是眼下他却只能在她与冯斯伦之间

做出选择。

"进攻!"他催动魔角龙,对方的魔法师全都转了施法的方向,对着安洁西去了,他们正好趁机冲上去。他必须抓住这个机会,绝不能让圣族落到楚世狄长老的手里。

叛军冲上来的同时,巡防军的魔法师也施放出魔法,无数耀目的光波袭向大路上正在急速接近的巨大白狼。

魔法正好落在她们的身上。发出一声巨响,魔法激起的气浪将尘土扬起,吹向四周。击中了!蓝德看到这一幕,心里不由得一紧:可惜了……不过这也是没有办法的事。

巡防军的魔法师击中目标后迅速掉转方向,开始继续攻击蓝德他们。

蓝德知道这是他最后的机会了,如果不能冲上去把对方的魔法师先干掉,他们这些人也别想活着离开。然而魔法师的威力不容小觑,还没等蓝德等人冲上去,相继有魔法光波袭来。

魔角龙身体表面覆满鳞片,身躯强壮,然而还是被魔法击中,受了重伤。

蓝德带着手下驱动魔角龙仍在奋力厮杀。就在这时,远处闪过一道强光,转瞬间强光吞噬了周围的一切。

蓝德抬起胳膊抵挡着光线,他勉强看到强光中巡防军的魔法师们纷纷倒下。怎么回事?强光过后,所有人都半眯着眼睛,警惕地望向刚才白光发出的方向。

大路上,一个娇小的身影立在那儿,身上罩着披风。蓝德以为自己的眼睛出了问题,他用力眨了两下,没错,那个身影并不是他的幻觉。是……安洁西,那个人族的少女?她没死?

蓝德一时有些搞不清状况。众人视线集中在一点儿,全都投在安洁西的身上。少女迈步向他们走来,黑色长发在风中飘动,混入无边的黑暗当中,然而她的眼睛却明亮至极,眼底如梦幻般交替闪耀着阴阳鱼鱼图的图案。

"她是……谁?"不知谁发出质疑的声音。

巡防军看着缓慢接近的少女，眼中不禁露出惊愕与迷惑的神色。刚才的魔法明明击中了她，为什么从她的身上看不出任何受伤的迹象，就连她身上的披风都完好无损，就像……完全屏蔽了魔法！

"你是什么人？"巡防军首领喝道，他不再关注叛军，转向安洁西。

"冯斯伦……在吗？"安洁西平静地看着他们，"他还活着吗？"

冰冷的话语，甚至可以称得上是无情，然而却带着令人无法拒绝的傲慢与狂妄。不少魔法师都悄悄吞咽着唾液。

魔法师与战士不同，他们可以感受到元素的波动，在这个女孩子的身上，他们感到了前所未有的可怕力量。这与对方的身高无关，与力量无关，那是一种深入骨髓的恐怖。她接近时，所有的元素波动就像疯了似的，全都向她身边涌过去。

在魔法师的眼中，这个身材娇小的少女宛如踏出地狱的神使，每向前一步，都会让他们感到巨大的压力。"杀了她！"巡防军首领下令。然而魔法师们却没有动。"你们聋了？我说杀了她！"魔法师们这才回过神来，纷纷举起手里的法杖。

安洁西停下脚步。魔法光波从法杖前端迸出，火焰夹杂着雷光在半空描绘出螺旋状的轨迹，正中她的身体。然而在魔法的咆哮中，安洁西的身体散发着淡淡银光，犹如展开的白莲，将她层层包裹在当中。

安洁西周身被魔法包围，烈火吞噬着她，雷击围绕着她，最后所有魔法混合在一处，爆裂开来。冲击波散开来，就连大地都被撕裂，露出道道龟裂的痕迹。风将安洁西身上的披风吹开，从她白皙的面庞上找不到一丝一毫的感情波动，就像一个没有灵魂的人偶。

蓝德只觉得浑身的血液开始发冷。她真的是安洁西吗，那个人族的女孩子？不……这绝对不是她！如此巨大的魔法波动就连身为战士的他都能感觉得到，那些魔法师怕是快要被元素的波动压迫得喘不过气来了。

安洁西缓缓抬起手，在她的手指上可以看见一枚紫水晶戒指闪耀着动人

第 12 章 觉醒吧，公主殿下

的光辉。"冲击术。"

当刺目的强光再次袭来，蓝德聪明地选择了提前闭上眼睛。他听见了魔角龙的嘶吼，就连他骑着的魔角龙都在躁动不安地向后挪动着身躯，妄图逃走。就像一场带着强光的龙卷风，席卷了一切。

巡防军被强光刺得睁不开眼睛，很多人都躺在地上，瑟瑟发抖地看着巨大的小九。

安洁西站在原地没动，小九抬爪扫向一辆车驾。经过刚才的混战，周围的一切都破烂不堪，唯有这辆车完好无损。车顶被小九的利爪撕裂，露出里面金属打造的囚笼。

"找到了。"小九低头嗅了嗅车里关着的男人，"喂，冯斯伦，你死了没有？"

车底靠坐着一个男子，身上穿着贵族的服饰，衣服上浸满了鲜血。他听见小九的声音睁开细长的眼睛，扫了一眼周围，当目光落在安洁西身上的时候，停住了。

"她还真是说到做到。"他微笑着叹息。

小九愤愤地扭头对安洁西道："我有些讨厌这小子，可以吃了他吗？"蓝德等人听了心中大骇，齐齐抢上前去保护冯斯伦。

小九不屑地瞪着他们："干什么？这么想做本大爷的食物？"

蓝德顾不上其他，他带人试图砸开囚笼，但不论他使用什么方法，就是打不开困着冯斯伦的囚笼。

"没用的，这是洛克人族特制的魔法器具，普通的力量是打不开的。"小九看着蓝德他们累出一头汗反而觉得有意思。

冯斯伦靠在牢笼里苦笑："小九说得没错，这个笼子你们打不开，除非有钥匙。"

"钥匙在哪里？"蓝德急问。

"不在这里。"冯斯伦嗤笑了声，"你们应该知道的，钥匙在何处。"

蓝德等人齐齐陷入了沉默。不用冯斯伦提醒，他们都能猜到钥匙在何处。圣族长老楚世狄既然想要冯斯伦的命，自然不会把钥匙交给其他人，在把冯斯伦关进去的时候，他就没想着要冯斯伦活着走出来。

"先给殿下止血。"蓝德果断做出安排，就算暂时无法把冯斯伦弄出来，他们也要先保证冯斯伦的生命安全。

叛军里也有懂治愈术的魔法师，他来到冯斯伦身边开始施放治愈的法术。冯斯伦的目光却越过众人，看向不远处的安洁西。在安洁西的脚下匍匐着一个巡防军，他还没有死，他拼命挪动身体想要拉开与安洁西之间的距离。

"放过我……我们只是奉命行事……我们从未想要加害殿下……"那人不住地哀求，他的脸上全都是血，混乱的元素波动萦绕在安洁西周围，加深了他眼中的恐惧。安洁西低头看着那人，似乎在犹豫着什么。

"小心！"冯斯伦忽见那人袖中一道微光闪过。他话音刚落，那人突然一跃而起，袖中伸出一把匕首，锋利的刀刃袭向安洁西的颈部。

刀刃紧贴着安洁西的颈侧掠过，手持利器之人脸上狰狞之色毕现。"人族，去死吧！"他紧握匕首，一心要将对方干掉。

安洁西站在原地一动也不动，头部微侧，避开刀刃。那人一击落空，匕首翻转，再次刺向安洁西。

"啪！"一声脆响，安洁西抬起左手轻松地抓住了对方的手腕。纤细的手指，看着与普通人族的女子没什么两样，只须稍稍用力便能将它掰断，但就是这样一只手，却带着不可思议的巨大力量。她收拢手指，那人握着匕首的手开始颤抖。

"你……放手……"那人的表情从狰狞变成恐惧，他怎么也没想到这个人族的少女有着如此巨大的力量。

安洁西冷冷地盯着他手上的利器，凭对方如何挣扎，纤细的手指不断收拢，那人疼得惨叫出声。

"当啷！"匕首从他的手里脱落，掉在了地上。

"我……我刚才昏了脑子……饶了我吧……"他刚准备求饶,忽见人族的少女弯下腰来,还没等他明白过来发生了什么,一股巨大的力量袭上了他的胸口。

蓝德等人眼睁睁看着安洁西屈膝踢中巡防军的胸口,那人竟被她踢得向后飞出去,身体翻滚着,撞出去好远。

小九尾巴尖轻晃,龇着雪白的尖牙露出嘲讽的表情。

蓝德等人全都愣在原地,他们看着安洁西消瘦的身形一步步接近刚才被她踢飞出去的巡防军。那人脸朝下趴在地上,弓着腰,他感觉得到安洁西的接近却根本无力站起身,只好扬起脸。

"啪!"安洁西的脚落下来,重重地踹了一下那个人,冯斯伦将这一切看在眼中。

"小九,你现在还不打算说实话吗?"他看向白狗小九。

巨大的小九垂下头颅,贴近囚笼一侧:"你想知道什么?"

"她的身上,应该有着天族的血脉吧。"非是询问,冯斯伦用的是肯定的语气。

一旁的叛军之前并没有见过小九,也不知道它会说人语,现在听它和冯斯伦说话,全都惊讶不已,特别是在他们听说天族的血脉时,一个个表情复杂。整个溪西大陆上都流传着天族救世的传说,难道这个人族的少女会成为拯救者?

小九得意地咧着嘴:"愚蠢的世人,阴鱼和阳鱼是天族的宝物,但它的力量只能被有天族血脉之人继承。不管是人族也好,圣族也罢,就算你们得到它们也无法探知它们真正的力量。"

"你们把阴鱼拿到手了?"冯斯伦问。

"应该说是物归原主。"小九不悦地扬起爪子拍了一下地面。

地面震动,众人都吓了一跳。

"你把他打成重伤?"冯斯伦隔着囚笼戏谑地望着她。安洁西来到囚笼前，凝视着冯斯伦，目光冷清。冯斯伦再也看不到以前那个带着些许顽皮的人族丫头的影子。

"现在这个样子才是真正的你？"他问道，不知为何，他的心里竟有些失落，那个与他不打不相识的安洁西，再也见不到了吗？

"失败者没有询问的权利。"安洁西冷冷道，她蹲下身抓住金属囚笼。

"没用的。"冯斯伦轻笑，"洛克人族制造的东西不是那么容易打开……"话音未落，安洁西的手上发出微光，熊熊烈焰将囚笼烧得软化，很轻松就被她拉开一个豁口。

"开了开了！"蓝德等人兴奋极了。

安洁西拍了拍手掌，不屑地站起身："冯斯伦，你的人情我已经还清了。"

蓝德等人小心地将冯斯伦从囚笼里拉出来。

冯斯伦苦笑："既然你想分得那么清，为何不把我的东西还给我？"说完他看向安洁西手指上的紫水晶戒指。

安洁西面无表情地抱着肩："我很喜欢它，所以不准备把它还给你了。"

冯斯伦一个没留神被自己的口水呛到，安洁西这直爽的性子不但没有变，反而更加鲜明了。

"可那是我的东西。"冯斯伦哭笑不得。那枚戒指是他身为圣族皇室的象征，同时也是他与女子缔结姻缘的证物，想起另一枚还在糯糯手上的戒指，冯斯伦的表情松懈下来。

"好吧，既然你喜欢，拿去吧。"

安洁西扬了扬眉："算你识相。"

叛军好不容易救出冯斯伦，不敢在此地久留，迅速整队准备离开。冯斯伦身上的伤虽然被魔法师施加了治疗术，但愈合的只是伤口，这几日身体丧失的元气还需要一段时间休息才能补回来。

蓝德将残存的几只魔角龙带过来："头儿，您不能再回去了，长老是不会放过您的，您的身份已经暴露，不如去人族躲一阵。"

冯斯伦点头，他也正有此意。圣族长老楚世狄那只老狐狸这一次没得手，下次他绝对不会再犯同样的错误。

"对了，你的同伴哪儿去了？"冯斯伦想起原来一直跟在安洁西身边的两个同伴。然而他并没有等到安洁西的回答，他看见安洁西凝望着虚空，白皙的面孔有一瞬的凝滞，紧接着她眼中浮动的阴鱼图案消失了。

"喂，你怎么了？"冯斯伦惊讶地看着安洁西的身体向后仰倒下去，他抢上前一步，在她摔到地上之前接住了她。安洁西的头侧向一边，合上了双眼。

"安洁西？"冯斯伦有些不知所措，刚才明明还好好的，她怎么一下子就晕倒了。

"小九……"他想起询问小九，但当他转头看到小九的模样时，顿时无语。小九的身体变回了原来的大小，就像只普通的宠物狗。

"这是怎么回事？"冯斯伦问。

"浑蛋！"小九愤愤的，情绪显得很激动，"有人动用了阴鱼里的力量，力量不足，公主殿下只能变回去了。"

安洁西醒来的时候发现自己在车上。铁脚犀拉着车子缓慢行走，她随着车身的摇晃睁着眼睛发呆。

"醒了？"身旁传来熟悉的男声。安洁西惊讶地转过头，看见冯斯伦靠坐在车厢内壁一侧，正看着她。

陪安洁西公主一同冒险，答卷参与抽奖

亲爱的读者你好，欢迎来到神秘的溪西大陆，现在在你手上的这份问卷，决定着你能否与我们一起踏上接下来的冒险之旅。如果你够勇敢、够聪明，那就来加入我们吧！

安洁西冒险问卷

◆ 作为反派出现的雷狼为什么被同族人排挤？又是通过哪件事，让雷狼与安洁西坦诚相待，产生友谊的？

◆ 安洁西第一次正式见到冯斯伦是在哪里？由谁给冯斯伦传递的消息？

◆ 安洁西是如何进入银盾军团的？

◆ 冯斯伦的真实身份是什么？安洁西是从哪里得知冯斯伦的身份的？

◆ 被囚禁在冯斯伦的幽居时，安洁西是从哪里成功出逃的？是谁暗中偷偷帮助了她？

参与方法：
阅读全书，并独立完成问卷，完成后寄回编辑部，前20名就有机会获得"安洁西公主"送出的奖品。

温馨提示：
寄回问卷答案的时候，请附上详细的联系方式（手机号必填），方便小编下发获奖通知。

邮寄地址：
北京市朝阳区南磨房路37号华腾北搪商务大厦1501室《安洁西公主》小组收。
邮编：100022　联系电话：010-51900481

靠枕、手表、马克杯、钥匙扣
精美礼品，等你来拿！

意林精品图书推荐

《那个神秘的宣谕小姐》
简介：心理分析小说，一次亲情伤痛造成的人格分裂，一场守护爱情的计划……
定价：32.80元

《对方正在输入中》
简介：你是否能从他涨红的脸颊看到他比阿尔卑斯山还强大的内心，让他的病只为你发作。
定价：29.80元

《你是年少的欢喜，喜欢的少年是你》
简介：古风作家吾玉打造都市清风之作，告诉你，如何学着去爱一个人。
定价：29.80元

《余生请对我好一点》
简介：时光回望，今日的纠葛，竟好似还了往日的债。
定价：32.80元

《比心》
简介：暗恋被冷酷拒绝，离开却突然收到女孩的短信，只有一行字，却让他笑了……
定价：32.80元

《从此晚安我自己》
简介：95后作家何家豪青春成人礼童话，将16个故事，说给长成大人的你！
定价：29.80元

《我不愿让你一个人走过青春的荒芜》
简介：写给你深情的告白书，15篇故事，有作者的亲身经历，也有勾勒的世间温暖。
定价：29.80元

《你是久爱，亦是心欢》
简介：青春与梦想、爱和守护的故事，孤冷少女与霸道阔少相爱相杀深情开演。
定价：32.80元

《胭脂将》
简介：魔幻江湖的纷乱，胭脂女将的传奇！
定价：32.80元

《一两江湖之望星记》
简介：古风作家一两打造全新江湖，一醉江湖三十春，尽在《望星记》！
定价：29.80元

《一两江湖之琵琶误》
简介：家仇国恨，爱上不该爱的敌国先锋，如何面对这生死纠缠的爱情？
定价：29.80元

《月光蒲苇①·夜阑时》
简介：阴谋、友情、爱情，上古四神的恩怨，今生能否化解？
定价：32.80元

《世界的另一个你》
简介：18岁少女的奇幻冒险，唯美魔幻的童话世界，寻找世界的另一个你！
定价：32.80元

《绯色黎明》
简介：人类并不孤单，在黑暗种族的环伺下，被掩盖的真相等着你去探寻。
定价：32.80元

《这一杯，我敬的是年少无知》
简介：悬疑作家何慕心打造的都市心理悬疑成长小说集。
定价：32.80元

《我的人生无须证明给你看》
简介：是选择梦想，还是安于现状？马瓶用这些故事告诉你答案。
定价：32.80元

多味之恋
简介：七彩青春，多味之恋，寻找身边错过的小美好。
定价：29.80元/册

十八而志
简介：十八岁之前的远大志向，决定了十八岁之后的梦想人生。
定价：29.80元/册

深夜暖心
简介：青春絮语，灯下最好的陪伴，马瓶、张芸欣、冷亦蓝深夜暖心之作。
定价：29.80元/册

初心讲义
简介：初心故事讲给你听，拥有一个又一个的小温暖。
定价：29.80元/册

意林精品图书推荐

《我不成仙 一 断尘绝念》
简介：不想成仙却毅然修仙，她见愁只想有朝一日对那人说："纵你成仙，亦不可逃！"
定价：28.80元

《我不成仙 二 杀红小界》
简介：血衣作战袍，刻骨为利刃。她的通天坦途，便是他的穷途末路！
定价：28.80元

《我不成仙 三 流星赶月》
简介：敏锐与直觉，无一欠缺；缜密与果决，兼而有之。力敌群雄者，舍她其谁！
定价：28.80元

《我不成仙 四 鏖战空海》
简介：为成大道，葬痴情、斩尘缘者有之，可若寻仙问道是这般模样，她宁愿永不成仙！
定价：28.80元

《我不成仙 五 舍我其谁》
简介：见愁者，无限潜力，无限战力！斩断过去，分割今昔。她的世界，只有未来！
定价：28.80元

《禁域①墓地神婴》
简介：皇者重现世间，只为触底反击，再创传奇！踏破乾坤纵横时空，禁域绝密即将揭晓！
定价：28.80元

《禁域②宗门斗者》
简介：扶桑谷内迷雾重重，时间长河、神秘女子……时空彼端，究竟有着怎样的秘密？
定价：28.80元

《禁域③王者遗风》
简介：阳魄界，一个神奇的虚拟世界，浮生为赤钻来到这里，却发现了更惊人的秘密！
定价：28.80元

《符神传说①斩焰少年行》
简介：接通元灵符界，交易、对战、派单……现实与虚拟之间，体味什么叫酣畅淋漓！
定价：28.80元

《符神传说②东川起风云》
简介：逆转鬼蜮岭、人蛮荒探迷城，跨越空间界限，开启度奇幻热血征程！
定价：28.80元

《符神传说③刀芒惊天下》
简介：巧越黑狱筑识海，烈焱龙雀惊天下。勇探天符浩土，领略异闻传奇！
定价：28.80元

《符神传说④地下悬赏令》
简介：识妖族斗南洲，符驱四方见奇谋。游历异界空间，探索奥妙人生！
定价：28.80元

《雪鹰领主1》
简介：我吃西红柿全新力作！少年骑士惊世崛起，铸就为人类荣誉而战的英雄传说！
定价：29.80元

《雪鹰领主2》
简介：圣级超凡，初露峥嵘，打造热血沸腾的传奇武侠世界！
定价：29.80元

《决战星座学院1》
简介：为00后读者量身定制的校园星座魔法书，超反转、超疯狂的校园大作战，开始！
定价：29.80元

《浮玉仙魔》（全一册）
简介：跨越六界的情仇离合，仙家养成，嘲笑升华！看一代魔尊，如何搅翻浮玉仙山！
定价：29.80元

《倾世萌狐》（全三册）
简介：任他天道严酷，你始终是我无法断的"情"，难以绝的"爱"。
定价：29.80元

《我的画风不太对》（全二册）
简介：一不小心成了外星玩家的目标对象！千回百转的拼图游戏，谁是最终赢家？
定价：29.80元

《灵犀》（全二册）
简介：取《山海经》之精髓，谱一曲荡气回肠、龙狐相随的深情恋歌！
定价：29.80元

《仙萌奇缘》（全二册）
简介：迷糊弟子"约架"冷傲少主，无厘头话本奇袭玄天剑宗，非正统仙侠大戏反转上演！
定价：29.80元